놈보다
강한

girl

놈보다 강한 girl 2

지선영 N세대 연애 소설

초판 1쇄 찍은 날 § 2004년 4월 16일
초판 1쇄 펴낸 날 § 2004년 4월 26일

지은이 § 지선영
펴낸이 § 서경석

편집장 § 문혜영
편집 § 이종민 · 신혜미
마케팅 § 정필 · 강양원 · 이선구 · 김규진 · 홍현경

펴낸곳 § 도서출판 청어람
등록번호 § 제1081-1-89호
등록일자 § 1999. 5. 31
어람번호 § 제4-0041호

주소 § 경기도 부천시 원미구 심곡1동 350-1 남성B/D 3F (우) 420-011
전화 § 032-656-4452 팩스 § 032-656-4453
http://www.chungeoram.com
E-mail § eoram99@chollian.net

ⓒ 지선영, 2004

ISBN 89-5831-087-1 (SET)
ISBN 89-5831-089-8 04810

지선영 N세대 연애 소설

놈보다 강한 여새

2

도서출판
청어람

놉보다 강한
girl

제10장

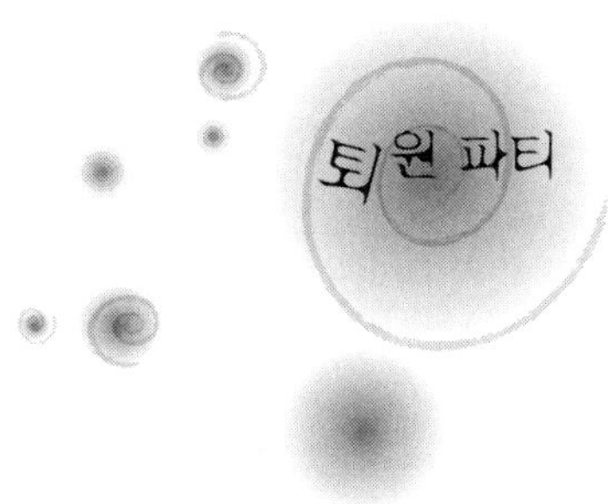

드디어 주섭 녀석이 퇴원을 했다. 주섭 녀석의 퇴원기념 파티를 명목으로 우린 경포대 해수욕장에 왔다. 텐트를 들고 투덜거리는 주섭 녀석과 내 팔에 앵겨 붙은 요한 녀석의 대화를 듣자하니 한심하기 이를 데 없다.

"우씨, 텐트가 너무 무겁잖아! 힘들어 죽겠네."

"주섭아, 원래 텐트는 무거워. 가장 큰 텐트인데 오죽하겠어?"

"요한이 넌 왜 냄비만 달랑 들고 오는 거야?"

"난 주섭이 너처럼 힘이 세지 못하잖아."

"남자 새끼가 힘 약한 게 자랑이냐? 남자란 자고로 힘이 세야 사랑받는 법이야."

"사랑? 누구한테 사랑받아?"

"누구긴 누구야~ 쌔끈하게 잘빠진 여자들한테서지. 흐흐."

주접 놈의 느끼한 웃음을 보고 있으려니 아파서 골골 했던 놈이라고 믿기 어려울 지경이다.

"나는 둘리한테만 사랑받으면 되는데~"

한술 더 뜨는 요한 녀석을 뒤로하고 서둘러 발걸음을 옮기는데 유난히 따가운 바닷가의 햇빛. 썬크림을 깜빡한 게 너무나 괴로운 현실로 다가오고 있었다. 내가 하얀 피부를 지닌 것까지는 좋았는데 유독 예민해서 강한 햇빛을 오래 쬐면 근사한 구릿빛 피부가 되는 것이 아니라 새빨갛게 부어올라 며칠을 고생해야 한다.

"우씨, 햇빛!! 나 이런 햇빛 오래 받으면 살 타서 오만 고생 다 하는데."

"휘야, 썬크림 안 가져왔어? 이걸 어째. 다들 남자 녀석들이라 그런 거 안 가지고 있을 텐데."

투덜거리는 나에게 미소로 답하는 서재였다.

"할 수 없지 뭐. 텐트 치면 그 안에 죽치고 앉아 있다가 해지면 돌아다니는 수밖에."

한숨을 푹푹 내쉬는 나를 안타깝게 바라보는 서재였다. 그와는 달리 칠칠맞기는~ 하는 시선으로 날 바라보는 푸른 눈도 있었다.

똑똑하고 현명한 우리 서재가 자리를 잡고 땅을 골랐다. 그 위로 주접 놈이 힘들게 들고 온 텐트가 세워졌고 한층 들뜬 우리들 마음을 아는지 파도는 철썩 소리를 내고 있었다. 하얀 백사장 위에서 신나게 노는 현's family라고 묘사하고 싶었으나 백사장이라고 하기엔 돌도 많고, 하얀 모래가 아니라 누런 모래가 사방으로 깔려 있다. 아, 그렇다고 경포대 해수욕장을 욕하는 것은 아니다. 어딜 가도 마찬가지겠지. 현실을 직시하자~ 뭐 그런 거지. 흠흠.

어쨌거나 녀석들이 옹기종기 모여 앉아 허기진 배를 채우기 위해 음식을 만들었다. 이것저것 재료를 준비해 온 서재가 야채를 꺼낼 동안 요한 녀석이 냄비에 물을 담아오고, 주접놈은 휴대용 가스레인지와 바람막개 등을 설치하느라 정신이 없었다. 나 역시 놈들을 거들기 위해 쌀을 씻어 불리는데 싹퉁 이현 놈은 코빼기도 보이질 않는다. 걱정이라기보단 괘씸한 생각에 슬쩍 서재에게 말을 걸었다.

"서재야, 싸가지는?"

"현이? 글쎄, 바람쐬러 갔나?"

내 물음에 소프트한 미소를 지으며 대답하는 서재였다. 그 싹퉁놈이 이런 서재의 천만 분의 일만 닮았어도. 그런 서재의 답변에 나는 이마에 임금 왕 자를 예쁘게 새겨 넣으며 중얼댔다.

"참나, 누구는 밥 차리고, 누구는 바다까지 와서 도련님 행세를 해? 하여간 싸가지를 한 바가지로 상실한 놈 같으니. 아니야~ 열 바가지로 상실한 놈 같으니. 아니지, 아니야! 백 바가지, 천 바가지, 만 바가지, 수천수백수십만 바가지 상실했어!!"

"시끄러워."

한참 중얼거리는 내 앞으로 싹퉁 현이 녀석이 모습을 드러냈다. 뒤에서 씹고 있었던 게 조금 찔렸으므로 애써 변명해 보기로 했다.

"야! 다들 저녁 준비에 한창인데 넌 어딜 싸돌아다닌 거야!!"

"상관 마."

"뭐라? 야! 너 바다까지 와서 도련님 티 내기냐?"

"너야말로 바다까지 와서 남장하고 있으면서 뭘 그래."

"내 맘이야!! 어차피 압박붕대 풀어도 거기서 거기야. 잠깐! 야, 그러니까 지금 여기까지 와서도 날 경호원 취급하겠단 소리야? 앙?"

녀석의 귀가 떨어져 나갈 정도로 소리를 질러보지만 녀석은 아무런 표정 변화 없이 나지막이 한마디 던질 뿐이었다.

"시끄러워."

"아니, 이게 정말! 야, 너 빨리 야채 씻어! 여기까지 와서 도련님 행세하지 말고 애들이랑 똑같이 하라구! 혼자 놀다 오기나 하고! 어림없지!!"

녀석 앞에 길게 잘 뻗은 파와 각종 야채들을 내밀어 마구 흔들어댔다. 녀석은 싸늘하고 게슴츠레한 푸른 눈으로 날 마구 노려보더니 마지못해 야채를 받아 들었다. 야채를 씻으러 가는 건지 버리러 가는 건지는 알 수 없었지만 싹퉁 현이 녀석은 그렇게 내 시야에서 유유히 벗어났다.

"진작 그럴 것이지. 얼레? 이건 뭐지?"

녀석이 앉아 있던 자리 옆에 하얀 봉지가 눈에 들어왔다. 부스럭 소리를 내는 봉지 안에는 썬크림이 회사 종류대로 수북이 담겨 있었다. 오오, 이놈이 의외로 준비성이 철저한데? 나도 깜빡한 썬크림을 다 챙겨오고. 좋았어~ 이렇게 많은데 한 개쯤 꺼내 발라도 모르겠지? 그쯤 생각한 나는 아무거나 한 개를 덥석 집어서 뚜껑을 열었다. 잉? 뭐야, 이거? 새거잖아. 우씨, 그럼 다른 거. 새것을 뜯어 쓰면 녀석에게 들킬 확률이 높으므로 하나하나 뚜껑을 열어가며 헌것을 찾기 위해 노력했다. 그런데 황당하게 그 안에 있던 썬크림들은 모두 새것이었다. 더욱 놀라운 것은 썬크림 사이에 가격이 적혀 있는 영수증까지 끼어 있다는 사실이다. 뭐야, 이거? 그렇다면 이 자식, 이걸 사러 갔었나?? 제 피부에 맞는 거 하나만 사면 될 걸 이 많은 걸 왜 샀대? 어쨌거나 따가운 햇빛을 피하기 위해서 녀석의 썬크림을 조금 빌려 써야겠는데… 막상 새것을 뜯어 쓰려니 싸가지의 결정체인 녀석의 얼굴이 아른거려 슬쩍 겁이 난다. 동정을 구하기 위해 찌개 끓이기에 한창인 서재를 불렀다.

"서재야, 내가 현이 놈 썬크림을 하나 써도 별문제없겠지?"

"썬크림?"

"응. 녀석이 자기 바르려고 썬크림을 몽땅 사 온 것 같은데 얻어 쓰려니까 새거라 함부로 뜯기가 좀 그래서. 그놈이 한싸가지 하잖냐~"

찌개의 간을 보던 서재의 입에서 충격적인 발언이 터져 나왔다.

"현이는 썬크림 안 발라."

"뭐? 그럼 이 많은 썬크림을 뭐 하러 산 거야? 꼴에 친구라고 애들 주려고 샀나?"

"우리 애들은 건강한 사내들이잖아. 살이 좀 탄다고 크게 해될 건 없지. 또 현이 녀석이 자상하게 그런 부분을 신경 쓸 리도 없고. 너도 잘 알 텐데."

“잘 알지~ 그놈이 어떤 놈인데. 싸가지의 지존 아니겠어? 그럼 이건 뭐야? 왜 사 온 거야, 그것도 한 개가 아니고 이렇게 많은 걸 종류별로.”

“휘야, 너는 현이를 좋아한다면서 그것도 몰라?”

“누, 누가!! 좋아하긴 누굴!!”

서재의 말에 당황하며 버럭 소리를 질러보지만 여전히 방긋 웃는 서재의 대답은 내 말문을 꽉 막히게 만들어 버렸다.

“휘야, 네 피부 탈까 봐 현이가 일부러 사 온 거잖아. 아까 너 썬크림이 어쩌고 하는 거 현이도 같이 들었잖아. 네가 어떤 게 피부에 맞는지 몰라서 종류별로 다 사 온 거 같고. 이야~ 현이 녀석도 제법이네. 많이 변했다. ㅎㅎ”

서재의 말이 점점 흐릿해지고 그저 한참 동안 멍하게 썬크림을 바라보다 퍼뜩 정신을 챙기며 입을 열었다.

“말도 안 돼! 이현 놈이 날 위해서 사 온 거라고? 그놈이 날 얼마나 원수처럼 여기는데~ 못 부려먹어서 안달난 녀석이 뭐 땜에.”

“휘야, 너 아직까지 모르는 거야?”

“뭘?”

서재의 말뜻을 파악하지 못한 나는 호기심 어린 시선으로 서재를 바라볼 뿐이었다.

“그놈이 표현이 약해서 그렇지, 아마 널 좋아할걸?”

아마 널 좋아할걸… 널 좋아할걸…… 좋아할걸?!

서재의 뒷말이 메아리처럼 귓속에 울려 퍼졌다. 그와 동시에 내 먹살을 잡아 올리며 키스하고는 호모가 아님을 증명하던 녀석의 모습이 떠올랐다. 그뿐만 아니라 술에 취해 내가 비틀거릴 때마다 나타나 은근히 챙겨주고 도와주던 녀석의 모습이 뭉게구름처럼 마구 피어오르고……. 그리고 어렴풋이 녀석이 술을 마시고 했던 말이 떠올랐다.

"……아하나 봐."

어둠에 묻혀 녀석의 목소리가 잘 들리지 않았어.

"널…… 말이야."

무슨 뜻인지 전혀 이해할 수 없어서 그저 대수롭지 않게 넘겨 버렸는데 그렇다면 그 뜻은?? 좋아… 하나 봐, 였어? 그런 거야?

양손에 쥐고 있던 썬크림을 툭 떨어뜨리며 힘없이 주저앉아 버렸다. 그러자 서재가 깜짝 놀라 내 곁으로 다가와 어깨를 잡았다. 서재의 품에 기대어 현이 녀석의 얼굴을 다시 한 번 떠올렸다. 도저히 믿을 수 없어. 거짓말. 말도 안 돼. 그 녀석이 날 좋아할 리가 없어. 그럴 리가 없다구! 그래, 그럴 리 없어. 서재가 뭘 잘못 알고 있는 거야. 서재도 단정 짓진 못했잖아? 그래, 아닐 거야. 절대 아니야. 그럴 리 없어. 아니야, 아니야. 아닐 거야. 아닐 거라고 억지로 단정 짓는 그 순간, 문득 녀석의 다른 모습이 또 떠오르고 있었다. 놀이공원에서 억수같이 쏟아지는 비를 맞으며 길을 잃고 헤매는 나를 기다리고 있던 놈의 모습. 녀석의 당직을 서다가 깜빡 졸아 외부인이 침입했을 때, 경호원 대신 모든 걸 처리하고도 내가 잠에서 깰까 봐 조심스럽게 놈들을 물리치던 녀석의 새심한 배려. 이 모든 것이 방정맞게 떠오르고 있었다. 마구 고개를 흔들며 떠오르는 생각을 없애려고 노력했지만 애석하게도 녀석이 나를 위해 했던 일들은 그뿐이 아니었다. 다른 생각이 꼬리를 문다. 예전에 녀석이 걱정돼 병원복 차림 그대로 나이트 클럽에 녀석을 찾아 뛰어가던 내 모습. 조폭 부두목과 시비가 붙어 죽을 뻔한 그 순간에도 타이밍 좋게 나타난 현이 녀석 얼굴. 녀석의 차가운 음성 또한 똑똑히 떠올랐다.

"감히 누구더러 계집애라는 거야."

말 한마디조차 나오지 못할 만큼 아파 쓰러져 있을 때 나를 대신해 질러준 녀석의 음성. 그 모든 기억들이 필름처럼 지나갔지만 도저히 믿을 수 없는 사실들을 난 애써 부인했다. 혼란스러워하며 머리를 마구 뒤흔드는 날 가볍게 안고 토닥여 주는 서재.

"휘야, 정말 몰랐던 거야? 너도 현이를 좋아하니까 당연히 알고 있을 줄 알았는데. 사랑하는 사람끼리는 원래 끌고 당기는 법이잖아."

"내가… 현이를… 좋아한다고??"

"그럼 아니야?"

놀란 가슴을 부드럽게 달래주고 있는 서재의 품이 따뜻하게 느껴지면서 서재에게 반했던 그 느낌이 새록새록 떠오르고 있었다.

“내가… 내가 좋아하는 건…….”

“좋아하는 건?”

“서재… 너였어.”

멍하게 과거 일을 회상하듯 뱉은 말이었다. 굉장히 민망한 말이었음에도 불구하고 아무렇지도 않게 할 수 있는 걸 보니, 이제 내 마음이 별아 때문에 많이 사그라들었나 보다. 그런 마음을 눈치 챈 걸까? 서재는 나를 더 끌어안으며 부드럽게 얘기했다.

“그랬어? 이야~ 이거 영광인데? ^^”

“하지만 지금은… 진심으로 별아랑 잘되길 바라는 마음이야.”

살짝 웃는 서재. 뜨겁게 내리쬐는 햇빛을 모두 쫓아내고 오직 그 환한 미소만이 날 비추고 있었다. 그때 요란한 소리를 내며 다가오는 이가 있었으니.

“우잉~ 둘리야, 서재 끌어안고 뭐 하는 거야.”

그 순간 민망한 포즈를 얼른 벗어나 어색하게 웃어 보였다.

“어? 아, 아니, 그게 아니구 요한아, 오해하지 마. 그, 그게 그러니까…….”

“우엥~ 둘리, 미워! 오해 안 하게 생겼어? 현이도 방금 전에 여기 왔다가 어디론가 가버렸단 말이야. 민망해서 간 게 틀림없다구.”

“뭐??”

급기야 난 자리에서 벌떡 일어서서 요한 녀석에게 성큼성큼 다가가 가녀린 녀석의 어깨를 마구 흔들며 흥분된 목소리로 물었다.

“현이가 뭐 어쨌다고?”

"둘리야, 요한이 어깨 아포~ 그만 흔들어."

"그 싹퉁 녀석이 언제 온 건데? 어?"

요한 녀석의 호소에도 아랑곳하지 않고 계속해서 질문하자 요한 녀석은 눈물을 머금고 대답을 했다.

"방금 전에 현이가 이쪽으로 가길래 그러려니 했는데 야채들을 던져 버리고는 어디론가 가버렸어. 주섭이가 불러도 대꾸조차 안 하고 무서운 얼굴로 사라졌다구. 너희들이 안고 있어서 민망해서 그랬나 봐. ㅠoㅠ"

그 녀석 설마 서재와 내 사이를 오해하고 사라져 버린 건가? 그렇다면 그 녀석, 정말로 날 좋아하는 거야? 나 그렇게 믿어야 되는 거 맞아?

"어? 둘리야, 어디 가? 둘리야!!"

"휘야~"

날 부르는 요한 녀석과 서재를 뒤로하고 뜨거운 태양을 행해 냅다 달리기 시작했다. 수많은 사람들 속에서 싹퉁 현이 녀석을 찾는다는 건 결코 쉬운 일이 아니었다. 그러나 오해를 품고 뛰쳐나가 버린 녀석의 뒷모습을 미치도록 그리고 있었다. 발걸음은 멋대로 빠르게 움직이고 있었다.

시간이 지날수록 썬크림을 바르지 않은 내 피부는 붉게 달아오르기 시작했다. 온몸이 따가워서 더 이상 햇빛을 보고 있기 힘들 상태에 이르렀다. 이리저리 정신없이 뛰어다녔더니 체력도 거의 바닥이 났다. 온몸이 울긋불긋해진 흉한 내 모습이 구경거리가 된 듯 지나가는 사람들의 시선이 따갑다. 그중 유독 내게서 시선을 떼지 못하고 쳐다보던 한 미인이 내 앞으로 다가왔다.

"너 혹시……."

그녀와 눈이 마주침과 동시에 얼른 고개를 돌려 전진하기 위해 발을 굴렸지만 내 팔은 이미 그녀의 손에 잡힌 후였다.

"서휘리, 서휘리 맞지?"

유독 하이 톤인 우리 유란 씨의 음성이 미치도록 그리웠지만 이 자리에서 이렇게 만나게 될 줄은 꿈에도 상상하지 못했다.

"아, 저기 그게……."

"너 꼴이 이게 뭐야? 머리는 이게 뭐고??"

"아니, 그러니까……."

"너 햇빛 오래 받으면 안 되잖아! 피부가 완전히 뒤집혔어! 빨리 따라와!!"

흥분한 유란 씨의 괴력은 아무도 못 당한다. 어째서 유란 씨가 여기 있는 건지는 모르겠지만 지친 내가 언제나 편히 기댈 수 있는 친구 유란 씨를 만난 것은 정말 행운 중의 행운이었다.

유란 씨에게 한참 끌려 간 곳은 예쁘게 자리 잡고 있는 작은 텐트 하나 앞에서 열심히 음식을 만들고 있는 희연이가 있는 곳이었다.

"빨리 텐트 앞 그늘로 가서 앉아!"

날 내팽개치듯 밀치는 유란 씨의 힘을 당하지 못하고 그늘로 몸을 투하시킨 나는 뻘쭘한 마음으로 고개조차 제대로 들지 못했다. 희연이도 깜짝 놀란 시선을 거두지 못하고 내 곁으로 성큼 다가와 말을 건다.

"설마 너 휘, 휘리?? 어떻게 된 거야? 모습이 왜 그래?"

부드러운 희연이의 음성에 이어 우악스러운 유란 씨의 꾸지람도 들려왔다.

"야!! 서휘리, 너 꼴이 이게 뭐야! 어떻게 된 건지 설명해 봐. 이런 거지 꼴 하려고 우리한테 연락도 없이 숨어버렸냐? 어?"

두 사람의 질문을 뒤로하고 그녀들이 여기 바닷가에 있는 이유가 궁금해진 나는 대뜸 질문으로 받아쳤다.

"그러는 너희들이야말로 여기 왜 왔어?"

"왜긴, 여름 방학이니까 피서 즐기러 왔지. 그치, 희연아?"

"응. ^^"

환하게 웃는 희연이의 미소는 여전히 청순 그 자체였다. 유란 씨의 까무잡잡한 피부도 여름 바다에서 더욱 섹시하게 빛나고 있음은 당연했다. 두 사람과 재회한 기쁨도 잠시, 유란 씨의 날카로운 질문 공세가 시작됐다.

"그건 그렇고, 대체 넌 그 꼴이 그게 뭐냐니깐!!"

"그래, 휘리야. 어떻게 된 거니?"

드디어 두 사람의 궁금증을 풀어줄 때가 온 것 같아 천천히 입을 뗐다.

"아니, 저기 그게… 어떻게 된 거냐 하면……."

그간 있었던 일을 자세히 털어놓자 그제야 고개를 끄덕이는 유란 씨와 희연이었다. 물론 현이 놈과 있었던 사건을 자세히 설명해 줄 순 없었다. 민.망.했.으.므.로. 로맨틱이 어쩌고 순정만화가 어쩌고 하며 날뛰는 유란 씨와는 달리 희연이의 굳은 얼굴은 좀처럼 풀릴 줄을 몰랐다. 아마 이현 녀석 때문이겠지? 희연이가 그렇게 좋아하는 싹퉁 현. 그런 그놈은 날 좋아한다?? 그동안 희연이를 잊고 있었는데… 괜스레 미안한 감정이 스치면서 문득 현이 놈의 얼굴이 떠올랐다.

"자, 잠깐! 내가 이러고 있을 때가 아닌데."

오랜만에 만난 친구들과 수다를 떠느라 시간이 가는 줄도 몰랐다. 어느새 쨍쨍 내리쬐던 해가 집으로 돌아가고 별님과 달님이 밤하늘을 비추며 놀고 있었다. 벌떡 일어서는 나에게 시선을 모으던 유란 씨가 입을 열었다.

"휘리야, 왜 그래? 현's한테 벌써 가려고?"

"아니, 그게… 나 지금 찾는 사람이 있거든."

"찾는 사람?? 누구??"

유란 씨가 호기심 어린 눈빛으로 나를 쏘아봤지만 도저히 희연이 앞에서 이현 녀석이라고 말할 수가 없어서 딴청을 피웠다.

"어, 있어. 초록 머리에 요란한 녀석."

그러자 유란 씨가 아는 척 나선다.

"아, 매일 나랑 같은 정류장에서 버스 타는 그 초록 머리 꽃미남??"

꼬, 꽃미남? 흠흠, 그런가? 난 만날 앵겨 붙은 모습이 지겨워서 잘생긴 것도 모르겠던데. 그렇게 말해 주고 싶지만 유란 씨의 실망 어린 눈빛은 보기 싫었으므로 그냥 그렇다고 쳐주기로 했다.

"어. 여기 있는 동안 내가 자주 놀러올게. 그럼 나 간다. 경호원이라서 자리를 못 비우거든."

내가 작별 인사를 하자 희연이가 의외의 질문으로 날 붙잡았다.

"저기 휘리야, 너 이현 직속경호원이라고 그랬니?"

"어? 아, 응."

잠시 침묵하는 희연이의 눈치를 살피는데 희연이의 작은 입이 천천히 열렸다.

"아, 아무것도 아니야. 멋진 것 같아. 열심히 해."

"아, 응. 그럼 나 진짜 갈게."

어색하게 손을 크게 흔들며 가려는데 유란 씨의 목소리가 뒤통수에서 울려댔다.

"서휘리, 약 바르고 가! 너 피부 아직도 심각하단 말이야!!"

하지만 난 더 이상 그곳에 머무를 수가 없었다. 이미 현이 녀석을 찾기 위해 다시 사방으로 뛰어다니고 있었기 때문이다. 잠깐, 지금쯤이면 그 녀석도 텐트로 돌아왔을지도 모르잖아? 그쯤 생각한 나는 얼른 현's가 있는 텐트로 발걸음을 돌렸다.

울긋불긋 엉망이 된 내 모습을 보고 서재가 걱정스런 눈빛으로 다가왔다. 물론 그전에 내 팔에 앵겨 붙어 징징대는 요한 녀석 좀 떼어줘. ㅠ0ㅠ 피부가 따갑단 말이야.

"우엥~ 둘리야, 어디 갔었어? 웅? 내가 얼마나 찾아다녔는 줄 알아?"

"휘야, 대체 어딜 갔었던 거야? 너 피부가……."

녀석들의 걱정은 둘째 치고 여전히 모습을 보이지 않는 현이 녀석의 안부를 물었다.

"어, 저기~ 그 싸가지 아직 안 왔어?"

요한 녀석은 질문에 대답은 해주지 않고 어디론가 마구 뛰어가더니 연고를 가지고 온다.

"둘리야, 이거 발라, 응? 우리 둘리 따갑겠다. ㅠ0ㅠ"

"난 괜찮아. 그보다 싸가지는? 응?"

내 질문에 대답해 주는 건 역시 착한 서재였다.

"아직."

그러면서 고개를 절레절레 흔드는 서재의 몸짓이 원망스러웠다. 요한 녀석이 연고의 뚜껑을 빙빙 돌리며 여는 동안 나는 다시 힘껏 내달리고 있었다.

"둘리야, 약~ ㅠ0ㅠ"

연고를 들고 마구 뛰어오는 요한 녀석을 뒤로하고 재빨리 달렸지만 역시 달리기만큼은 일품인 요한 녀석. 결국 녀석에게 내 어깨를 잡혔다.

"둘리야, 훌쩍. 현이 걱정하는 마음 알겠는데, 나도 둘리 걱정하니까 약 바르고 가. 응? ㅠ0ㅠ 요한이도 데리고 가. 나도 현이 같이 찾자."

눈물을 글썽이며 연고를 내미는 요한 녀석의 하얀 손이 처음으로 따스하게 느껴졌다. 그런 요한 녀석의 머리를 헝클며 살짝 웃어 보였다.

"오오, 도와주려고? 그러면 고맙지. 헤헤. 빨리 연고 안 발라주고 뭐 하고 있어?"

내 핀잔에 금세 환하게 웃는 요한 녀석이었다. 군데군데 울긋불긋 달아오른 피부에 세심하게 약을 발라주는 요한 녀석의 손길에 솔직히 약간 두근거린 것도 사실이다. 하지만 두근거릴 틈 없이 너무나 따가운 고통에 인상이 찌푸려졌다.

"다 됐어~ 둘리야. 이거 꽤 심각한데? 며칠 갈지도 몰라. 어떡해? 훌쩍."

"괜찮아, 내 곱디고운 피부가 좀 놀란 것뿐이니까."

"원래 공룡 껍질은 두꺼운데 둘리는 왜 그래?"

요한 녀석의 발언이 끝나자마자 머리 위에 산 하나를 만들어주었다. 징징대는 요한 녀석을 끌고 다니느라 내 체력 소모는 두 배였다. 어두워진 백사장은 후레쉬를 밝히고 옹기종기 모여 앉아 술판을 벌이는 사람들, 고스톱을 치는 사람들, 수다를 떠는 사람들, 닭살을 만드는 연인들로 가득했다. 그중 잠깐이지만 내 시선을 멈추게 한 것은 불꽃놀이를 즐기고 있는 사람들이었다.

"어? 둘리야, 불꽃놀이 예쁘다, 그치?"

"그러게."

"우리도 저거 할까?"

"현이 놈 찾기도 바쁜데 불꽃 놀이는 무슨."

"근데 둘리야, 요한이 궁금한 거 있어."

“뭔데?”

항상 장난기 가득한 얼굴이 살짝 굳어지는가 싶더니 앵겨 붙던 팔을 빼는 요한 녀석. 그 모습이 불안해서 요한 녀석을 뚫어져라 응시했다. 여자보다 훨씬 예쁜 요한 녀석의 붉은 입술이 조심스럽게 열리고 있었다.

“둘리, 아니, 휘야, 너 진짜 현이 좋아해?”

“뭐??”

사뭇 진지한 표정으로 내 눈동자를 똑바로 응시하는 요한 녀석이 처음으로 남자로 느껴지고 있었다. 적지 않게 당황한 난 얼른 녀석의 눈을 피하며 대뜸 소리쳤다.

“무슨 헛소리야! 내가 그 자식을 왜 좋아해? 이렇게 찾아다니는 이유는 그 자식한테 급히 물어볼 게 있는데 안 나타나니까 그런 거야. 그, 급하게 물어볼 게 있다구. 급하게…….”

말꼬리를 흐리며 요한 녀석의 눈치를 살피니 녀석의 볼이 살짝 붉어져 있다. 금세 귀여운 얼굴로 내 팔에 앵겨 붙더니 환하게 웃는 요한 녀석. 그리곤 낯뜨거운 소릴 잘도 해댄다.

“다행이다~ 난 둘리가 현이를 좋아하는 줄 알고 내심 불안했거든. 그럼 요한이를 좋아해 줄 거지? 요한이는 둘리 좋아해.”

쑥스러운 마음에 녀석의 머리를 쥐어박긴 했는데 언뜻 미안한 감정으로 추정되는 미묘한 감정도 들고 있었다. 대체 왜 미안한 감정이 드는 거지? 왜?

어쨌거나 늘 그렇듯 내 팔에 찰싹 앵겨 붙은 요한 녀석과 함께 어두워진 바닷가 구석구석을 헤매고 있었다. 낮부터 찾아다녔는데 녀석의 그림자조차 보이질 않았다. 점점 지쳐 가는 건 나뿐만이 아니었나 보다. 요한 녀석도 지친 기색이 역력했다.

"둘리야, 우리 저기 포장마차 가서 시원한 음료수랑 떡볶이 먹으면서 에너지 충전하자. 응?"

"그, 그럴까?"

녀석을 찾아 헤매느라 하루 종일 굶은 내 배가 이미 요한 녀석의 제안을 허락하고 있었다. 빨간 옷을 입은 포장마차 안으로 발을 들여놓은 요한 녀석과 나는 입이 떡하고 벌어졌다.

"어? 두, 둘리야, 저기 저 사람 현이 맞지? 그치?"

요한 녀석도 도저히 믿기지 않았는지 눈을 비비며 내게 확인하려 든다. 나 역시 두 눈을 깜빡이며 현이 녀석의 모습을 자세히 훑어보는 중이다. 요한 녀석과 내가 선뜻 현이 놈에게 다가갈 수 없었던 이유는 현이가 거의 만취 상태로 햇볕에 탄 내 얼굴보다 더 붉게 물들어 있었기 때문이다. 저 녀석은 대체 술을 왜 저렇게 많이 마신 거야? 이런저런 복잡한 심정으로 녀석 곁에 조심스럽게 다가갔다. 소주를 병째 나발불고 있는 녀석에게 아주 가까이 다가갈 때까지 녀석의 시선은 앞만 보고 있었다. 요한 녀석이 먼저 현이 놈에게 다가가 말을 걸었다.

"현아, 웬 술을 이렇게 많이 마셨어. 응? 둘리랑 너 찾아다니느라 얼마나 고생했는데."

요한 녀석의 말에 대꾸조차 하지 않은 채 여전히 애꿎은 술만 벌컥

벌컥 들이키는 현이 녀석. 요한은 걱정스런 마음에 다시 한 번 현이를 달랬다.

"많이 마신 것 같은데 그만 마셔. 둘리가 속상해하잖아."

푸른 눈이 반쯤 풀려 게슴츠레해져 더욱 섹시해진 현이 녀석, 드디어 입을 뗐지만 내던진 한마디는 여전히 냉랭했다.

"시끄러워."

그런 현이 녀석의 태도에 금세·상처받은 요한 녀석이 내 팔에 앵겨붙어 징징댄다. 요한 녀석의 등을 토닥이며 달래고 슬쩍 현이 녀석 곁으로 다가갔다.

"저기… 왜 이런 곳에서 혼자 술을 먹고 있어? 다들 걱정하잖아. 얼른 돌아가자."

녀석이 날 좋아한다는 사실이 자꾸만 머리에 맴돌아 말을 꺼내는 게 평소보다 몇 배는 더 힘들었다. 하지만 이대로 지켜볼 수만은 없었으므로 말을 건넸다. 하지만 녀석은 그런 날 과감히 무시한 채 안주도 없이 술만 벌컥벌컥 들이키고 있었다. 현이 녀석 앞에 소주병은 네 병이나 널브러져 있었고 마시던 술병마저 비워졌는지 녀석이 포장마차 아줌마를 향해 소리를 질렀다.

"아줌마, 여기 한 병 더 주세요!"

아줌마는 소주병을 내밀었고 현이 녀석이 익숙하게 병을 따서 목구멍으로 넘기고 있었다. 보다 못한 내가 소주병을 낚아채며 한마디 내질렀다.

"야! 너 찾으러 온 사방을 헤매고 다녔어! 사람이 왔으면 좀 쳐다보기라도 하든지. 대체 꼴이 이게 뭐야? 대체 술을 얼마나 마신 거야?"

날카롭게 날 노려보는 녀석의 시선이 등골까지 오싹하게 만들었지만 그렇다고 물러설 수 없었다. 요한 녀석이 날 거들려고 나선다.

"현아, 그만 마시고 우리 텐트로 가자. 너 많이 마셨잖아. 응? 둘리랑 걱정돼서 진짜 미치도록 찾아다녔어."

현이 녀석은 여전히 싸늘한 시선으로 우릴 노려보더니 한마디 던진다.

"시끄러워. 전부 다 꺼져."

그리곤 내 손에 있는 소주병을 다시 낚아채 입에 들이붓기 시작했다. 이렇게까지 화가 난 이유가 뭐니? 정말 나 때문이야? 답답하게 이러지 말고 화가 났으면 났다고 직접 말을 해! 위장만 괴롭히지 말고 나한테 솔직히 털어놓으라구!! 마음에서 메아리치는 말들이었지만 함부로 꺼낼 수 있는 분위기는 조성되지 못했다.

마시던 그 술까지 바닥을 보이자 현이 녀석은 비틀대며 몸을 일으켰다. 지갑을 꺼내 십만 원짜리 수표를 아줌마에게 내밀고는 심하게 흔들리는 몸으로 나가는 현이 녀석. 요한 녀석은 거스름돈 챙기느라 바빴고 난 서둘러 녀석을 따라 밖으로 뛰어나갔다. 얼마나 마셨기에 저 철인 같은 놈이 금방이라도 쓰러질 것처럼 비틀대고 있는 걸까. 서둘러 녀석의 한쪽 팔을 붙잡고 몸의 중심을 잡아줬으나 녀석의 내 팔을 뿌리쳤다.

"꺼지라고 했을 텐데."

평소보다 몇 배는 더 냉정한 말투였지만 이런 말투쯤은 쉽게 극복할 수 있었다.

"못 꺼져. 너 이렇게 비틀대는데 내가 어떻게 꺼지냐?"

"상관 마."

"그렇게 못해! 상관있어!"

"상관있다고? 피식, 경호원이시라 이건가?"

살짝 비꼬며 비웃는 녀석의 미소에 시린 마음이 들었다. 아무 말도 하지 못하고 녀석을 바라보았다. 녀석의 시선에는 냉정함과 함께 슬픔도 묻어나 있었다. 잠시 그 시선에 빠져 멍하게 서 있는데 현이 녀석이 결국 술을 이겨내지 못하고 모래사장에 쓰러져 버렸다.

"어? 야, 이현!! 정신 차려, 이현!!"

그때 요한 녀석이 거스름돈을 챙겨 포장마차를 나와 서둘러 우리에게 달려왔다.

"둘리야~ 현이 왜 이래?"

"몰라. 술을 너무 많이 마셨나 봐. 얼른 텐트로 옮겨야 할 텐데."

"우잉~ 둘리야, 우리가 부축하자."

요한 녀석과 나는 현이 녀석의 양 어깨를 한쪽씩 받쳐 부축했다. 텐트로 열심히 발걸음을 옮겼지만 지쳐 있던 몸은 휴식을 바라고만 있었다. 요한 녀석도 지칠 대로 지쳐 버렸는지 약속이나 한 듯 우린 걸음을 멈추었다.

"안 되겠다. 요한아, 텐트로 가서 서재랑 주접놈 좀 불러와. 녀석들한테 도움받지 않고서는 도저히 못 가겠어. 아니면 내가 갔다 올</p>

까? 이놈 좀 지키고 있을래?”

　내 말이 떨어지기가 무섭게 날 보며 생긋 웃고는 달리는 요한 녀석. 내가 주저앉자 내게 몸을 지탱하고 있던 현이 녀석도 같이 쓰러졌다. 어느새 주변은 신기할 정도로 고요해졌고 간간이 철썩이는 파도 소리만이 귓가에 맴돌았다. 술에 취해 잠들어 버린 현이 녀석을 슬쩍 내려다보니 괜스레 긴장이 되고 있는 날 발견했다. 당황해서 얼른 고개를 돌리고 중얼거렸다.

　“그러게 왜 혼자 오해해 가지고는. 그런 거 아니란 말야. 서재랑 그런 거 아니야. 네 얘기 하고 있었단 말이야, 바보야. 요한이한테 얘기 듣고 너 찾아다니느라 얼마나 고생했는 줄 알아? 뜨거운 햇빛 오래 받으면 이렇게 피부가 울긋불긋해져서 며칠을 고생한단 말이야. 그런데 너 찾아다니느라 아픈 것도 몰랐어. 일어나서 약 안 챙겨주면 넌 진짜 싸가지의 지존이 되는 거야. 알겠어? 그리고 질투가 나면 난다고 말로 할 것이지 그렇게 갑자기 사라져 버리면 어떡해! 걱정했단 말이야, 이 바보.”

　“병신.”

　익숙한 음성에 깜짝 놀라 녀석을 바라봤다. 천천히 몸을 일으키며 앉은 현이 녀석 때문에 심하게 심장이 두근거리고 있었다. 여전히 비틀거리며 몸의 중심을 힘겹게 잡고 있는 현이 녀석의 옆모습을 보며 머리 속이 하얗게 질려 정신을 제대로 차릴 수가 없었다.

　“누가 나 찾아다니라고 부탁했냐?”

　“아, 아니, 뭐야? 그럼 그렇게 아까운 야채까지 내던지고 나갔다는데 어떻게 안 가냐? 따, 따지려고 찾아다녔다, 왜!!"

녀석은 다시 한 번 냉정한 그 입을 열었다.

"따져 봐."

"그, 그래! 따질 거야. 야채는 왜 집어 던졌냐? 아까운 야채를 왜 던져? 너희 집 부자라 이거야? 앙? 아까운 줄을 몰라요. 그리고 썬크림은 왜 그렇게 많이 사다 놓은 거야? 썬크림은 다 거기서 거기라구, 이 바보야. 아무거나 사다 줘도 잘 발랐을 텐데."

"시끄러워."

"-_-+ 따지라고 했던 입이 그 입 아니었냐?"

"다 따졌냐?"

"덜 따졌다, 이놈아!! 네놈 때문에 내가 하루 종일 고생한 거 생각하면!! 아까운 야채를 버린 죄, 나 걱정하게 한 죄, 그리고… 그리고……."

"그리고 뭐?"

"그리고 나… 날 좋아한다고 확실히 말해 주지 않은 죄."

녀석의 시선이 내 쪽으로 옮겨지는 걸 보고 당황해서 얼른 고개를 돌렸다. 그러자 녀석의 손이 내 손등에 닿아 살며시 꼭 쥐는 녀석의 행동에 두근거리던 심장은 고장날 것만 같이 고동치고 있었다. 뛰는 내 심장 소리를 녀석도 느낀 걸까? 어쩐지 녀석의 푸른 눈도 바다만 멍하게 향하고 있다. 아주 잠깐이지만 어색한 침묵이 흘렀다. 녀석이 내 손을 더 꼭 쥐는 바람에 깜짝 놀라 녀석 쪽으로 고개를 돌렸다. 그러자 녀석의 푸른 눈과 마주치고 말았다. 녀석의 새치름하고 붉고 섹

시한 입술이 천천히 열리고 있었다. 나 미쳤나 보다. 이 순간 저 녀석
이 저렇게 섹시하게 보이면 어쩌자는 말인가.

"야."

평소와 다름없는 무뚝뚝한 녀석의 부름인데 이상하게 심장이 떨린
다. 하지만 평소와 다른 모습을 보이긴 쑥스러웠으므로 반항하듯 나
역시 간단하게 대답했다.

"왜?"

"난 여자 싫다."

"뭐라?"

이 자식, 또라이 아냐? 그럼 뭐야? 내 손은 지금 왜 잡고 있어? 그
리고 그동안 나한테 은근히 잘 대해준 건 뭐야? 그리고 키스는 또 왜
했어? 지금까지 괜스레 긴장했던 게 억울해지는 순간이었다. 잔뜩
인상을 찌푸리며 녀석을 노려보는 나와는 달리 녀석의 표정은 아무
런 변화가 없다.

"예쁜 척, 귀여운 척, 착한 척, 약한 척. 재수없어."

"그래서?"

"여자도 남자와 똑같은 사람인데 그 딴 내숭 떠는 거 꼴사나웠다
고. 간질거려서 내 성격에 안 맞았어. 지금까지의 내 사상으론 여자
란 다 그런 존재인 줄 알았어."

점점 녀석의 푸른 눈동자와 이야기에 몰입되고 있었다.

"그런데 안 그런 여자도 있더군. 처음 봤어, 너 같은 애."

순간 얼굴이 화끈거렸다. 칠흑 같은 어둠이 드리워지지 않았다면

붉어진 얼굴을 들켜 버릴 뻔했다. 하지만 녀석의 푸른 눈은 그 어둠까지도 뚫고 내 얼굴을 빤히 바라보고 있다. 저 자식은 날 똑바로 쳐다보면서 저런 말을 잘도 지껄인다.

"물론 너 같은 애 다시 찾기도 힘들겠지만 다시 찾을 일 따윈 없을 것 같다. 야채 버린 죄는 사다 주면 되고, 널 걱정하게 한 죄는 앞으로 걱정하지 않게 하면 되고, 확실하게 말해 주지 않은 죄는……."

말꼬리가 흐려짐과 동시에 내 심장 소리도 더욱 커졌다. 녀석의 잘생긴 얼굴이 달빛을 타고 점점 가까이 다가온다. 침 넘어가는 소리가 너무 크게 들렸을까 봐 내심 걱정도 되는 순간이었다. 기어코 녀석의 오뚝한 콧날이 내 코에 닿는다. 그와 동시에 녀석의 숨결도 느껴진다. 그렇게 술을 들이부었는데도 녀석만의 은은한 향기가 술 냄새보다 더 진하게 전해왔다. 살짝 벌어진 녀석의 입술이 낮은 음성을 전파했다.

"병신, 이럴 땐 눈 감는 거다."

"내, 내 맘이야!"

매우 민망했으므로 오히려 소리를 꽥 질러 버렸다. 그랬더니 녀석은 심술궂게도 바로 코앞에서 피식 웃어 젖힌다. 치사한 자식, 조금 떨어져서 웃지~ 그래야 잘 안 웃는 놈, 미소 한번 제대로 보지. 너무 가까이 있어서 녀석의 미소를 보지 못한 게 애석할 정도로 내 마음이 현이 놈에게 기울어져 있었던 걸까? 아니, 어쩌면 처음부터 녀석에게 끌렸던 건 아닐까? 이 녀석에 대한 마음을 추스르는 사이 녀석의 입술이 내 입술에 닿기 직전까지 다가와 있었다. 그제야 눈을 질끈

감아버렸고 녀석의 따뜻한 입술을 느끼려는 순간,

"둘리야, 서재랑 주섭이 데려왔어~"

저 멀리서 손을 크게 흔들며 뛰어오는 초록 머리 요한 녀석이 희미하게 보였다. 그 탓에 현이 녀석과 난 어색하게 후닥닥 떨어져 아무 일도 없었다는 듯 행동했다. 그나마 다행인 건 저 자식들도 우리가 키스하려던 걸 보지 못했다는 사실이다. 사실 조금 아쉽긴 하다. 여자를 싫어했다면 키스는 나와 한 것이 처음일 텐데 녀석은 지나칠 정도로 키스를 잘한단 말야? 전에 했던 키스의 느낌이 새록새록 떠오르고 있었다.

어느새 우리 곁에 바짝 다가온 현's. 먼저 서재가 현이 녀석 옆으로 다가와 말을 했다.

"현아, 괜찮아?"

"어."

"걷지도 못할 지경이라더니 생각보단 괜찮아 보이는데?"

"다 깼어."

"그래? 대체 얼마나 마셨길래 그랬어?"

"별로. 돌아가자."

서재랑 하는 대화만 들어봐도 정말 무뚝뚝과 싸가지의 결정체임을 톡톡히 알 수 있다. 아까까지만 해도 몸을 비틀거리며 제대로 움직이지 못하던 놈이 어느새 저만치 앞장서서 걸어가고 있다. 요한 녀석이 내 팔에 꼭 앵기더니 맑은 그 눈으로 날 노려보며 말을 건다.

"둘리야, 나 가고 아무 일 없었지?"

"이, 일은 무슨 일!"

"근데 현이 얼굴이 왜 빨개?"

"뭐??"

"현이 얼굴 빨개져서 먼저 가버리잖아."

"술이 덜 깼나 보지!!"

너무 흥분했나? 마구 소리를 지르자 요한 녀석이 인상을 찌푸린다. 그나저나 현이 녀석의 얼굴이 빨개졌다고? 설마 나 때문에?? 왠지 내 입가에 나도 모를 미소가 지어졌다. 그런 내 모습을 무안할 정도로 뚫어지게 바라보는 요한 녀석. 주접 녀석이 무얼 발견했는지 갑자기 뒤에서 소리를 질러댄다.

"오우~ 아가씨, 이런 야밤에 둘이 돌아다니면 위험해~"

못 들은 척하고 싶었지만 주접 녀석이 시선을 꽂은 두 여자들이 어째 낯설지가 않았다. 현이 녀석은 이미 시야에서 사라진 지 오래고 서재와 요한 녀석. 그리고 침을 한 바가지 흘리는 주접놈만이 유란 씨와 희연이를 바라보고 있는 상황. 유란 씨가 날 발견하고는 한걸음에 냅다 달려온다.

"휘리야~"

사실 유란 씨는 내가 아니라 현's들이 반가웠을 것이다. 입가에 흐른 저 침들을 보라. 내 어깨를 철썩철썩 때리며 아까 만났을 때보다 더 반가워하는 유란 씨의 모습이 상당히 꼴사나웠다. 소프트한 서재가 내 곁으로 다가왔다.

"휘야, 친구네. 안녕? 저번에 버스에서 현이랑 잠깐 트러블있었던 애 맞지?"

"어? 어, 응. 기, 기억하네~"

유란이 이 지지배, 입이 귀에 걸리다 못해 찢어질 지경이다. 서재의 부드러운 미소를 보면 나도 미칠 지경인데 유란 씨는 오죽하랴. 근데 어쩌니, 유란아~ 서재는 별아라는 어여쁜 부잣집 아가씨를 사모한단다. 차마 잔인하게 그런 말을 내뱉을 수는 없었으므로 가만히 지켜보기로 했다. 서재와 유란 씨의 어색한 대화가 시작되고 있었다.

"어머~ 너 이름이 민서재라구? 휘리한테 익히 얘기들었어. 호호."

−_−; 분명히 말해 두지만 난 얘기한 적 없다. 유란 씨의 능력으로 충분히 반 친구들 몇 명 협박해서 꽃미남을 조사했음이 틀림없다. 분명 현's의 정보를 놓칠 리 없었다. 내 핑계를 대면서 자연스레 서재와의 대화를 유도하는 유란 씨. 이러나 저러나 서재는 부드러운 미소로 답해주고 있었다.

"아, 그래? 휘가 무슨 말을 했는지는 모르겠지만 이름까지 기억해줘서 고마워~"

"어머~ 당연하지. 너처럼 잘생긴 애를 어떻게 잊어~ 절대 못 잊… 호호. 그게 아니고 휘리가 워낙 칭찬을 해줘서 기억하고 있었어. 난 백유란이야~ 휘리의 베스트 프랜드로서 오른팔 같은 존재. 헉! 그게 아니고 항상 같이 붙어 다녔던 뭐 그런 사이야~ 오호호."

"그래, 반갑다. 근데 저 친구는 왜 저러고 있어?"

서재가 가리킨 애는 다름 아닌 희연이었다. 희연이는 현's를 쭈욱 훑어보곤 누군가를 애타게 찾는 눈길로 멍하게 바다만 바라보고 있었다. 아마 현's가 다 있는데 정작 리더인 현이가 보이지 않아서 그런 것일 거라 추측된다. 그런 희연이가 안쓰러워 슬쩍 내가 입을 뗐다.

"아, 현이 이 자식은 뭐가 피곤하다고 벌써 텐트로 들어간 거야? 우리도 얼른 텐트로 돌아가지? 괜찮다면 내 친구들도 같이 놀면 안 될까? 어차피 밤새도록 놀 계획 아니었어?"

어색하게 웃으면서 녀석들의 눈치를 살피는데 주접 녀석이 고맙게도 도와준다. 물론 날 도와주려는 의도가 아니라 순수하게 기뻐할 놈이었지만 말이다.

"그래! 어차피 우리끼리 심심한데 이쁜 아가씨들하고 같이 놀자~ 사람 많으면 재밌고 좋잖아. ^0^"

주접 녀석의 여자 사랑에 두 손 두 발 다 들었는지 요한 녀석도 서재도 피식 웃고 만다. 텐트로 돌아가면서 어느새 주접 녀석과 유란 씨, 심지어 서재까지 극도로 친해지고 있었다. 희연이는 말없이 내 옆에서 걸었고 요한 녀석도 내 팔에 앵겨 붙어 좀처럼 떨어질 줄 모른다.

어찌 되었든 우여곡절 끝에 현이 녀석이 폼잡고 앉아 있는 우리들의 텐트에 도착했다. 현이 녀석은 안 그래도 잔뜩 찌푸린 인상을 유란 씨와 희연이를 보더니 더욱 찌푸려 댄다. 아무리 여자가 싫다지만 내 친구들인데 꼭 저렇게 싫은 티를 내야 하남? 그런 현이 놈의 반응과는 달리 우리의 착한 희연이는 이미 얼굴은 빨갛게 잘 익은 사과를

보는 것 같았다. ㅠ0ㅠ

주접 녀석의 야단에 결국 우리들은 원을 그리고 앉아 술을 마시기 시작했다. 근데 어떻게 그렇게 된 건지 몰라도 희연이와 내 사이에 앉게 된 현이 녀석. 혼자 잘 거라며 텐트 안으로 들어가려는 걸 서재가 겨우 뜯어말렸다. 아까 있었던 일도 민망하고 희연이가 신경 쓰여 좀처럼 녀석과 있는 게 자연스럽지 못했다. 녀석도 그런 분위기가 싫었던 걸까? 웃고 떠드는 다른 녀석들과는 달리 현이 녀석은 침묵으로 일관할 뿐이었다. 술을 그렇게 마시고도 또 마시고 싶을까? 한 잔 두 잔, 녀석이 술을 따라 마실 때마다 내심 불안한 마음이 스쳐 간다. 현이 녀석과 반대쪽에 있는 내 옆에 앉은 요한 녀석은 어느새 빨개진 얼굴을 내 어깨에 들이대며 귀엽게 애교를 떤다.

"둘리야, 내가 둘리송 불러줄게~ >ㅁ< 딸꾹."

"아서라, 아서. 술 취해서 고성방가할 셈이냐?"

"싫어 싫어~ 둘리송 불러줄 거야~ >ㅁ<"

"-_-; 부르지 말래도 부를 거 같으니 네 맘대로 해라."

내 허락이 떨어지자마자 바로 또 둘리송을 불러대는 요 깜찍한 녀석. 나를 위한답시고 이러는데 때릴 수도 없고.

"요리 보고(딸꾹)~ 저리 봐도(딸꾹)~ 비가 타고~ 내려와~ 음음~ ♪"

"잠깐!! 가사 틀렸어, 최요한~"

열창 중인 요한 녀석의 노래를 뚝 끊어버린 건 주접 녀석이었다. 귀여운 얼굴에 인상을 찌푸리며 주접 놈을 노려보는 요한 녀석.

“우씨! 뭐가 틀려?”

“비가 타고가 아니라 빙하 타고야~ ㅋㅋㅋ 요한 놈, 만날 나보고 바보라고 하더니 지가 더 바보네~ ㅋㅋㅋ 푸하하하하!”

무척이나 통쾌한 모양인가 보다. 숨이 넘어갈 듯 웃어 젖히는 주접 녀석을 보고 있자니 내가 더 열받는다. 왜냐? 병원에서부터 지겹도록 들었던 요한 녀석의 둘리송. 여태껏 가사를 틀리게 불렀음에도 불구하고 난 맞으려니 하며 넘어가지 않았던가? 그럼 나도 같이 바보?? =_= 제길. 녀석들의 소란 덕에 잠시 심란해하는 사이, 현이 녀석이 멀리에 있는 오징어를 집기 위해 안간힘을 쓰고 있는 게 보인다. 오징어가 손에 닿지 않는다고 자리에서 일어나는 것도 웃길 테니 손가락을 쭉 뻗으면서 바둥거리는 게 왠지 귀엽다. 헐. 미쳤지! 내가 저 자식을 귀엽다고 느끼다니! 미쳤어, 미쳤어.

“저기… 이거……”

그때 희연이가 조심스럽게 오징어를 내밀었다. 왜 이럴 때 내 심장이 떨리는지 모르겠다. ㅠ0ㅠ

숨겨진 마음

제11장

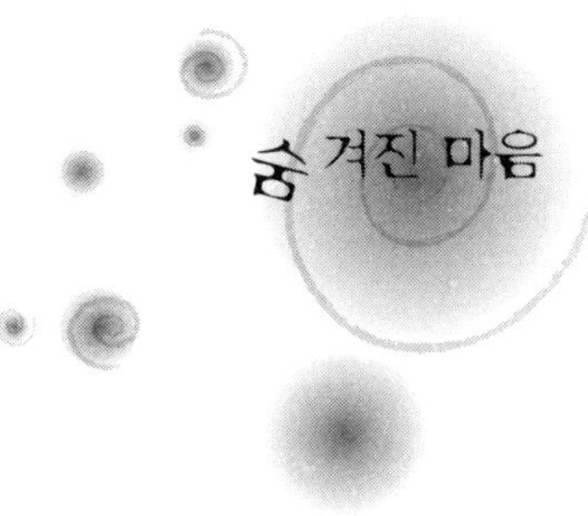

"야, 서휘리, 너 설마 이현 좋아하냐?"

어느 한적한 곳으로 유란 씨가 나를 끌고 와 던진 질문이었다.

"무슨 헛소리야! 내가 미쳤냐?"

솔직히 잘 모르겠다, 좋아하는 건지 아닌 건지. 다만 확실한 건 내가 싸가지 싸가지 하고 녀석을 부르는 것처럼 싫지는 않다는 거다. 유란 씨의 직설적인 질문에 아니라고 소리치긴 했는데 저 멀리 보이는 현이 녀석을 살짝 돌아보게 되는 건 어째서였을까? 유란 씨는 팔짱을 딱 끼고 실눈으로 날 노려보더니 다시 한 번 속삭였다.

"야, 귀신은 속여도 나는 못 속여. 천하의 백유란을 뭘로 보는 거야! 너에 관한 거라면 하나부터 열까지 다 알아."

"알긴 개뿔이."

"그동안 조금 떨어져서 어떻게 생활했는지 이제야 들었지만 그래도 난 여전히 휘리 네 눈빛만 봐도 네가 어떤 마음을 품고 있는지 안다구."

"내가 뭐 어떤데?"

"너 이현 좋아하잖아. 아니야? 그럼 아니라고 내 눈을 똑바로 보고 말해 봐."

유란 씨의 윽박에 당황해서 아까보다 조금 더 높은 톤으로 대꾸했다.

"아니야! 좋아하는 거 아니라구!!"

"오호, 그래? 그럼 다행이라고 해야 하나?"

유란 씨가 약간 혼란스러운 듯한 표정으로 날 바라보고 있었다. 그런 유란 씨의 생각이 궁금해져 얼른 질문을 던졌다.

"뭐, 뭐가 다행인데?"

"희연이가 이현 좋아하거든. 깜짝 놀랐지? 글쎄, 희연이가 남자를 무서워하고 싫어하는데 어떻게 된 건지 이현이랑 현's들에 관한 정보는 은근히 많이 알고 있더라구. 그래서 살짝 떠봤지~ 그랬더니 희연이의 그 특유한 목소리로 이현을 좋아한다고 하더라."

"그래?"

나도 모르게 한숨을 푹 내쉬며 고개를 숙이자 유란 씨가 나를 따라 살짝 고개를 숙이며 내 얼굴을 보려 안간힘을 쓰고 있다.

"혹시 서휘리 너도 이현을 좋아한다면 내가 어떻게 해야 하나? 희연이를 밀어줘야 하냐, 너를 밀어줘야 하냐?”

순간 지금까지 희연, 유란 씨와 함께했던 우리들의 소중한 시간들이 머리 속을 스쳐 지나갔다. 너무나 소중한 우정. 남자들에게 우정보다 소중한 건 없고, 여자들에게 우정보다 소중한 건 사랑이라는 말이 맘에 들지 않아 부정했던 건 오직 나뿐이었지. 친구들이 사랑타령을 할 때에도 그 따위 사랑 때문에 우정을 배신하는 것들은 이미 친구로 인정하지 않겠다고 버럭 화를 내곤 했었는데 이제 와서 이런 기분이 드는 건 후회인 걸까? 아니면 역시 내 의지는 우정을 우선시하고 있다고 다시 일깨우고 있는 걸까. 에라, 모르겠다. 희연이도 유란 씨도 내겐 없어선 안 될 소중한 친구들이야. 그 두 사람보다 소중한 사람은 가족 빼곤 아무도 없어, 아무도. 날 응시하는 유란 씨를 조심스럽게 바라보며 천천히 입을 뗐다.

“난 이현 안 좋아하니까 희연이 밀어줘. 나도 희연이 밀어주도록 노력할게. ^0^”

미소 짓는 게 다소 힘들게 느껴지는 건 역시 녀석의 고백이 걸렸기 때문일 것이다. 서재가 존경스럽다, 항상 소프트한 미소를 짓고 있으니까. 가끔은 서재도 미소 짓는 게 힘들게 느껴질 때가 있지 않을까?

내 대답을 들은 유란 씨가 호탕하게 웃으며 내 어깨를 툭 친다.

“흐흐 좋았어, 휘리 넌 확실히 아니란 소리군? 난 또 천하의 서휘리가 드디어 자신이 사랑에 약한 여자임을 알게 된 날이 온 건 줄 알았네. 에이, 아까워. 희연이한테는 미안하지만 만약에 그랬다면 난 널 밀어줄 거라고 다짐했는데. 서휘리가 여자로 태어난 순간……”

“그만 해. 나도 여자야. 다만 너희들이 생각하는 나약한 존재는 아니야. 여자도 사랑보다 우정을 중요시하고, 누구보다 강할 수 있다는 걸 스스로 증명하는 그런 여자야. 새로 태어나는 여자고 뭐고 그런 말은 필요없다구.”

괜스레 유란 씨의 말까지 끊어가며 서둘러 녀석들이 있는 쪽으로 걸어갔다. 유란 씨도 곧 나를 따라 자리로 돌아왔다. 그런 유란 씨와 나를 의아하게 쳐다보는 녀석들. 결국 요한이가 내 팔을 붙잡으며 질문을 한다.

“둘리야, 깜순이랑 어디 갔다 왔오?”

나는 보고야 말았다, 유란 씨의 미간이 심하게 일그러지는 모습을. 아마도 깜순이가 유란이 자신을 뜻하는 걸 눈치 챘나 보다. 요한이가 유란 씨의 무시무시한 괴력을 몰라서 이런 말을 용감히 던졌으리라. 유란 씨를 진정시키기 위해 나는 얼른 요한 녀석에게 대꾸해 주었다.

“어디 가긴~ 원래 여자들은 화장실 같이 가잖아.”

요한 녀석은 그제야 그 커다란 눈망울을 여러 번 깜빡이더니 웃는다. 귀여운 놈. 그때 우리의 유란 씨가 미간을 꿈틀거리며 이를 꼭 다문 채 입술만 삐죽이며 말을 한다.

“어이, 거기 선인장, 다음엔 나랑 둘이 화장실 가는 게 어때? 흐흐.”

요한 녀석은 자신을 보고 선인장이라고 부르는 유란 씨가 이해되지 않았는지 얼른 받아친다.

“내가 왜 선인장이야, 깜순아?”

“너 초록 대갈이잖아.”

“초록 대갈 아니야. 초록 머리야! 대갈 아니야!! 우씨.”

“대갈이나 머리나 뜻만 통하면 됐지 뭘.”

“아니야! 우씨! 그리고 요한인 선인장 아니야, 그냥 초록 머리야!”

“초록 대갈이 삐죽삐죽 선 게 선인장 가시 같잖아. 게다가 선인장은 초록색이고 말이야.”

“깜순이 미워!”

요한 녀석이 유란 씨를 향해 땅콩 하나를 휙 집어 던지고는 얼른 내 팔에 꼭 앵겨 붙어 방어 태세를 갖춘다. 얼굴에 땅콩의 타격을 입은 유란 씨의 얼굴은 차마 눈뜨고 보기 힘들 정도로 일그러지고 있었다.

“으악! 선인장, 이 자식!! 너!!”

공격 태세를 갖추는 유란 씨를 말리기 위해 내가 얼른 수습에 나섰다.

“자자~ 진정하고 술이나 짠 하자, 유란 씨, 우리 오랜만에 만났는데. ^^”

유란 씨의 잔을 채워주며 배시시 웃어 보이자 나름대로 진정을 되찾은 유란 씨는 요한 녀석을 힐끔 노려봐 주는 걸로 용서했다. 그때까지 말없이 술잔을 기울이던 현이 녀석은 드디어 취기가 온몸에 번지고 있나 보다. 대낮부터 술을 퍼먹었으니 속이 말이 아닐 텐데 또 저렇게 마셔대니 당연히 취하지. 사실 지금까지 버틴 게 신기할 정도였다. 휘청거리며 고개를 절레절레 흔드는 현이 녀석. 본능적으로 녀석을 돕기 위해 뭔가 말하려던 참에 희연이가 먼저 현이 녀석의 팔을 붙잡는다. 촉촉하고 맑고 순수한 눈동자에 걱정을 가득 담아 현이 녀석을 바라보는 희연이의 시선이 상당히 아름다웠다. 같은 여자가 봐도 두근거릴 만큼. 주접 녀석은 그런 희연이에게 정말로 푹 빠진 눈빛을 보내고 있었다. 어쨌거나 비틀대는 자신의 몸에 손을 댄 사람이 희연인 걸 눈치 챘는지 거칠게 뿌리치더니 나지막이 음성을 퍼뜨렸다.

"내 몸에 손대지 마."

금세 상처받은 눈으로 고개를 숙이는 희연이. 당연한 결과였기에 살짝 웃음이 났는데 그 순간 유란 씨와 눈이 마주치고 말았다.

"야! 이현, 우리 희연이가 너 걱정돼서 그러는데 왜 그래, 이 나쁜 놈아!!"

그러자 녀석은 또 날카로운 눈으로 나를 똑바로 응시한다. 그리곤 건방진 입술을 다시 한 번 삐죽였다.

"네가 잡아."

"뭐?"

순간 얼굴이 붉어지는 것 같아 너무 당황했다. 하지만 유란 씨가 아직도 나를 똑바로 보고 있는 시선이 느껴져 버럭 소리를 질렀다.

"내가 왜 잡아야 하는데? 희연이가 잡아준다잖아!"

그러자 현이 녀석이 희연이 쪽으로 시선을 돌린다. 그 모습에 마음이 쿵 내려앉았다. 잠시 후 희연이를 향해 이어지는 현이 녀석의 말에 뻣뻣하게 굳어버렸다.

"이봐, 난 여자 싫어해, 싫.다.고. 분명히 알아들었을 거라 믿는다.

그러니까 더 이상 거슬리게 하지 마라.”

낮고 차갑고 냉정한 현이 녀석의 말에 상처받지 않을 여자는 없을 것이다. 하지만 녀석의 차가운 음성보다 나를 더 당황하게 한 것은 희연이의 답변이었다.

“너한테 거슬리려고 그러는 거 아니야. 너에게 나를 알리려는 거지.”

희연이답지 않은 당당한 눈빛에 너무나 놀라 버린 나였다. 아니, 어쩌면 처음 보는 희연이의 그 모습이 너무나 자연스러워서 당황했던 것일지도 모른다.

“너 같은 거 알고 싶지 않아.”

역시나 이현이었다. 잔인한 녀석의 말은 희연이 심장에 비수를 꽂았을 것이다. 급기야 희연이는 마시지도 못하는 술잔을 기울였고 현이 녀석은 비틀대며 자리에서 일어났다. 그리곤 녀석들을 향해 한마디 했다.

“나 먼저 잔다.”

난 위태로워 보이는 자신의 몸을 용케도 지탱하며 텐트 안으로 모습을 감추는 녀석의 모습을 끝까지 바라보지 못하고 애꿎은 술잔만 기울였다. 유란 씨는 희연이가 걱정됐는지 위로의 말을 건네고 있었다.

“희연아, 너무 상심하지 마. 이현 원래 저런 성격인 거 너도 알고 있었잖아.”

그때 희연이를 대신해서 주접 녀석이 난리를 친다.

"희연이 너 설마 우리 현이 좋아하는 거야?"

네놈 말고 다른 사람들은 모두 벌써 눈치 챘을 거다. 쯧쯧. 분위기 파악 못하기는 요한 녀석도 마찬가지인가 보다.

"둘리야, 방해꾼 사라졌으니까 우리 둘이 한잔하자~"

혹시 그 방해꾼은 이현 녀석을 말하는 것인가? 어째서 그 녀석이 방해꾼이라고 생각하는 걸까? 설마 이 녀석, 진심으로 날 좋아하는 건 아니겠지? 설마~ 현이 녀석이 나를 좋아한다고 너무 공주병이 된 건가? 그럴 리가 없지. 괜스레 착각해서 어색해지지 말자. 쩝. 배시시 웃어주며 요한 녀석과 맞장구를 치는 사이, 유란 씨와 희연이의 대화가 오가고 있었다.

"희연아, 힘내. 휘리도 너랑 이현이 잘되게 도와준다고 했어."

그 말에 기울이던 술잔은 내 입가에서 멈췄다. 나를 뚫어지게 바라보는 요한 녀석의 시선을 받고 원샷하며 오버해서 소리쳤다.

"캬, 시원하다. 요한아, 오징어! 아~"

"웅, 둘리야, 있어봐~"

얼른 오징어 하나를 집어 내 입에 앙증맞게 물려주는 귀여운 녀석. 하여간 단순하다. 희연이는 그런 우리에겐 신경을 끄고 유란 씨에게 하소연하듯 한숨부터 내쉬고 있었다.

"후……. 각오는 하고 있었는데 막상 너무 차가우니까 당황스러워. 어쩌지, 유란아? 나 남자를 이렇게 좋아해 보는 거 처음인데."

희연이의 말이 귀엽다는 듯 주접 녀석은 침을 양동이째로 흘리고 있다. 불쌍한 놈.

"열 번 찍어서 안 넘어가는 나무 없다고 이현은 꼭 희연이 널 좋아하게 될 거야. 그치, 휘리야?"

"어? 그, 그럼~ 당근이지. 우리 희연이, 이쁘지, 착하지, 그 자식한텐 과분한 사람이야. 꼭 잘될 테니 너무 걱정 마. ㅎㅎ"

나와 유란 씨의 위로가 힘이 되었는지 그제야 미소를 살짝 보이는 희연이었다. 그런데 내 마음엔 왜 미소가 지어지지 않는 걸까? 후…… 답답한 마음뿐이다.

나답지 않은 일로 혼란스러워하는 사이 나도 모르게 술을 많이 마셨나 보다. 점점 어지러움이 밀려왔고 울리듯 요한 녀석의 목소리만 귓속으로 스며든다.

"둘리야, 정신 차려봐. 둘리야, 눈 좀 떠! 괜찮아? 왜 이렇게 많이 마신 거야. 둘리야~"

"휘리야, 괜찮니? 휘리야."

유란 씨의 목소리와 희연의 목소리도 들리는 듯했으나 무겁게 감겨 버린 눈꺼풀은 좀처럼 열릴 줄을 몰랐다. 부드러운 서재의 목소리를 마지막으로 내 몸은 공중으로 떠올랐다.

"내가 휘야를 텐트에 눕혀주고 올게."

얼마 지나지 않아 내 몸은 공중에서 다시 바닥으로 착지되고 있음이 느껴졌다.

얼마나 잠에 빠져 있었을까? 심한 갈증이 목을 조르고 있어 살짝 눈을 떴다. 무겁던 눈꺼풀도 목마름 앞에선 약한 존재였나 보다. 하지만 힘겹게 뜬 눈꺼풀을 몇 번이나 깜빡이며 손등으로 부비대야 했다. 이유는 마치 아기 천사처럼 새근새근 잠든 싹퉁 현이 녀석이 바로 코앞에 있었기 때문이다. 당황한 나머지 튕기듯 벌떡 상체를 일으켰지만 밀려오는 어지러움. 잠시 숨을 고르고 어떻게 녀석과 단 둘이 자게 된 건지 생각해 봤지만 마구 술을 먹던 내 모습밖엔 기억나는 바가 없었다. 텐트 안에 다른 녀석들이 없는 걸로 보아 아직도 녀석들은 밖에서 술을 마시고 있을 거라 생각했다. 그러나 내 예상과는 달리 밖을 내다봤을 땐 녀석들의 모습은커녕 그림자조차 찾을 수가 없었다. 현이 녀석은 내가 부스럭대는데도 전혀 깨지 않는다. 많이 취하긴 취했나 보다. 왠지 곤히 자는 녀석의 모습에 두근거리는 마음을 주체할 수 없었다.

서둘러 텐트를 빠져나와 아이스박스 안에 고이 담긴 물을 꺼내 벌컥벌컥 들이켰다. 술판은 그대로 두고 다들 어디로 사라진 건지 슬쩍 의문이 생기면서 걱정이란 감정까지 피어오르기에 다다랐다. 혹시나 하는 마음에 화장실로 뛰어가 봤지만 녀석들의 흔적은 어디에도 없었다. 슬슬 등골이 오싹해지면서 아주 기분 나쁜 예감이 스쳐 지나갔다. 녀석들, 단체로 술 취해서 바다에 풍덩 한 거 아냐? 설마~ 다른 녀석들은 몰라도 서재나 희연이는 그럴 위인이 아니잖아? 그러면서도 내심 불안한 마음을 떨칠 길이 없었다.

그때 마침 숨을 헐떡이며 달려오는 유란 씨가 내 시야에 반갑게 포착됐다.

"유란 씨, 대체 어딜 갔다 온 거야?"

"휘리야, 크, 큰일 났어! 헉헉."

숨을 제대로 고르지도 못한 채 헐떡이며 말을 버벅대는 유란 씨였다.

"뭐? 큰일? 대체 무슨 일인데?"

유란 씨는 너무 급히 달려온 나머지 말 한마디 하는 것조차 힘겨워 보였다.

"선인장이 있잖아, 그 초록 대갈. 헥헥."

"요한이? 요한이가 왜?"

"그, 그놈이… 헉헉! 술 마시다가… 헉헉."

"아우, 답답해. 술 마시다 왜!!"

잔뜩 얼굴을 찌푸리며 유란 씨의 입술이 재빨리 열리기만을 애타게 기다리고 있었다.

"화장실 간다고 갔는데 돌아오질 않아서 애들이 다 찾아 나섰는데 아직까지도 찾아내지 못했어. 선인장 그놈도 술 많이 마셨거든~ 길을 못 찾는가 싶어서 대수롭지 않게 여겼는데 몇 시간이 지나도 오지 않아서 다들 찾아 나섰어. 어떡하지? 뭔가 불길해. 이런 예감은 휘리 너도 잘 알잖아."

유란 씨나 나나 불안한 느낌을 받으면 항상 사건이 터지곤 했다. 나 역시 요한 녀석에게 무슨 일이 생긴 것 같아서 심장이 고동치기 시작했다. 유란 씨는 날 불러대지만 이미 유란 씨의 목소리는 내 귓가에 메아리칠 뿐이었다.

"휘리야! 휘리야, 같이 가자!"

마구 달리는 날 따라잡기 힘들었는지 결국 유란 씨와 나는 같은 공간 안에 존재하지 않고 있다. 혼자서 이곳저곳 뛰어다니며 미치도록 녀석의 초록 머리칼을 찾아보지만 예상대로 쉽게 눈에 띄지 않는다. 술에 많이 취해 바닷가에 빠져 버린 걸까? 아니면 술에 너무 취해 아무 데서나 잠들어 버린 건 아닐까? 그것도 아니라면 불량배들을 만나 혼쭐난 건 아닐까?

걱정만 가득 안고 달리는 동안 벌써 숨은 턱까지 차 올랐다. 땀이 비 오듯 쏟아지고 있었다. 혹시나 하는 마음에 몇 번이고 텐트로 다시 돌아가 봤지만 나처럼 애타게 녀석의 모습을 찾고 있는 현's들만 보일 뿐 요한 녀석은 보이지 않았다. 곤히 자고 있는 현이 녀석을 깨워서 알릴까 하는 생각도 들었지만 아기처럼 잠들어 버린 녀석을 갑자기 깨워 나쁜 소식을 전하고 싶진 않았다. 술도 많이 마셨는데 이 사실을 알면 그 더러운 성격에 무슨 짓을 저지를지 모르니 말이다. 거기까지 생각을 마친 나는 다시금 힘차게 발을 굴리고 있었다. 찾던 곳을 다시 찾고, 또 찾고, 가보지 않은 곳까지 샅샅이 뒤져 봤지만 그리운 녀석의 머리칼은 꼭꼭 숨어 나의 애간장을 녹이고 있었다.

몇 시간이 흘렀을까? 녀석을 찾는 내내 불안하고 나쁜 예감을 떨쳐 버리지 못하고 있었다. 지칠 대로 지쳐 버린 내 몸은 사람들이 잔뜩 모아놓은 쓰레기 더미 앞에서 멈춰졌다. 멈춰 설 수밖에 없던 이유는 수북이 쌓여 오만 악취가 풍겨져 나오는 쓰레기 더미에 발이 달린 것도 아닐 텐데 부스럭대는 소리와 함께 조금씩 움직이고 있었기 때문이다. 한쪽 손으로 집게를 만들어 코를 막은 후 조심스럽게 쓰레기 더미 가까이로 다가갔다.

"으… 으……."

당황스럽게도 쓰레기 더미 안에서는 사람의 신음 소리가 나고 있었다. 요한 녀석일 리는 없지만 그래도 사람이 쓰레기 더미에 깔려 있는 게 꺼림칙해서 쓰레기 더미를 손수 치워냈다. 커다란 쓰레기 봉지를 하나하나 옆으로 옮겨 치울 때마다 믿고 싶지 않은, 차마 눈뜨고 보기 싫었던 그런 처참한 요한이의 모습이 드러나고 있었다. 쓰레기 더미를 뒤집어쓴 요한 녀석의 초록 머리칼은 심하게 헝클어져 있고 매우 심한 상처와 핏자국. 요한 녀석은 분명 누군가에게 당한 게 틀림없었다.

"요한아!!"

비명을 지르며 녀석을 쓰레기 더미에서 구출해 냈다. 더 이상 심한 악취는 내게 문제되지 않았다. 핏덩어리가 되어 쓰러진 요한 녀석을 끌어안고 흐를 것 같은 눈물을 간신히 참고 있었다.

"어떤 새끼야!! 어떤 새끼들이 널 이렇게 만들었어?! 응? 요한아, 괜찮아? 요한아!"

녀석을 흔들어봤지만 녀석의 상태는 매우 심각했다. 좀처럼 멈출 줄 모르는 출혈이 계속 진행되고 체온이 급격히 떨어진 상태라서 직감적으로 녀석이 위험하다는 걸 감지했다. 주머니를 뒤져 얼른 휴대폰을 꺼낸 후 서재에게 전화를 걸었다. 내 손가락엔 이미 요한 녀석의 피가 흥건하게 적셔졌고 그런 손가락으로 누른 내 휴대폰도 곧 피로 물들었다.

얼마 지나지 않아 서재와 주접 녀석은 물론이고 유란 씨와 희연이도 달려왔다. 녀석들은 이미 하얗게 질린 상태였고 술도 확 깬 듯해 보였다.

"씨발! 요한아!! 최요한!! 어떤 새끼들이 우리 요한이를 이렇게 만든 거야!! 누구야—!!"

요한 녀석을 보자마자 발광하며 소리치는 주접 녀석과는 달리 서재의 표정엔 어두운 그림자만이 드리워져 있었다. 희연이는 차마 볼 수 없었는지 고개를 돌려 버리고, 유란 씨는 내 눈치를 살피며 걱정스러운 듯 요한 녀석을 바라보고 있었다.

"아악!! 어떤 자식들이냔 말이야!!"

쓰레기 더미를 집어 던지며 터지는 분통을 견디지 못하고 미칠 듯 날뛰는 주접 놈을 뒤로하고 서재는 요한이를 조심스럽게 업었다. 그런 서재의 얼굴은 이미 소프트하다고 할 수 없는 지경이었다. 무서운 눈과 차가운 표정으로 요한 녀석을 업고 서둘러 텐트로 향하는 서재를 뒤쫓았다. 이 새벽에 바닷가 근처의 병원이 열렸을 리 만무하니 응급처치가 우선이었다.

유란 씨와 희연이가 물수건 등을 준비하고 요한 녀석의 치료가 시작되었다. 피가 닦아도 닦아도 쏟아지는 바람에 우리들 모두 미치도록 불안한 마음을 감출 길이 없었다. 서재가 요한 녀석을 조심스럽게 치료하는 가운데 주접 녀석은 엄지손톱을 물어뜯다가 주먹을 불끈 쥐는 행동을 반복하며 초조한 마음을 드러내고 있었다.

서재의 노력과 모두의 걱정 덕에 조심스럽게 실눈을 뜨는 요한 녀석. 터진 입술이 따가웠는지 입을 벌리면서 신음 소리부터 내고 있었다.

"으… 으……."

주접 녀석이 냅다 달려와 녀석 옆에 앉더니 입을 열었다.

"야, 어떤 새끼들이야!! 누가 이랬어, 어? 어떤 새끼들이야 다 죽여 버릴 거야!!"

요한 녀석은 대답하지 못하고 눈만 힘겹게 깜박일 뿐이었다.

"대답해!! 어떤 자식들이 널 이 지경으로 만들었난 말이야!! 가만 안 둘 거야! 절대 용서 안 해!! 그놈들 시체를 보고 말겠어!!"

날뛰는 주접 녀석을 진정시키기 위해 서재가 나섰다.

"주섭아, 진정해. 요한이 이 상태로는 금방 혼수상태가 될 거야. 그러니까 진정해. 텐트 안에 현이 자고 있으니까 혹시 깨면 난리나. 피서 온 사람들 한 명 한 명 다 잡아 죽일지도 몰라, 현이 성격에. 그러니까 깨지 않게 조심하자."

주접 녀석이 아랫입술을 꽉 깨문 채로 부들부들 떨고 있었다. 유란 씨는 조심스럽게 요한 녀석의 머리를 닦아주고 상처가 덧날까 봐 구석구석도 닦아주었다. 유란 씨답지 않게 다정다감한 모습으로 요한인 반드시 멀쩡해지리라 장담한다. 유란 씨가 저러는 모습은 거의 드문 일이니까. 꼭 멀쩡해져야 해, 요한아. 반드시. 주접 녀석만큼이나 복수에 이를 갈고 있는 나였다. 힘겹게 뜬눈으로 나를 응시하는 요한 녀석에게 다가가 조심스럽게 말을 건넸다.

"요한아, 어떻게 된 건지는 몰라도 우선 편하게 마음먹어. 우리가 곁에 있어줄 테니까 너무 고통스러워하지 마. 아직 아무것도 안 물어볼 테니까, 그러니까……."

더 이상 말을 잇지 못했던 이유는 심하게 부어올라 찢겨진 눈꺼풀 사이로 요한 녀석의 뜨거운 눈물이 흘러내렸기 때문이다. 다 터진 입술을 겨우 열며 더듬더듬 말하는 요한 녀석의 모습을 보고 하마터면 겨우 참고 있던 눈물을 쏟아낼 뻔했다.

"야… 야, 약한… 게 시, 싫어……. 둘… 리처럼… 서재…처럼…… 주섭이처럼… 혀, 현이처럼… 가, 가… 강한……."

"요한아."

"나, 난…… 약한 게… 정말… 싫… 어."

정말 미칠 것 같았다. 대체 요한이를 이렇게 만든 인간들이 누굴까? 만약에 내 눈에 밟히면 반드시 녀석들의 시체를 보고 말리라. 반드시. 힘겨워하며 말하는 요한 녀석의 모습을 보고 더 이상 참을 수 없었는지 주섭 녀석이 다시 한 번 오열하고 있었다.

"으, 으, 으아!! 어떤 자식들인지 걸리면 진짜 그날로 죽여 버릴 거야!! 다 죽일 거야!!"

서재도 미칠 것 같단 표정은 마찬가지였다. 하지만 역시 현실을 직시하는 서재이기에 주섭 녀석을 진정시키려 다시 한 번 입을 열었다

"주섭아, 진정하자. 제발 진정하자. 나도 미칠 것 같아. 나도 당장 놈들을 찾아 없애 버리고 싶어. 진정하자. 이러다 정말 현이 깨겠어."

서재의 설득에도 불구하고 주섭 놈의 울화는 더욱더 크게 터져 나오고 있었다.

"지금 현이가 깨는 게 문제가 아니잖아!! 요한이 꼴 좀 봐. 어떤 자

식들인지 몰라도 아주 죽으려고 작정한 거야!! 감히 우리 현's를 상대로 도전장을 내민 거라고!! 난 절대 진정 못해!! 진정할 수 있는 일이 따로 있지!!"

"주섭아, 하지만 현이가 깨면 정말 단순한 사건으로 안 끝나. 그 자식 깨서 요한이의 상태를 알게 되면 정말 이 해수욕장에 피서 온 사람들을 무작위로 한 명 한 명 죽일지도 모른다구. 그 자식 성격 알잖아. 그러니까 제발 진정하고 목소리 낮춰."

"지금 내 심정은 한 명 한 명 죽여서라도 놈들을 붙잡고 싶은 심정이야!!"

솔직히 나도 서재의 현실적인 설득에 이성을 되찾고 있었지만 주섭 녀석의 마음과 다른 건 아니었다. 당장이라도 놈들을 찾아가 아작을 내고 씹어 삼켜도 분이 풀리지 않을 지경이었으니까. 하지만 서재는 침착했다. 현이를 누구보다 잘 아는 서재니까. 그런 서재니까 무언가 걱정하는 게 있는 거겠지.

"주섭아, 제발 진정해. 이러다 정말 현이가 깨면 모두 끝장이야."

그때 지퍼 소리가 지직 하고 텐트에서 들려오더니 익숙하고 차가운 음성이 우리들 귓가에 스며들었다.

"내가 깨면 뭐가 어쨌다고?"

싸늘한 푸른 눈이 어둠 속에서도 짐승처럼 빛나고 있어 소름이 돋아 오싹했다. 녀석들 모두 침을 꼴깍 삼키는 가운데 현이 녀석의 음성은 다시 한 번 울려 퍼졌다.

"내가 깨면 끝장날 일이라는 게 저거냐?"

　요한 녀석을 눈짓으로 가리키는 현이 녀석은 여태껏 본 모습 중 가장 무섭게 식어 있는 모습이었다. 현이 녀석의 싸늘한 시선을 맞이한 녀석들은 너나 할 것 없이 조심스럽게 침 넘기는 소리만 내고 있을 뿐이었다. 현이 녀석이 조심스럽게 요한 녀석 곁으로 다가온다. 그 한 걸음, 한 걸음이 모두를 긴장의 터널로 밀어 넣었다. 요한 녀석에게 가까이 다가온 현이 놈은 텐트에서 막 나왔을 때의 표정보다 훨씬 더 굳어 있었다. 길지 않은 침묵이 흐른 후 현이 녀석의 굳게 다문 차가운 입술이 조금씩 열리고 있었다.

　“누구야.”

　현이 녀석의 질문에 현재 대꾸할 수 있는 사람은 오직 서재밖에 없었다.

　“어, 저기 현아, 우선 진정하자. 흥분해서 좋을 건 하나도 없잖아. 그러니까…….”

　“아직 흥분 안 했어. 누구야.”

　“분명히 넌 흥분해서 난리칠 거잖아. 제발 진정하고.”

　“민서재, 마지막으로 묻는다. 누구냐.”

　서재도 더 이상 현이 녀석을 당할 재간이 없어 보인다.

　“그건 우리도 몰라. 요한이 말하는 것도 힘든 상태라 누군지 물어볼 수조차 없었어. 누군지도 모르는 판에 함부로 행동하지 말자, 현아. 괜히 사건을 크게 만들어서 죄없는 사람까지 다치게…….”

　“누군지 모르면 알아내면 되지.”

　“현아, 글쎄 이건 좋은 방법이 아니야!”

서재는 마치 현이 녀석이 어떻게 할지 모두 알고 있는 눈빛으로 현이를 말리고 싶어했다. 아까 주접 녀석에게 말한 것처럼 죄없는 사람을 한 명씩 피 보게 만드는 거 아니야? 그것만큼은 나도 말려야겠단 생각에 서재를 거들고 나섰다.

"야, 이현! 너 설마 죄없는 사람들에게 피해줄 생각은 아니겠지?"

하지만 녀석은 자신의 팔에 매달려 있는 나를 거들떠보지도 않은 채 어디론가 향해 계속 걸어갔다. 잠자코 현이 녀석을 지켜보고 있던 주접 놈은 그런 현이 녀석 곁으로 왔다.

"야, 이현! 어디 가? 어디 가냐구!"

겨우 붙잡은 녀석의 팔. 분노로 가늘게 떨고 있음이 확실하게 전달되고 있었다. 이 자식, 정말 열받았다. 아무리 말해도 듣지 않을 것 같다는 생각이 스쳐 녀석의 팔을 살짝 놓았다. 그러자 녀석은 조용히 한마디 던지고는 주접 녀석과 내 시야에서 사라져 갔다.

"날이 밝거든 서재랑 같이 요한이를 병원으로 옮겨."

"아, 저, 저기……."

하지만 녀석의 뒷모습은 더 이상 날 돌아봐 줄 것 같지 않았다. 멍하게 현이 녀석과 주접 놈의 뒷모습을 바라보다가 서둘러 서재와 요한 녀석이 있는 곳으로 돌아왔다. 그러자 서재가 땅 꺼질듯 깊은 한숨을 내쉬며 나지막이 한마디 한다.

"또 폭풍이 몰아치겠군."

현이 녀석을 비유한 거라고 확신한 나는 맞장구를 쳤다.

"서재야, 내 생각엔 말이야. 저놈이 말린다고 들을 놈도 아니고 그냥 지켜보는 게……."

"휘야, 네가 몰라서 그래. 현이 녀석 한번 돌면 정말 끔찍한 짓도 서슴지 않아. 여자들이 보면 여럿 기절할 짓도 아무 망설임 없이 할 수 있는 그런 놈이야."

"그 정도는 나도 알아. 저놈 성격 더러운 거 모르는 사람 있으면 나와보라고 해."

"네가 생각하는 그 이상일 거야."

도대체 서재가 이토록 불안해하는 이유가 뭘까? 대체 현이 놈이 얼마나 사고를 치고 다녔길래 이러는 것일까? 서재는 턱을 괸 채 무언가를 골똘히 생각하는가 싶더니 안 되겠다는 듯 자리를 박차고 일어났다.

"휘야, 요한이 좀 부탁한다. 아무래도 나 현이한테 가봐야 할 것 같아. 역시 그놈을 말릴 수 있는 사람은 나뿐이야. 이 상태론 폭풍 정도로 안 끝날 것 같은 예감이 들어. 날이 밝거든 네 친구들이랑 요한이를 병원으로 좀 옮겨줘. 부탁한다."

서재는 그렇게 말하고 모래에 발도장을 푹푹 찍으며 사라져 갔다. 유란 씨와 희연이는 요한 녀석을 간호하다 지쳤는지 꾸벅꾸벅 졸고 있다. 그런 그녀들에게 이불을 덮어주고 살짝 요한 녀석 곁으로 다가 갔다. 고통스러운 신음 소리를 내며 겨우 잠든 요한 녀석의 초록 머리칼을 조심스럽게 쓸어 넘기고 있는데 그 바람에 요한 녀석의 눈이 떠지려 하고 있었다. 그렇게 크고 영롱하던 눈이 피멍과 붓기에 가려져 눈동자의 1/3도 드러내지 못했다.

“많이 아프지? 내가 지켜줄 테니까 안심하고 푹 자.”

귀엽고 천진난만하던 요한 녀석의 얼굴과는 거리가 멀고도 먼…
요한 녀석에게 이렇게 표현하는 것이 저주스럽지만 마치 괴물의 얼
굴을 보는 듯했다. 그 정도로 요한 녀석의 상처는 심각했다. 내 음성
을 듣고 입을 겨우겨우 여는 요한 녀석.

“두, 둘리야…….”

“그래그래~ 나 둘리 맞아. 됐지? 그러니까 푹 자라고. 무슨 일이
있어도 내가 널 지켜줄 테니까 나쁜 놈들 생각하지 말고 편히 자. 알
았지?”

“둘… 리야.”

“왜 그래? 잠이 안 와? 너무 아파서 그래?”

“날… 지켜준다고?”

“그래, 인마. 내가 안 지키면 누가 널 지키냐? 하긴 현’s들도 널 지
키고 있지만. 내가 각별히 지켜줄 테니 걱정 마.”

“요… 한이는… 슬퍼.”

말하는 것조차 고통스러울까 봐 웬만하면 그냥 재우고 싶은데 요
한 녀석은 뭔가 하고 싶은 말이 있나 보다.

“네가 왜 슬퍼~ 널 이렇게 아껴주고 지켜주려 하는 친구들이 있
잖아.”

“그… 래서 슬퍼.”

“그래서 슬프다니? 기뻐해야 할 일이잖아~”

“언제나… 보호받고 있는 게… 그게 너무 슬퍼.”

상처 때문에 심하게 일그러진 요한 녀석의 눈가에 눈물이 맺히고 있었다. 순간 마음이 아파오고 울컥하면서 알 수 없는 감정에 휘말려 이성을 잃고 있었다.

"야, 최요한, 너 보호받는 게 싫다고 했냐? 약한 게 싫다고 했냐? 그럼 울지 마!! 약하다는 걸 가장 확실하게 증명하는 게 뭔 줄 아냐? 바로 눈물이야! 나도 약하다는 말 듣는 거, 계집애니 비실비실하다느니 그런 소리 듣는 게 세상에서 제일 짜증나! 그런 말 안 들으려면 강해져야지!! 약한 게 싫어, 강해지고 싶어, 무조건 그렇게만 생각한다고 강해지냐? '난 너무 약해서 탈이야. 흑흑! 어떻게 강해지지?' 이러고 백날 있어봐. 강해지나! 나나 현's들한테 보호받기 싫으면 울지 마! 울지 말라고, 이 바보야!"

요한 녀석의 눈에선 하염없이 뜨거운 눈물이 흘러내렸다.

"둘리… 넌 모를 거야. 남자로 태어나서 여자보다 약하단 소리 듣는 게… 그런 게 얼마나 마음 아픈 일인지. 도망치는 것 외엔 아무것도 할 줄 모르는 그런 남자로 태어난 게… 얼마나 슬픈 일인지 넌 몰라."

"그럼 도망가지 마. 도망가지 않으면 되잖아!"

"나에겐 싸울 용기도, 힘도 없어. 선천적으로 약하게 태어나서 그런 건 불가능한 일이야. 외모부터 여자처럼 생겼다고 놀림받는 일에만 익숙해졌을 뿐, 내가 남자답게 굴 수 있는 일이라곤 하나도 없어."

"여자보다 약하게 태어난 게 남자로서 자존심 상하는 거냐, 아니면 강하게 태어난 남자 아이들이 부러운 거냐? 어떤 쪽이야? 넌 그 둘 다라고 대답하고 싶겠지? 천만에! 내가 보기엔 네가 슬플 수밖에

없는 이유는 따로 있어. 너 스스로가 자신을 사랑하고 있지 않기 때
문이야. 만약에 내가 너라면 그렇게 살지 않아. 그렇게 살더라도 절
대 슬프지 않아. 왜냐하면 난 내 자신을 사랑하니까. 내 자신을 믿으
니까. 아무리 약해도 내가 날 사랑해 주면 그것만으로도 내 자신은
충분한 가치를 지니는 거니까. 넌 네 스스로 자신을 비하시키며 약하
다고, 보호받는 게 슬프다고 말했지만 실은 네가 네 자신을 그렇게
생각하고 있을 뿐이야. 용기가 없는 걸 둘러대고 있는 것뿐이라구!!"

"하지만 난… 난 두려워. 날 괴롭히는 사람들을 때릴… 그럴 힘이
존재해도 그러는 게… 너무 싫고 두려워."

"요한이 넌 선천적으로 사람을 때리는 게 싫은 거야. 힘이 없어서
가 아니야. 남자답지 못해서가 아니야. 남들이 너로 인해 육체적 고
통을 느끼는 게 싫은 거야. 그러니까 너를 대신해서 나쁜 녀석들을
때려줄 사람들이 필요한 거야. 보호받는 게 아니라구. 널 대변하는
거지. 그러니까 그런 생각 하지 마. 내 오른팔에 앵겨 붙은 네놈 없으
면 난 무슨 재미로 학교를 다니냐?"

요한 녀석은 그제야 배시시 웃어 보인다.

"둘리야. 헤헤."

"바보, 그저 좋대~"

바보 녀석. 웃으니 얼굴 근육이 당겨 상처 부위가 아팠는지 곧바로
인상을 썼지만 녀석의 미소를 보고서야 한시름 놓을 수 있어 마음이
편해졌다. 요한 녀석이 부들부들 떨며 손을 겨우 올려 내 팔을 꼭 감
싸 안더니 조심스럽게 말을 한다.

“도망치지 않을 거야. 날 괴롭히는 사람들로부터… 세상으로부터…
절대로 도망치지 않을게. 약속해, 둘리. 아니, 약속할게, 휘리야.”

녀석에게 오랜만에 불리는 이름이 왠지 쑥스럽게 느껴졌다. 이 녀
석과는 이런 분위기가 어울리지 않았으므로 서둘러 수습에 나섰다.

“죽을래? 누가 나보고 휘리라고 부르래? 휘~ 라고 부르던지 너답
게 둘리라고 불러!”

“우잉. 왜 요한이는 휘리라고 부르면 안 되는데? 훌쩍.”

“느끼하니까!!”

차마 쑥스럽다고 대답할 수 없어서 버럭 소리를 질렀지만 녀석은
이런 내 속마음을 아는지 모르는지 상처를 비벼대며 훌쩍인다. 얼른
녀석의 손을 붙잡고 행동을 저지시키며 재우려고 발버둥 쳐보지만
녀석의 눈은 시간이 가면 갈수록 말똥말똥해지고 있었다.

요한의 붓기는 나의 시원한 물수건 찜질로 생각보다 빨리 가라앉
고 있었다.

“오호~ 최요한, 너 참 도룡뇽 같은 회복력을 지녔구나?”

말하기가 힘든지 요한은 눈만 동그랗게 뜬 채 날 쳐다보고만 있다.

“붓기가 무지 빨리 가라앉네. 상처가 엄청 심한데 보통 사람보다
훨씬 빨리 나을 것 같아 보이는데? 도룡뇽은 꼬리나 다리 한쪽이 잘
려 나가도 금방 다시 자라잖아. 넌 도룡뇽의 자손이 틀림없어~”

“둘리는… 공룡이면서…….”

요한이는 아픈 와중에도 정신이 좀 들었다고 다시금 날 둘리라고
불렀다. 난 그런 요한에게 조용히 읊조렸다.

"죽고 잡으냐? 누워 있는 김에 아주 푹 자볼래? 영원히 자보고 싶어?"

"둘리가… 사람 잡네."

띄엄띄엄이라도 끝까지 말하는 요한 녀석. 이러는 걸 보니 녀석의 걱정이 날개를 달고 날아가 버린 듯한 기분이다.

징징대던 녀석을 겨우 잠재울 동안 사라진 나머지 현's들은 나타날 기미조차 보이지 않는다. 불안한 마음에 한번 찾아 나서보기로 했다. 요한 녀석이 다시 깨지 않도록 조심스럽게 자리에서 일어나는데 누군가 모래 바람을 일으키며 우르르 내 쪽으로 다가와 멈춰 섰다. 이 사람들, 보아하니 그저 평범하고 선량하게 피서를 즐기러 온 시민들 같아 보이지는 않는데. 멋대로 풀어헤친 남방이며 타이트한 바지가 상당히 거슬린다. 파인 목에서 반짝거리는 굵은 쇠사슬 느낌의 목걸이가 특히 눈에 띈다. 저마다 비슷비슷한 패션에 더러운 인상들을 뽐내는 그들은 얼핏 세어보아도 열 명은 족히 넘어 보인다. 그들이 내 앞에 딱 멈춰 선 이유가 어쩐지 요한 녀석 때문이라는 생각에 본능적으로 요한 녀석 앞을 가로막고 녀석들을 바라봤다.

"뭐냐, 니들은? 무슨 볼일이야?"

내가 경계하듯 녀석들을 노려보며 한마디 던지자 맨 가운데에 모자를 거꾸로 눌러쓴 녀석이 앞으로 한 걸음 더 다가왔다. 거꾸로 쓴 모자의 가운데 파인 부분으로 진하게 염색된 노란색 머리가 삐져 나와 있었다.

"지나가는 길에 저놈이 살아 있길래 마저 저승으로 보내주러 왔지. 그대로 쓰레기 더미 속에서 죽어줬으면 좋았잖아~”

턱으로 요한 녀석을 가리키는 놈의 태도가 내 마음을 불안함과 분노에 휩싸이게 만들었다. 숫자가 많아 한 걸음 뒷걸음질치며 녀석들의 허점을 노리는 사이 모자 쓴 놈이 다시 한 번 입을 놀렸다.

“이봐, 도망갈 생각은 하지 마. 이 형님은 마음이 넓지 않아서 현’s와 조금이라도 관련된 자식이라면 모조리 없애 버리거든? 너도 저놈이랑 같이 있는 걸로 보아 관련이 있는 것 같은데 같이 짭짤한 피 맛 좀 봐야 되지 않겠어?”

“좋아. 그 짭짤한 피 맛이 어떤 건지 한번 느껴보고 싶군. 하지만 그전에! 이미 부상당한 요한 녀석과 여자 둘은 그냥 보내줘.”

그놈은 내 말을 듣고 알 수 없는 요상한 표정을 지으며 곤히 잠들어 있는 요한 녀석과 유란 씨, 그리고 희연이를 번갈아 보고 있었다.

“글쎄… 싫다면?”

“그럼 네놈을 저승으로 날려 보내주는 수밖에 없지.”

“생긴 건 꼭 계집애 같은 놈이 말은 거창하게 하네. ㅋㅋ”

계집애란 말에 또다시 내 이성은 사라지고 있었다.

“저 세 사람을 보내준다고 약속하면 방금 네가 말실수한 건 조금 봐주겠다.”

내 말뜻을 이해하지 못했는지 귀까지 후벼대며 딴청을 피우는 모자 쓴 깡패놈.

“좋아. 보내줄 마음이 없다는 소리로군. 그렇다면 나 역시 봐줄 마음 없다!!”

퍼억!! 퍽!!

둔탁한 소리와 거칠어지는 내 숨소리는 비례했다. 순식간에 앞쪽에 서 있던 다섯 놈을 해치우는 나를 보고 놀란 표정을 주체하지 못하는 녀석들. 그 소란으로 유란 씨와 희연이가 잠에서 깨어났다. 싸우고 있는 나를 보고 유란 씨가 달려온다.

"휘리야! 뭐, 뭐야, 이 사람들?"

"뭐긴, 벌레들이지."

"벌레?"

"그래, 쓰레기 더미를 엄청나게 좋아하는 더러운 벌레."

유란 씨도 순식간에 진지한 표정으로 변하며 내 옆으로 딱 붙어서 입을 열었다.

"그런 벌레들이었구나~ 벌레는 알을 까기 전에 죽여줘야지, 안 그래?"

유란 씨와 나는 우리들만이 아는 야릇한 미소로 서로의 의지를 확인했다. 그리곤 무자비하게 달려드는 녀석들을 상대해 나갔다. 역시 나의 오른팔답게 유란 씨의 실력은 상당했다. 점점 쓰러지는 자신의 동료들을 보고도 꿈쩍도 안 하던 모자 쓴 놈이 피식 웃으며 입을 열었다.

"계집애 한 명과 계집애같이 생긴 놈 한 명이 제법 잘 날뛰는군."

그 순간 유란 씨와 난 동시에 약속이나 한 것처럼 똑같이 입을 열었다.

"방금… 계집애라고 했냐?"

보석 같은 우정

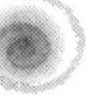
제12장

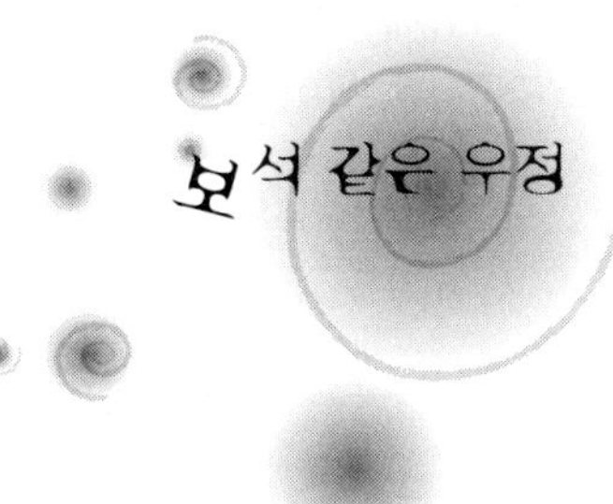

　　모자 쓴 놈을 향해 무섭도록 노려보는 유란 씨와 나. 그러는 사이 바닥에서 나뒹굴던 녀석들도 정신을 차렸는지 자리를 잡고 일어서서 다시 경계 태세를 갖춘다. 피로 물든 주먹을 부들부들 떨며 싸늘한 미소를 걸고 말을 하고 있는 유란 씨.

　　"네놈들한테 계집애라고 불릴 이유 없어. 꼭 계집애라고 하고 싶다면 우릴 이겨봐. 벌레한테 지는 계집애도 있다든? 거기서 폼 재지 말고 네놈부터 덤벼보시지."

　　모자 쓴 놈을 향해 손가락까지 까딱여 보이는 매혹적이고 무서운 유란 씨의 눈빛은 상대를 제압하기에 충분했다. 그제야 앞쪽으로 다가오는 모자 쓴 놈.

"계집애는 계집애다워야지, 그렇게 까불면 심하게 다친다."

언제 꺼냈는지 모자 쓴 녀석의 손에는 날카로운 칼이 들려 있었다. 그다지 큰 칼은 아니었지만 날카롭게 솟은 날이 과일을 깎는 칼이라고 하기엔 잔인하게 번뜩이고 있다. 치사한 자식. 계집애가 어쩌고 하더니 결국은 겁먹고 있는 거네. 유란 씨는 그런 모자 쓴 놈을 향해 비웃듯 빈정대고 있었다.

그 순간을 노리고 유란 씨에게 덤벼들던 녀석들은 나로 인해 바닥으로 내동댕이쳐졌다. 날카로운 칼을 혀로 날름 씻어내며 야릇한 미소를 보내는 모자 쓴 놈. 저놈 상당히 위험한 인물 같아 보인다. 모자 쓴 녀석이 눈빛으로 다른 놈들에게 사인을 보내자 녀석들 치사하게 한꺼번에 덤벼든다. 순간 당황했지만 한 놈 한 놈 상대해 나갔다. 녀석들을 상대하자 점점 체력이 소모되었다. 내 쪽으로 한꺼번에 덤벼드는 놈들을 상대하느라 정신이 하나도 없었다. 겨우 놈들을 쓰러뜨리고 유란 씨 쪽으로 바라보는 순간 내 눈을 의심하고 싶었다.

"유란아!!"

"으읏. 헉. 휘, 휘리야!!"

풀썩.

힘없이 쓰러지는 유란 씨의 옆구리엔 모자 쓴 놈의 칼이 잔인하게 꽂혀 있었다.

"이 자식들이 치사하게!! 한꺼번에 덤벼들어 시야를 가리는 동안 뒤쪽에서 살짝 다가와 칼질을 하다니!! 네놈이 그러고도 계집애란 단어를 함부로 내뱉을 수 있는 자격이 있다고 생각하나!! 죽일 테다. 죽이고 말겠어!!"

눈에 핏기가 역력하고 온몸의 근육이 바짝 긴장되며 몸에 한결 힘이 들어갔다. 내 주변을 빙빙 돌며 호시탐탐 기회를 엿보는 녀석들을 따라 눈동자가 이리저리 굴러간다. 꼼짝도 하지 않고 녀석들만 죽일 듯 노려보며 주먹이 터져라 꼭 쥐고 있었다. 희연이는 하얗게 질린 얼굴로 이불을 꼭 덮고 벌벌 떨고 있다가 유란 씨의 비명을 듣고 슬쩍 다가오고 있었다.

"희연아, 이쪽으로 오지 마."

순간 희연이 쪽으로 놈들의 시선이 옮겨졌다. 아차 하는 마음에 서둘러 녀석들의 시선을 내 쪽으로 모으기 위해 입을 열었다.

"적을 상대할 때 한눈을 파는 것은 약점을 쉽게 드러낸 거나 다름없지!!"

펙!!

말이 끝남과 동시에 멋지게 다리를 뻗어 가까이 있던 녀석의 복부를 걷어찼다. 그것을 시작으로 다시 한 번 접전이 벌어졌고, 난 최선을 다해 녀석들을 상대하지만 점점 체력이 사라지고 지친 탓에 맞는 횟수도 늘고 있었다. 아무리 놈들을 쓰러뜨리고 쓰러뜨려 봐도 다시 일어나는 놈들 때문에 숫자는 줄어들 생각을 하지 않는다. 숨이 턱까지 차 오르다 못해 이젠 숨조차 쉬기 힘들고 팔과 다리도 무의식 중에 움직일 뿐 처음 같은 스피드는 나오지 않는다. 남자들보다 약한 힘 대신 스피드를 키워왔는데 그런 스피드마저 바닥이 나니 이젠 절대적으로 내게 불리한 상황이었다. 하지만 이대로 쓰러질 순 없다.

이대로 내가 쓰러져 버리면 요한 녀석과 쓰러진 유란 씨, 겁에 질려 어쩔 줄을 몰라 하는 희연이까지 모두 무사하지 못할 테니까.

이를 악물고 녀석들을 상대해 나가며 치사하게 달려드는 모자 쓴 놈을 경계했다. 역시나 모자 쓴 놈의 손엔 유란 씨 옆구리에 꽂힌 칼과 같은 또 다른 칼이 들려져 있었다. 똑같은 수법에 내가 당할 줄 알고? 놈들이 한꺼번에 내게 덤벼들어 시야를 가리고 있는 사이 분명 뒷쪽에서 파고들 테지. 누굴 병신으로 아는 거야!! 이 자식들!! 순간 녀석의 치사함이 눈에 보이는 듯해 이성을 잃었다. 금방이라도 쓰러질 것 같던 체력이 알 수 없는 기운으로 비축되면서 다시 처음처럼 열심히 싸워 나갔다. 그러자 모자 쓴 놈은 도저히 안 되겠다 싶었는지 요한 녀석이 있는 곳으로 달려간다.

퍽!! 퍼억!! 퍽!!

모자 쓴 놈을 따라갈 틈도 없이 다른 녀석들을 상대하느라 바쁘던 참에 옆구리에 찔린 칼을 쑤욱 뽑아내며 유란 씨가 비틀거리고 일어났다.

"크읏. 제, 제길. 피가 솟고 있어."

"유란 씨!!"

녀석들을 상대하며 천천히 유란 씨 쪽으로 다가갔다.

"옆구리가 쑤셔서 도움이 될진 모르겠는데 휘리 너 그러고 있는 동안 선인장 뒈질 거 같아."

비틀비틀. 위태위태.

서 있는 것조차 힘겨워 보이는 유란 씨는 옆구리에서 선혈을 뚝뚝

흘리며 공격 자세를 잡고 있었다.

"유, 유란 씨, 뭐 하는 거야!"

놈들을 상대해 나가며 겨우 유란 씨에게 의문을 던지자 유란 씨는 배시시 웃어 보이며 힘겹게 힘을 주고 대꾸한다.

"휘리야, 뭐 해! 모자 쓴 자식 선인장놈한테 가고 있잖아. 어서 가서 막아. 정말 죽일지도 몰라."

'지이이익' 하고 유란 씨의 티셔츠가 길게 찢겨졌다. 물론 본인에 의해서. 길게 찢어진 티셔츠 쪼가리를 더 이상 피가 흐르지 않게 허리에 꽉 감싸 묶더니 머리를 쓰윽 쓸어 올리며 내 앞으로 다가와 싸움을 벌이는 유란 씨. 실은 자신도 죽을 만큼 고통스러우면서, 자기도 아파 죽겠으면서. 이러고 있을 때가 아니지. 유란 씨의 고통을 조금이라도 덜기 위해선 서둘러 요한 녀석부터 구해야 해.

너무 곤히 잠든 요한 녀석은 모자 쓴 녀석이 가까이 다가올 때까지 쌔근쌔근 잠들어 깰 줄을 몰랐다. 녀석에게로 힘껏 달리는 동안 맞은 부분의 상처가 욱신거림을 느꼈지만 지금은 그런 고통을 느낄 시간이 없다. 요한 녀석 앞에 서서 칼을 힘껏 들어 올리며 중얼거리는 모자 쓴 놈.

"현이 놈을 원망해라! 현이 놈 친구인 이유로 네놈은 운명을 다 하는 거다. 걱정 마, 곧 현이 놈도 죽여 네놈 곁으로 보내줄 테니. ㅋㅋ"

놈은 그렇게 중얼거리며 요한 녀석을 해하려 하고 있었다. 칼이 요한 녀석의 배 쪽으로 쑤욱 하고 내려가는 순간 절묘하게 모자 쓴 놈의 손목을 낚아챘다.

"저승으로 갈 놈은 네놈이야!!"

놈의 뒷 무릎 쪽을 정확히 걷어차서 순간적으로 무릎을 꿇게 만든
후 뒤에서 녀석의 목을 비틀어 버렸다. 급소 공격이었으므로 효과는
직방이었다. 목이 틀어지면서 힘없이 쓰러지는 모자 쓴 놈. 그제야
요한 녀석은 힘겹게 눈을 뜨고 있었다. 숨을 헐떡거리며 온몸에 상처
와 피로 물든 내 모습을 보더니 요한 녀석은 깜짝 놀라 소리친다.

"두, 둘리야! 왜 그래? 무, 무슨 일이야?!"

"약속했지? 무슨 일이 있어도…… 널 지킨다고."

"둘리야!!"

"하지만 이번에 널 지킨 건 내가 아니라 유란 씨야."

요한 녀석은 자신 앞에 쓰러진 모자 쓴 놈의 얼굴을 보더니 상처난
얼굴이 더욱 하얗게 질리기 시작했다.

"두, 둘리야, 이놈은…….”

"널 이렇게 만든 놈들이 이놈들 맞지?"

"으응. 어떻게…….”

"확인 사살하러 왔나 봐. 물론 그러다 지가 당했지만."

"둘리야…….”

감동을 가득 담은 눈으로 부담스럽게 나를 바라보는 요한 녀석의
시선에 왠지 버티기 힘들었던 고통이 조금은 덜어지는 듯했다. 다행
이다, 모자 쓴 놈이 요한 녀석을 조금도 건들지 않아서. 요한 녀석은
힘겹게 상체를 일으키며 나를 따스한 눈길로 바라보다 이내 내 뒤쪽

으로 시선을 옮기더니 동공이 갑자기 커지면서 버럭 소리친다.

"까, 까, 깜순아!!"

순간 요한 녀석의 시선을 따라간 곳에 유란 씨가 쓰러져 놈들에게 마구 당하고 있는 모습이 보였다. 아주 치사하게도 상처 입은 유란 씨의 옆구리 부분을 집중적으로 구타하고 있었다. 피가 철철 흘러넘친다는 표현으로 부족해서 바닥까지 유란 씨의 피가 흥건하게 적셔지고 있었다.

"유란아!!"

이미 지칠 대로 지치고, 상처 입을 대로 상처 입은 몸뚱어리였지만 아주 빠른 속도로 유란 씨를 향해 달려가고 있었다. 어떤 놈이 일격을 가하려는 듯 발을 높이 쳐들어 유란 씨 옆구리 쪽을 강타하려는 그 순간 안타깝게도 난 그것을 막을 정도의 거리에 도달하지 못했다.

"안 돼!!"

"깜순아!!"

나와 요한 녀석의 비명이 메아리처럼, 마치 슬로모션처럼 울려 퍼지고 그대로 시간이 멈춰지길 바랐지만 이미 유란 씨는 놈의 발에 옆구리가 찍힌 후였다.

"크악!"

"유란아!!"

유란 씨의 동공이 점점 빛을 잃어간다. 미칠 듯 달려도 유란 씨에게 닿지 않는 내 팔이, 도움의 손길을 빨리 뻗지 못하고 있는 내 자신이 미치도록 원망스럽고 저주하는 사이 다시 한 번 꿈틀대는 유란 씨의 옆구리를 향해 발길질을 하려고 드는 놈들. 조금 더 빨리, 좀 더 빨리, 빨리 놈들을 막아야 해. 저 자식들 죽이겠어!! 모두 죽일 거야!! 죽이고 말 거야!!

하지만 유란 씨를 돕기엔 거리가 미치지 못한다. 미칠 것만 같았다. 눈물이 왈칵하고 쏟아지고 눈물을 휘날리며 달려가 보지만 이 거리가 왜 이렇게도 긴 건지. 유란 씨 옆구리에 다시 한 번 강한 타격을 입으려던 찰나 누군가가 던진 신발에 의해 행동이 저지됐다. 신발이 날아온 쪽으로 돌아보니 온몸에 땀과 상처. 피로 얼룩진 현이 녀석이 신발 한쪽을 벗은 모습으로 놈들을 째려보고 있었다. 놈들이 이렇게 반가운 적이 도와줄 때 말고 또 있던가.

이미 눈물과 상처로 범벅이 된 내가 걱정이 된 건지 서재는 한걸음에 내 쪽으로 달려오고, 현이 녀석과 주접 녀석은 달려가 순식간에 유란 씨를 구타하던 놈들을 해치우기 시작했다. 그저 싸움깨나 한다 하는 놈들과 이들은 질적으로 달랐다.

천하의 서휘리와 백유란이 지쳐서 다 상대하지 못한 놈들을 손쉽게 해치워 버리는 녀석들의 모습에 은근히 분한 기분도 있었지만 그보다 유란 씨의 상태가 걱정이었다. 하지만 서재는 날 붙잡고 내 걱정부터 늘어놓는다.

"휘야, 괜찮아? 대체 어떻게 된 거야?"

"몰라. 갑자기 놈들이 쳐들어와서 요한이를 노렸고, 유란 씨는 카, 칼에……."

눈물이 앞을 가렸다. 서재는 주변을 둘러보더니 대충 상황 판단이

됐는지 날 따뜻하게 감싸 안으며 토닥여 준다.

"괜찮아, 이제 괜찮아. 다 끝났어. 현이랑 우리가 왔잖아. 안심해."

"그렇지만 유란 씨도 심하게 다쳤고, 요한이도 상처가 심한데."

그 와중에도 소프트한 미소를 보내는 서재 덕에 역시나 온 세상에 평화를 되찾아온 듯한 기분과 안도감이 들었다. 하지만 소프트한 미소 옆으로 생긴 상처와 멍 자국들.

이상하고 불안한 기분도 다시 언뜻 스쳤지만 주접 녀석이 유란이를 안아 올려 텐트로 옮긴 후 치료를 시작하는 모습을 보고 조금이나마 불안함을 떨쳐 버릴 수 있었다.

"서재야, 그런데 너희들 어디서 그렇게 다쳐서 온 거야?"

서재는 입술 옆의 상처를 살짝 만지작대더니 피식 웃는 걸로 대답을 대신하려나 보다. 현이 녀석도 군데군데 상처투성이었다. 아깐 다급해서 몰랐는데 현이 녀석 오른쪽 눈 옆으로 길게 뻗은 핏줄기가 너무나 선명했다. 순간 내 동공이 커지고 무의식 중에 녀석 옆으로 한걸음에 달려갔다.

"야, 너 얼굴이 왜 그래? 어디서 다친 거야?"

녀석의 팔을 붙잡고 마구 흔들며 질문을 하자 녀석은 여전히 무표정한 얼굴로 나를 내려다보더니 한마디 툭 던진다.

"시끄러워."

"야! 지금 조용하게 생겼어? 얼굴이 왜 이 모양이 된 거야? 어디서 다친 거야?! 너희들 다 어디서 뭐 하고 왔길래 다들 상처투성이냔 말이야!"

“너야말로 꼴이 그게 뭐야.”

“나야 가만히 요한 녀석 간호하고 있는데 놈들이 쳐들어와서 어쩔 수 없이 싸웠다지만 너희들은 뭐냐구! 이 시간까지 어디서 누구랑 싸움박질하고 다닌 거야!!”

현이 녀석에게 고래고래 소리를 지르는 사이 서재가 벌써 내 옆으로 다시 다가와 있었다. 그리곤 여전히 웃으며 현이 놈을 대변해 주는 서재.

“현이를 따라서 요한이를 저렇게 만든 놈들을 찾아 나섰는데 그놈들은 온데간데없고 원래 현이를 노리던 조폭놈들을 만났지 뭐야. 그래서 놈들을 다 혼내주느라 늦었어. 너희들이 이런 상태일 줄은 꿈에도 몰랐어. 미안해. 괜찮아?”

“난 괜찮아. 너희들은 다 괜찮은 거야? 조폭들이면 숫자도 많았을 거 아냐?”

“그러니까 천하의 현이도 상처가 저 정도지.”

현이 녀석의 눈가 옆에 길게 뻗은 핏줄기에선 엄청난 혈투를 증명하듯 피가 아직도 뚝뚝 자유 낙하하고 있었다. 놈들도 힘겹게 싸우고 왔다는데 뭐라고 할 수도 없는 노릇이고 내가 다친 상처보다 왠지 마음이 더 따끔거리는 건 왜일까? 무엇보다 우리들의 상태는 심각했다.

날이 밝자마자 모두들 병원으로 향했고 유란 씨와 요한이는 한동안 병원 신세를 지게 되었다. 그렇게 바닷가 근처의 병원에서 며칠을 보내게 된 것이다. 희연이는 유란 씨 옆에서 내내 눈물만 흘리고, 현's들도 요한 녀석의 병실을 지켰다. 우리들 상처도 병원에서 간단하게 치료를 한 후 조금씩 회복시키고 있는 중이다. 요한 녀석이 유란 씨의 병실로 가려고 하면 징징대는 바람에 거의 요한 녀석 병실에 붙어 있는 경우가 많았다.

요한 녀석이 낮잠을 자는 틈을 이용해서 살짝 유란 씨의 병실에 가기 위해 나섰다. 그러나 애석하게도 유란 씨 역시 낮잠을 청하고 있는 중이라서 심심함을 달래지 못해 병원을 나와 바닷가를 산책하기로 마음먹었다. 출렁이는 바닷물에 몸을 담그고 파도에 몸을 실어 피서를 즐기는 수많은 사람들이 어쩐지 너무나도 부럽게 느껴지는 이 기분. 한동안 멍하게 그런 풍경을 바라보고 있는데 바로 귀 옆에서 들리는 호루라기 소리 때문에 고막이 터질 뻔했다.

삑!!

"으악!! 뭐야!!"

재빨리 양쪽 귀를 손바닥으로 틀어막으며 호루라기를 불어댄 놈을 향해 최대한 째려보았는데 그놈은 다름 아닌 싹퉁 현이었다.

"야, 인마!! 고막 터지는 줄 알았잖아!!"

"음, 소리가 크군."

내 말은 들은 척도 안 하고 혼자서 호루라기를 만지작거리며 중얼거리는 저 싸가지.

"고막 터질 뻔했다고!!"

"그래서?"

"그래서라니!! 네 죄를 네가 모른단 말이야?"

"무슨 죄?"

"이, 이, 이, 이 싸가지를 창조한 원조 싸가지야!"

이빨까지 뿌드득 갈며 소리를 지르자 녀석 내 입에 호루라기를 덥석 물려 버린다.

"쿠엑! 야!! 무슨 짓이야!"

"선물."

"뭐? 이따위 것을 선물이라고 내놓는 거야, 지금? 괜히 고막 나가게 할 뻔한 거 미안해서 이딴 짓 하는 거지? 앙?"

"위험할 때 불어."

"뭐라?"

"예를 들면 내가 옆에 없을 때라든지."

점점 녀석의 푸른 눈을 바라보는 게 민망해지는 순간, 녀석이 덧붙이는 한마디에 다리에 힘이 쫙 풀려 버렸다.

"그 소릴 들으면 달려갈게."

약 오 초간 정적이 흐르고 빨개진 내 얼굴을 뚫어져라 바라보는 녀석의 푸른 눈에 정신을 차리고 얼른 받아쳤다.

"내가 분 호루라기 소린지 아닌지 어떻게 알고 오려고 그래? 동네 꼬마 아무 녀석이나 호루라기 불면 내가 분 줄 알고 막 달려가겠네, 너~"

"병신."

"뭐라? 야!! 솔직히 그렇잖아, 이걸 분다고 네가 꼭 달려온다는 보장 있어? 호루라기 가진 다른 사람이 삑 하고 불면 난 줄 알고 달려갈 거 아니냐고~ 설사 그건 아니라고 치자! 내가 너랑 엄~청 멀리 떨어져 있을 때 불면 어떻게 알아듣고 달려오냐?"

"……느낌."

"뭐??"

"그 호루라기 소리만 나한테 들리니까. 다른 호루라기는 아무리 불어도 난 가지 않아."

민망해서 장난으로 얼버무리고 넘어가려는데 자꾸만 이 자식은 진지하다. 순간 희연이가 떠오르고 왠지 모를 죄책감에 고개를 돌려 버렸는데 녀석이 답답했는지 한마디 한다.

"두 번 다시 이따위 말 안 할 거야. 잘 새겨들어."

"뭐, 뭘?"

미친 듯이 심장이 쿵쾅대고 금방이라도 다리에 힘이 풀려 주저앉아 버릴 것만 같은 이 기분. 묘하게 떨리는 이 마음은 여태껏 느껴보지 못한 새로운 감정이었다. 침을 꼴깍하고 삼키는 사이 녀석의 새촘한 입술은 천천히 열렸다.

"……사귀자."

푸른 바다가 하~얗게 물들어 보이는 순간이었다. 귓가에 멍한 뱃고동이 울리듯 순식간에 몽롱한 세계로 빠져들어 버린 나였다. '사귀자'라고 말을 내뱉은 후 입을 꼭 다문 현이 녀석의 입술을 뚫어져라 응시한 채 한마디도 할 수가 없었다.

녀석과의 침묵은 상당히 익숙했고, 쓸쓸하고 어색한 침묵도 상당히 많이 경험했지만, 이번만큼 당혹스럽고 숨이 막힐 듯 긴장되는 침묵은 처음이었다. 넉넉 잡아 십오 분은 멍하게 서 있었던 것 같다. 이대론 안 될 것 같아 웃음으로 얼버무리기로 결정을 내렸다.

"푸, 푸하하하하. 야, 싸가지, 너 오늘 약 안 먹었지? 난 네 경호원이지 고백 연습 상대가 아니야~"

"……."

녀석의 미간이 살짝 좁혀지면서 눈빛이 변하는 게 느껴진다. 하지만 그런 녀석의 모습을 보고도 이런 식으로밖에 말이 안 나오는 걸 어쩌란 거야.

"왜 인상을 찌푸리고 그래. 내가 약 지어다 주리? 네가 싸가지는 좀 많이 없지만 여자들한테 인기는 아주 제대로잖아~ 너 좋다고 들러붙는 여자들 많으니까 그 애들 데리고 연습해. 난 그런 연습 들어 줄 만큼 한가하지가 않아. 알겠니? ㅋㅋ"

"……."

대꾸없이 날 노려보기만 하는 이 녀석 때문에 심장이 제구실을 못하는 것 같다. 행여나 '두근' 소리가 들릴까 봐 메마른 침만 애써 넘기고 있었다.

"아, 날씨 좋~다! 이런 날 바닷가에 들어가서 수영이나 하고 놀아야 더위가 싹 가시는데."

"딴말하지 마."

약간 부드럽다고 느껴졌던 녀석의 음성은 어느새 냉랭함을 되찾아가고 있었다.

"딴말이라니~ 호호, 아, 그래! 네가 보기에 희연이 어때? 내 친구라서가 아니고 걔 진짜 예쁘고, 착하고, 괜찮지 않냐?"

"한 가지 물어봐도 되냐?"

녀석은 아주 심각한 듯 나를 똑바로 응시했지만 난 도저히 그런 분위기를 그대로 받아들일 수 없어서 억지로 더 밝게 웃고 있었다.

"무, 물어봐. 희연이에 관한 거라면 내가 진짜 제대로 다 대답해 줄 수⋯⋯."

"너 나 안 좋아하냐?"

"뭐??"

"⋯⋯나 좋아하는 거 아니냐고."

"너 미, 미쳤냐? 이게 아까부터 웬 헛소리야~ 장난도 한두 번이면 재밌지 계속하면 재미없어~ 아, 하지만 희, 희연이는 장난 아니고 정말 너랑 잘 어울리⋯⋯."

"됐어."

녀석은 그렇게 내 말을 끊고는 뒷모습을 보이며 내 시야에서 멀어져 가고 있었다. 이건 아닌데, 녀석의 고백이 진심이었다는 것쯤은 나도 아는데.

"잠깐만!!"

가까스로 녀석의 팔을 붙잡았다. 그대로 뒷모습을 보이는 녀석을 볼 수가 없어서 팔을 붙잡긴 했는데 내, 내가 무슨 말 하려고 붙잡은 거지? 에, 에라, 모르겠다.

"희, 희연이랑 사귀는 게 어때?"

녀석의 눈은 냉랭하다 못해 잔인하게 날 쏘아보고 있었다.

"희연이 진짜 괜찮은 애거든? 너랑 잘 맞을 텐데."

"놔."

"어?"

"팔 놓으라고."

녀석을 붙잡고 있던 내 팔에 시선이 닿아 있는 싹퉁 현. 덩달아 내 시선도 내 손에 고정되고 살짝 팔을 원위치시켰다. 그러자 다시 갈 길을 가버리는 싹퉁 현이 녀석. 그 녀석의 뒷모습이 왠지 안쓰러워 나도 모르게 녀석의 가슴에 비수를 한 번 더 꽂고야 말았다.

"희연이랑 너 정말 잘 어울려!!"

아씨, 이러려고 이런 건 아닌데 말은 자꾸 헛나오고, 그러자 녀석은 가던 발걸음을 딱 멈추고는 나지막이 음성을 퍼뜨렸다.

"날 거절한 게 네 친구 때문인지 아닌지 알 수 없지만 아까도 말했듯이 난 두 번 다시 그 따위 말 안 할 거야. 그 누구에게도. 그러니까 헛소리 그만 해. 충분히 열받았으니까."

"아, 아니, 저기 그게……."

"더 할 말 없으면 더 이상 뒤에서 떠들지 마."

저 녀석 진짜로 정말로 날 좋아하나 보다. 원래 저음이지만 극도로 낮아진 녀석의 저음은 화가 나 있음을 똑똑히 증명하고 있었다. 진심이란 건 알았지만 왠지 믿기지 않아서 더욱 긴장했는데. 더군다나 내 친구 희연이가 저놈을 좋아하는 걸 뻔히 알면서 내가 어떻게 날름 가로채냐고. ㅠㅇㅠ

녀석은 그런 내 마음을 어쩌면 꿰뚫고 있는 건지도 모른다, 저렇게 쉽게 물러나 버리는 걸 보면. 하지만 이대로 녀석에게 아무런 변명조차 못해보고 상처만 준 채 보내 버리면 오늘 밤도 내일 밤도 분명 잠도 못 이루고 녀석이 아른거릴 게 뻔하다. 용기를 내어 다시 한 번 녀석의 발걸음을 멈추게 해보았다.

"야, 이현!!"

내 부름에도 끄떡하지 않고 갈 길을 가버리는 바람에 하는 수 없이 뛰어야 했다. 다시 한 번 녀석의 팔을 붙잡고 녀석의 몸을 거칠게 내 쪽으로 돌렸다. 녀석의 싸늘하게 식은 눈에서는 슬픈 빛까지 역력했다. 내 착각이기를. 하지만 그런 녀석의 진지함만큼은 은근히 기뻤다.

"뭐야?"

싸늘한 눈빛만큼이나 차갑게 식은 녀석의 목소리. 마음이 아파왔다.

"저, 저기 그러니까……."

"……."

"네가 싫은 게 아니고… 그게… 그, 그저… 그게……."

이 녀석한테 말하는 게 이렇게 어렵기는 이번이 처음이다. 뭔가 솔직하게 말하고 싶은데, 내가 아직 이 녀석을 좋아하는 건진 몰라도 확실히 이렇게 상처 주고 보내긴 싫었다. 하지만 그렇다고 사귀자니 희연이가 걸리고 내 맘만 확실히 알 수 있다면…….

"뭐야, 빨리 말해."

신경질적으로 내뱉는 녀석의 말투에 움찔해서 겨우 말을 건넸다.

"넌 남자니까 잘 알 거 아니야. 남자들은 우정을 특별하게 생각하니까. 그만큼 내 우정도 소중하다고나 할까? 흠흠, 하여튼 네가 싫어서가 아니고… 그러니까 우정이 말이지, 음음… 우정이란 게……."

하지만 좀처럼 녀석에게 말하는 게 긴장되어서 말이 꼬이기만 한다. 녀석은 답답했는지 내 말을 낚아챘다.

"네 친구 때문이란 소리냐?"

"어? 아, 아니 그게……."

"이봐, 병신, 넌 그래 가지곤 평생 남자들을 이길 수 없어."

순간 내 인상은 확 굳어졌다. 그리고 녀석에게 따지듯 말을 내뱉었다.

"뭐라고? 너 방금 뭐라고 그랬어? 내가 왜 남자들을 이길 수 없어?"

"우정과 사랑 사이에서 갈등하는 건 너지만 진짜 사랑이란 게 뭔지도 모르면서, 남자들의 사랑이란 게 어떤 건지도 모르는 계집애가 남자들을 능가하고 싶어한다는 게 우스울 따름이다."

"이현!! 너 말 다 했어?"

"잘 들어라, 병신! 너에게 우정이 그렇게 대단하다니 높이 평가해 주겠는데, 우정을 가장한 핑계 따위나 둘러대고 네 마음을 꾹꾹 숨기고 있으면 평생 너에겐 사랑이란 기회가 찾아오지 않겠지. 넌 지금 마음속으로 네 친구와 너 자신의 관계만을 생각하고 있잖아. 그나마 날 위한답시고 내가 혹시나 상처받을까 두려워서 핑계를 대려고 따라온 거잖아. 그 따위 얄팍한 잔머리 굴리지 마.”

“이현, 난… 난…….”

“사랑은 머리로 하는게 아니잖아. 가슴이, 가슴이 시키는 거잖아.”

심장이 쿵 하고 내려앉고, 그렇게 말하는 녀석의 눈동자 속으로 빨려 들어갈 것만 같았다. 냉정하게 돌아서는 녀석의 뒷모습에 이렇게 마음이 아픈 이유를 지금에서야 확실히 깨닫는 나는 정말 녀석의 말대로 놈보다 강한 girl이 되기엔 부족한 것 같다.

와락.

반사적으로 튕기듯 달려가 녀석의 등허리를 꽉 끌어안아 버렸다. 누구의 시선도 상관없었다, 그때만큼은. 아마도 내가 잠시 이성을 잃었었나 보다. 녀석의 발걸음이 순간 멈춰졌고, 시간도 우릴 위해 잠시 멈춰진 듯한 느낌이 들었다. 녀석의 가느다란 허리를 꼭 끌어안은 채 머리가 아닌 가슴이 시키는 대로 한마디 툭 던져 버렸다.

“미안해. 나도 어쩔 수 없는 여자인가 봐. 하지만 아직은… 아직은 말이야. 널 좋아한다고 그대로 받아들이고 싶지 않아. 왜냐하면 나의 목표는 너니까. 네 여자가 되어버리고 나면 그땐 정말 너란 놈 능가하지 못할지도 모르잖아? 내 목표가 사라져 버리잖아. 내 말 이해해?”

녀석은 가만히 내 말을 들어주더니 내가 붙잡은 팔을 떨어뜨린다. 그리곤 가만히 내 쪽으로 몸을 돌렸다. 이내 녀석의 멋진 입술이 열리고 음성이 울려 퍼진다.

“병신, 넌 날 절대 이길 수 없어.”

"씨, 이, 이기고 말 거야!! 언젠가 너보다 훨씬 강한 여자가 되어서… 그래서……."

"마음대로 해. 하지만 후회할 거야. 말했지, 두 번 다시 이제 이딴 말 안 할 거라고."

순간 마음 한구석이 욱신거렸지만 아무렇지 않은 척 얼른 받아쳤다.

"걱정 마! 너한테 그 말 다시 하라고 안 해. 그때가 되면 내가… 내가 할 수도 있어. 그땐 너보다 강하니까."

"평생 들을 일 없겠군."

그렇게 녀석은 알 수 없는 미소를 살짝 머금은 채 사라져 갔다. 미안해. 정말 미안해. 그리고 고마워. 애써 희연이 얼굴을 떠올리며 아픈 마음을 달래고 있었다.

서휘에서 서휘리로

제13장

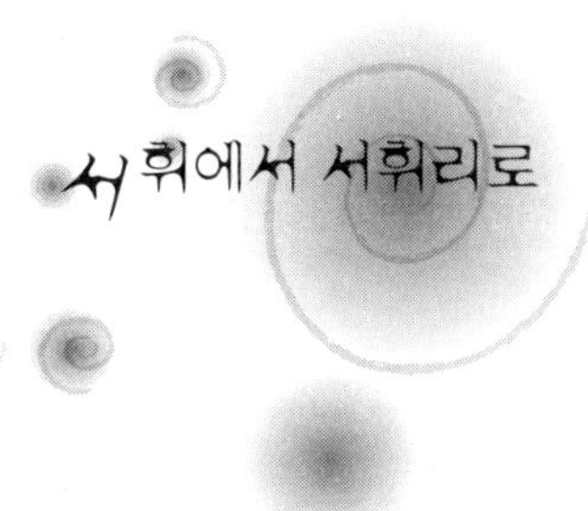

요란한 여행을 마치고 다시 일상으로 돌아온 사라 저택. 그러고 보니 녀석들과 함께한 지도 꽤 오래되었구나. 여름 방학도 벌써 끝나가네. 아차, 그러고 보니 벌써 고3이구나. 같은 생활 반복에, 녀석들 장난에 세월 가는 줄도 모르고 시간 개념 없이 살아온 것 같다. 그동안 집에도 찾아가지 못하고, 작년 생일날에 일어난 일을 계기로 남장을 한 채 경호원이 되고, 녀석들과 학교를 다니면서 이런저런 일도 많이 있었지. 내가 고3이라는 걸 실감할 수 없을 정도로 바쁘고 정신없는 나날을 보내고 있었구나. 잠시 딴생각을 하고 있던 사이 서재가 얼굴을 가까이 들이 대며 입을 연다.

"휘야, 무슨 생각을 그렇게 해? 대답도 안 하고."

"어? 아, 미안. 잠시 딴생각을 좀… 그나저나 우리 벌써 고3이네?"

"응, 시간 참 빠르지?"

"에이공고는 반이 3년 내내 그대로 올라가니까 고3이란 것도 몰랐어."

"흥흥 그래, 우리 학교가 좀 그렇지."

"그러고 보니 그 껄덕대던 3학년 용군지 뭐시긴지 하는 놈도 졸업해서 안 보인지 오래고, 같은 반 녀석들도 더 이상 날 보며 음탕한 눈길을 쏘지 않으니까 학교 생활도 꽤나 편해졌고. 그동안 학교 생활하면서 뭘 배운 건지."

"맞아. 그러고 보니 휘야 너 우리 학교에서 졸업장을 딸 수는 없잖아."

"맞다. 그래도 난 여자니까 남자 학교 졸업장을 가지고 있으면."

"안 그래도 현이가 너 전학시키려고 하더라."

"싹퉁 현이가?"

"응, 역시 현이는 널 걱정하고 있더라구. 나까지 깜빡한 부분을 꼼꼼하게 다 챙기고 있었잖아."

서재는 그렇게 말했지만 어쩐지 그 고백한 날 이후로 도통 녀석의 모습도 볼 수 없고, 날 빨리 자신의 곁에서 떠나보내려고 하는 것 같아 어쩐지 마음 한구석이 아려왔다. 다른 생각보다 오직 그 생각만이 내 마음을 아프게 만들었다.

"날 전학시킨다고?"

"그래야지. 네 말대로 우리 학교 졸업장 들고 나갈 순 없잖아. 게

다가 고3이니 공부도 마저 해야 대학 진학할 수 있을 거 아냐. 그럴
려면 너 경호원도 그만둬야 하고, 현이네 집이 빵빵한 만큼 충분한
보수를 지급할 거야. 예전에 독립하고 싶다 그래서 네가 살 조그만
아파트하고 그동안 일한 것의 몇 배로 주기로 첨에 약속했었지? 아
마 그 돈이면 너 대학 생활 하는데 별 어려움은 없을 거야.”

“그럼 나 지안여상으로 돌아가는 거야?”

“그렇지. 기쁘지 않아? 아마 이번 주 안으로 너 학교 옮기는 거랑
일한 대가랑 다 지급될 거야. 근데 휘야, 너 표정이 왜 그래?”

무의식 중에 굳어 버린 내 표정을 보고 한층 더 그늘진 얼굴로 나
를 바라보는 서재.

“그냥… 싱숭생숭해서.”

너무 갑작스러운 상황이라 어차피 다가올 이별이라는 걸 알면서도
적지 않게 당황하고 있었다. 내 인생의 길이 탄탄하게 열려졌음에도
불구하고, 그렇게 바라던 나만의 생활로 돌아가게 되었음에도 불구
하고 허전하고, 아프고, 저린 마음이 드는 건 왜일까? 모은 돈으로
대학에 진학해서 졸업 후엔 제대로 된 직장을 잡으면 스스로 먹고 살
능력이 주어지는 건데 그러면 그럭저럭 성공한 인생으로 살아가게
되는 건데 뭐가 이렇게 마음 아프게 내 발목을 붙잡고 있는 거지? 서
재가 배려해 준 모든 이야기를 만약 싹퉁 현이 놈이 직접 말했다면
어쩌면, 어쩌면 녀석을 때려줬을지도 몰라. 왜냐구? 왜… 냐구??

“휘, 휘야, 어디 가? 휘야!!”

나를 부르는 서재를 뒤로하고 어디론가 미친 듯이 달려가기 시작

했다. 목적지 같은 건 없었다. 그저 숨이 턱까지 차 오를 정도로 달리고 나면 답답한 가슴이 뻥 하고 뚫리리란 기대감을 가지고 막연히 달릴 뿐이었다. 이제 평범한 그때로 돌아가는 거야. 물론 그전에도 극히 평범한 여학생은 아니었지만.

얼마나 달려서 멈춰 선 걸까? 목에선 피가 들끓고 다리가 후들거려 더 이상 거동을 하기 힘들 지경에 이르러서야 멈춰 선 이곳은 낯선 주택가의 좁은 골목이었다. 벌써 어두워진 골목을 가로등 불빛들이 외로이 비추고 있었다. 우연이라도 좋으니 현이 녀석 얼굴과 마주쳤으면 좋겠어. 지금은 아무 생각 하지 않고 녀석의 싸늘하고 냉랭하던 그 푸른 눈을 한 번만 더 내 눈에 담아보고 싶어. 현이 녀석의 무뚝뚝함을 닮은 외롭고 기다란 가로등에 기대어 천천히 현이 녀석의 눈동자를 떠올렸다가 피식 미소를 지어 보였다.

"싹퉁 녀석. 바보 싹퉁 녀석."

벌써 며칠째 보지 못한 걸까? 하긴 일 년을 못 본 것도 아니고, 십 년을 못 본 것도 아닌데 왜 이렇게 오래 못 본 것처럼 느껴지는 걸까? 항상 곁에 있다가 없어서 그런 걸까? 상처받은 건지 바닷가에서 이후로 이현 녀석 가출이라도 해버린 걸까? 도무지 모습을 볼 수가 없었다. 곁에 있어도 있는 것 같지 않은 조용한 녀석이었는데 말이야. 우습다. 이러고 있는 내 자신이 우습다.

"사랑은 가슴이 시키는 거잖아."

머리로 하는 게 아니라는 말. 생각하고 사랑하는 게 아니라는 말. 사랑하기 때문에 생각하는 거라고 하고 싶었던 걸 거야. 그렇지, 이현? 똑똑한 나한테 아무리 말을 돌려서 해봤자 난 다 안다구. 네 녀석이 아무리 간단하게 줄여서 말해도 난 모든 뜻을 풀어서 늘어뜨릴 수 있다구. 자꾸만 녀석 생각을 하고 있는 내가 어색하지만 호주머니를 만지작거리다 어느새 주먹에 꼭 쥐어진 건 녀석이 건네준 호루라기였다.

"이건 녀석의 호루라기?"

피식 웃어 보이는 내 입꼬리 옆으로 투명하고 따뜻한 액체가 묻어난다. 서휘리 넌 강한 여자잖아? 울면 안 되잖아? 점점 내 자신이 약해지고 있다는 게 느껴져서, 사랑 앞에서 무너지고 있다는 것이 남자들보다 강하고 나 자신을 지키기 위해 살아온 모든 내 삶이 한순간 다 무너지고 허약해지는 이 기분. 서휘리, 이것밖에 안 되는 거였니? 너도 그냥, 그냥 한없이 약해 빠진 여자일 뿐이니? 계집애일 뿐인 거야? 내가 계집애야? 제길!!

무의식 중에 꼭 쥐어버린 주먹 속에서 호루라기는 살짝 몸을 비튼다. 그 순간 내 시선은 다시금 살짝 펴진 주먹 속의 호루라기에 쏠려졌다. 천천히 입가에 호루라기를 가져다 댔다.

이거 불면… 네놈 진짜 달려올 거야? 이거 불면…… 진짜 네놈한테만 들리는 거야? 헤매이지 않고 바로 나한테 달려올 수 있는 거야? 그런 거라면 나 한번 불어볼게. 그렇다면 나 한번 불어볼래.

숨을 모아 호루라기 구멍을 향해 후~ 하고 바람을 불어넣었다.

삑~

하고 찢어지는 듯한 호루라기 소리가 조용한 골목을 쩌렁쩌렁 메아리치며 울렸다. 현이 녀석의 모습 대신 누군가의 목소리가 기분 나쁘게 내 귓속을 파고든다.

"이 밤에 누구야!! 잠 좀 자자, 잠 좀!!"

제길. 무안한 나머지 아무도 없는 골목을 확인하듯 두리번거리다 슬쩍 호루라기를 주머니 속에 밀어 넣었다.

이현, 이 죽일 놈. 나타나긴 뭘 나타나!! 괜한 기대로 사람 두근거리게 하지 말란 말이야! 내 발 앞에 놓여 있던 작은 돌멩이를 화풀이용으로 걷어찼다. 틱 하고 내 신발에 부딪혀 저만치 날아가는 돌에 시선을 고정시켰는데 멈춰 선 돌 앞으로 누군가의 그림자가 드리워졌다.

"너, 이… 이현……?"

시원하고 냉랭하던 녀석의 푸른 눈이 나를 향해 똑바로 고정되어 있었다.

"너 설마…… 내 호루라기 소릴 듣고 온 거야? 말도 안 돼. 거짓말……."

정말 눈앞에 보이는 이 사실을 믿을 수가 없었다. 이건 너무 뻔한 스토리잖아. 어떻게 타이밍 좋게 저 녀석이 나타날 수가 있는 거냐구! 지금까지 내 등받이를 해주며 잠깐의 우정을 쌓았던 가로등을 서둘러 배신하고 녀석이 있는 쪽으로 냉큼 달려나갔다.

"야, 이현! 지금까지 집도 안 들어오고 어디서 뭐 하고 있었……."

나 지금 뭐 하는 거지? 굴러간 돌멩이가 멈춰 선 곳엔 또 다른 가로등이 멀뚱히 자리를 지키고 서 있을 뿐이다. 환각인가? 한숨을 푹 내쉬며 괜스레 죄없는 가로등을 발로 툭 하고 걷어차 버렸다. 나 지금 뭐 하는 거니. 서휘리, 뭐 하는 거야. 애꿎은 한숨만 푹푹 쉬며 돌아선 발길이 다시 한 번 멈춰졌다.

"이, 이현?"

"뭐냐, 병신."

그토록 애타게 귓가를 맴돌게 만들고 싶던 녀석의 낮은 음성. 변함없이 무뚝뚝한 저 콧날과 턱 선. 그보다 더욱 냉정한 푸른 눈까지… 이현이 틀림없었다. 어째서, 어째서 저 자식 모습을 보는데 눈물이 흐르는 거지? 순식간에 내 마음속 곳곳에 따뜻한 기운이 퍼져들었다. 결국 저 녀석의 푸른 눈이 따뜻한 눈물로 인해 흐려지게 보인다. 그래, 나 이 녀석이 미칠 듯이 보고 싶었던 거야.

"이 호루라기 고물이야!!"

주머니에서 호루라기를 꺼내 바닥으로 내동댕이쳤다. 그러자 현이 녀석의 푸른 눈은 땅바닥에 나뒹구는 호루라기에 고정되어 있었다.

"이현 이 거짓말쟁이!! 호루라기 불면 달려온다 했잖아! 내가 불면 곁에 온다고 말했잖아! 마음으로 느낀다고 했잖아. 느낌으로 내가 불면 온다고 했잖아. 속으로 얼마나 수백 번 호루라기를 불었는지 네가 알기나 해?"

나답지 않게 자꾸만 눈물이 나서 어깨까지 들썩이고 있다. 나도 이런 내 모습이 나답지 않다는 것쯤은 굳이 이 자식이 확인시켜 주지 않아도 알고 있다.

"병신 꼴값한다."

"나쁜 놈아! 이 거짓말쟁이야!! 호루라기 고장난 거냐? 소리만 시끄럽구!!"

"그래, 고장났다."

"뭐??"

항상 냉랭한 녀석의 푸른 눈이 내 눈과 마주하고 있다. 몇 분 전까지만 해도 이 녀석의 푸른 눈을 내 눈에 담고 싶다고 미칠 듯 혼자 애원했는데 또 막상 이렇게 내 눈에 녀석의 푸른 눈이 담겨지니 피하기에 급급했다. 떨어지는 눈물을 감추기 위해 고개를 돌렸다고 표현해야 할 것 같다.

"호루라기 고장났다고, 병신아."

"고장난 호루라기를 왜 선물하고 지랄이야! 우씨!!"

서둘러 소매 부분을 쭉 늘어뜨려 거칠게 눈물을 닦아냈다. 그리고 언제 울었냐는 듯 녀석의 눈을 똑바로 쳐다보곤 다시 한 번 입을 열었다.

"그리고 그놈의 병신이란 말 좀 그만 하면 안 되겠냐? 난 사지가 멀쩡한 건강한 대한의 여아라구!!"

"시끄러워."

"그래, 네놈의 그 '시끄러워' 가 한 번쯤 더 듣고 싶더라!"

"네가…… 호루라기 고장냈잖아."

순간 심장이 또 제멋대로 날뛰고 녀석의 푸른 눈을 나도 모르게 멍~하게 바라보고 있다.

"네가 호루라기를 빨리 불어주지 않아서…… 호루라기가 화나서 고장나 버렸잖아."

얼굴이 새빨갛다 못해 아주 뜨겁도록 달아올라 버렸다. 이 자식이 또 무슨 헛소릴 하는 거야. 어째서 사람 미치도록 걱정하게 만들어놓고 나타나서 이런 말을 해대는 거야, 마음 아프게!! 나쁜 자식. 마음을 겨우 가다듬고 천천히 그것도 아주 힘겹게 입을 열었다.

"이현, 나 한 가지만 물어봐도 되냐?"

녀석의 푸른 눈은 말없이 내 질문에 응하고 있었다.

"이현, 넌 진정으로 강해진다는 게 뭐라고 생각하냐?"

현이 녀석 순간 피식하고 웃어버린다. 그 웃음의 의미는 무엇일까? 녀석은 나보다 높은 곳에서 나를 내려다보고 있는 듯한 그런 느낌을 만들어내고 있다.

"웃지만 말고 대답해 봐. 강해진다는 정의가 뭐야? 국어 사전대로 읊지 말고! 하긴 네가 국어사전을 암기할 리 만무하지만."

"여자는 약해도 어머니는 강하다라는 말 들어본 적 있냐?"

"물론이지. 그 앞에 여자는 약하다는 말이 상당히 맘에 안 들지만 잘 알고 있는 문장이지."

"내가 보기에 병신, 너는 약하다라는 단어에 심각한 콤플렉스가 있어 보여."

"뭐라? 난 강해지고 싶은 사람이야! 약하다는 단어가 싫은 건 당연한 거라구!!"

“여자는 약하다라는 뜻이 과연 남자들 기준에서 여자를 무시하는 뜻일까? 과연 그럴까?”

“그럼 아니야?”

“너도 네가 남자들보다 힘이 약하다는 걸 인정하고 있지 않냐? 그렇기 때문에 남자들과 대적할 만한 스피드를 대신 키운 거고. 아니냐?”

“그야 그렇지.”

“여자는 약하다. 계집애다. 그런 단어 싫어하는 널 이해 못하는 건 아니지만, 네 기준에서 모든 걸 판단하지 말길 바란다. 남자들에게 여자를 무시해도 된다는 법은 세상 어디에도 없어. 내가 보기에 진짜로 강하다는 건 자신이 스스로 행복한 순간을 만들고 그것을 지킬 때야. 그걸 실행할 수 있다는 게 결코 쉬운 일이 아니거든. 강한 의지가 없다면. 강한 힘이 아니라 의지 말이야. 세상이 힘의 세기로 돌아가고 강함과 약함이 두드러지게 나타났다면 동물이 사람을 지배했을 거 아니냐. 적어도 동물은 나보다도 힘이 더 셀 테니까. 네가 동물이냐? 남자들 못지 않게 강한 사람으로 남겠다고 주먹질을 해대는 게 결코 강한 게 아니라는 거지.”

“……그럼 난 여태껏 뭘 위해서 살아온 거지?”

“너의 행복.”

스스럼없이 행복이란 단어를 말하고 있는 이 싹퉁 녀석. 뭔가 어색하다. 하지만 진지함으로 빛나는 녀석의 푸른 눈에서 눈을 떼는 것조차 쉽게 허락되질 않았다.

"행복… 이라구?"

"그래, 넌 네 기준에서 강하다라는 틀을 만들어놓고 그 틀에 맞춰지면 행복함을 느꼈을 거 아니냐. 결국 너의 행복을 위해서 그렇게 스스로를 다듬어온 거잖아."

"그럼 뭐야. 지금 내가 잘했다는 거야, 못했다는 거야?"

내가 미쳤나 보다. 저 녀석한테 무슨 대답을 기대하고 이딴 질문을 던지는 거야? 바보.

"네 방식대로 살아가는 건 좋은데 한 번쯤 네가 추구하는 행복이 전부가 아닌 걸 깨달아보라는 뜻이야. 잘했다, 못했다는 내가 판단할 수 없지. 솔직히 말해서 못했다고 말해 주고 싶지만."

"……."

아무 대답도 할 수가 없었다. 확신에 찬 녀석의 냉랭한 눈빛이 나를 향해 무섭도록 빛나고 있었기 때문에.

"아, 길게 말할 거 없고 너를 간략하게 줄여서 말하면 '자존심 빼면 시체인 여자다' 라고 할 수 있겠군."

그래, 난 처음부터 이 녀석한테 지고 있었는지도 몰라. 강한 힘이 아니라 스스로를 단련시킬 수 있는 마음가짐부터. 강해질 거라고 무작정 날뛰는 나를 바라보는 녀석의 입장에선 내가 우스꽝스러워 보였을 뿐이겠지. 그래서 절대 자신을 이기지 못할 거라고 말했던 거구나. 처음부터 사람의 심리나 마음가짐, 행동 등을 말없이 지켜보고 모든 걸 차별없는 기준으로 이미 판단해 두었기 때문에. 적어도 이현은 그런 능력이 있었기 때문에. 진짜로 강하다는 것은 쓸데없는 자존심이 아니라 약한 상대 앞에서도 여유롭게 웃고 져줄 수 있는 편안한 마음. 또 강한 상대를 제압할 땐 확실히 제압해 줄 수 있는 자신감과 내 능력. 그 모든 게 고루 갖춰져 있을 때야말로 비로소 ‘나는 강하다’라고 할 수 있는 거였어. 무조건 이기는 게 다가 아니야. 하지만 내가 가진 건 쓸데없는 자만심과 자존심 그 두 가지뿐이었어. 이건 서휘리의 완전한 패배야. 어째서 이현 이 자식한테 그런 걸 배워야 하는 거야? 아니야, 틀렸어. 이런 마음가짐 자체가 틀려먹었어. 나보다 강한 상대에게 웃으면서 모든 걸 수용할 수 있는 그런 마음가짐도 내 스스로 강해지고 있음을 뜻하는 거야. 이현, 네가 이겼어. 너의 완전한 승리야.

온몸에 힘이 쭉 빠지고 동공에 힘이 풀리자 현이 녀석의 푸른 눈이 조금 더 가까이 내 눈 안에 담겨진다.

“쓸데없는 말을 너무 많이 나불거린 거 같군.”

어느새 눈물이 다시 한 번 내 볼을 타고 흘러내렸다. 얼마 지나지 않아 나는 녀석의 기다란 팔 안에 내 몸이 가두어졌고 녀석의 심장 소리가 귓가에 맴돌았다.

쿵쾅쿵쾅.

심장 소리가 요란한 걸로 보아 어쩌면 내 심장 소리인지도 모른다. 내 머리를 부드럽게 쓸어 넘기는 녀석의 나지막한 음성이 내 눈물샘을 자극하고 있었다.

“서휘리, 근데 너 그거 아냐? 내가, 내가 너한테 졌다.”

내 이름을 처음으로 불러준 것만으로도 가슴 떨리고 미칠 듯 이상한 기분에 사로잡혔는데 졌다는 건 무슨 의미일까? 가만히 녀석의 품 안에서 녀석을 올려다봤다. 잘빠진 턱 선이 나를 향해 기울여졌다.

"강한 척하는 너에게 빠졌으니…… 내가 진 거지."

두근.

심장은 다시 한 번 정확히 반응했다.

이젠 나도 모르겠다. 이젠 나도 더 이상은 머리가 시키는 대로 못 움직이겠다. 이젠 나도 더는 억지로 강해지고 싶지 않아. 강한 척하고 싶지 않아. 진짜로 강해지고 싶어. 바로 이 녀석 곁에서.

나도 모르게 녀석의 허리를 꼬옥 끌어안았다. 녀석은 잠시 그 자세를 유지하다 팔을 오므려 나를 더 꽉 끌어안는다. 희연이한테 미안하단 생각보다 먼저 드는 것은,

"이현… 솔직하지 못해서 미안해."

"병신. 그래서 네가 병신이야."

"씨이! 우엥~"

창피하게 이현 녀석의 품에서 실컷 소리 내어 울어버렸다.

다 울고 나니 녀석을 쳐다볼 일이 슬슬 걱정된다. 사실은 아까~ 아까 울음을 그쳤는데 도저히 창.피.해.서 고개를 들 수가 없다. 팅팅 불어터진 눈하며 빨갛게 충혈된 눈동자를 보면 있는 정마저 뚝 떨어질 것 같아 현이 녀석을 배려한답시고 고개를 푹 숙이고 있다.

잠시 후 녀석의 차가운 음성이 또 한 번 내 가슴에 비수를 꽂는다.

"아직 멀었냐?"

"시, 시끄러! 다, 다 됐다! 어쩔래?"

"울지 마라. 안 어울린다."

"우는 게 어울리는 사람도 있냐?"

"시끄러워."

"어, 그래. 떠들어서 미안."

부은 눈 옆으로 주름이 예쁘게 잡히자 녀석은 나를 살짝 놓아주더니 민망하게 날 바라본다. 그 녀석의 푸른 눈이 오늘따라 상당히 부담스럽다.

"야, 이현, 그럼 오늘부터 우리 사귀는 거야?"

어색한 분위기를 없애기 위해 장난스럽게 웃으며 대책없이 말을 내뱉어 버렸다. 내가 미.쳤.지. 아주 무덤을 삽이 아닌 포크레인으로 파요, 파!

녀석의 푸른 눈이 내 눈을 똑바로 응시하는 순간 내가 엄청나게 민망한 말을 해버렸다는 걸 깨닫고 애써 장난으로 넘어가 보려 하지만 이미 빨개진 내 얼굴을 뒷처리하기엔 늦어버린 것 같았다.

"난 사귀자는 말 한 적 없는데."

캑! 그럼 뭐야? 지금껏 울고불고 난리친 건 뭐냐구. 은근히 녀석이 다시 프러포즈하길 바라고 있었던 건가? 이 자식 사람 진짜 민망하게 하네.

"뭐, 뭐시라?"

"내가 말 안 했던가? 두 번 다시 그 따위 말 안 할 거라고."

"그, 그럼 뭐야! 왜 끌어안고 지랄인데!!"

"네가 한다며?"

"내가 뭘!"

"내가 안 하면 네가 하겠다며."

이 자식이 설마 그때 바닷가에서 나도 모르게 말한 걸 아직도 마음에 담아두고 있었던 건가? 자식~ 의외로 소심하네. 그럼 지금 나더러 고백하라는 거야? 마, 말도 안 돼.

"솔직히 프러포즈는 남자가 하는 거야!!"

"누가 그래?"

"상식적으론 다 그래! 여자가 민망하게시리."

"너 스스로 여자를 비하시키고 있네."

"이건 비하가 아니라 보통……."

"결론만 말해. 그래서 어쩌라는 건데?"

"당연히 네가 고백해야…… 헐."

너무 감정에 휩싸여 이성을 잃었구나. 서휘리, 진정해.

"이봐, 병신, 난 한 번 안 한다면 절대 안 해. 그것만 기억해 둬."

이 쩨쩨한 자식, 치사하게 꼭 민망한 말을 나한테 시키려나 보다. 하지만 나도 더 이상 이 자식에 대한 감정을 숨길 수가 없었다. 희연아, 미안해. 너에 대한 내 우정이 고작 이 정도인 게 나도 한심스러워. 하지만 용서해 주라. 이젠 이 녀석이 곁에 없으면 강해질 수 없을 것 같은 내 자신을 이해해 줘.

"좋아! 이현, 우리 사귀자! 어때? 나같이 멋진 여성이 너의 애인이 되어주겠어. 황송하지?"

“병신.”

그렇게 말하면서 휙 하고 돌아선 녀석의 볼이 살짝 붉어진 건 내 착각인 걸까? 귀여운 놈.

녀석과의 침묵이 오늘따라 민망하다. 말없이 나란히 낯선 거리를 걷고 있지만 이 녀석이 먼저 나한테 말을 걸 리 없으므로 용기 내서 내가 먼저 말을 걸기로 마음먹었다.

“야, 너 요즘 외박이 잦더라. 외박하면 대체 어디서 자는 거냐?”

“알아서 뭐 하게.”

“고3이나 된 게 공부할 생각은 안 한 채 외박이나 하고. 대체 생각이 있는 거야, 없는 거야?”

“시끄러워.”

“하여간 넌 정말 대책이 없어. 한두 살 먹은 어린애가 사고치는 건 애교로 넘어갈 수 있지만 넌 이제 어엿한 고3…… 읍!!”

갑자기 덮쳐 오는 녀석의 입술을 미처 피할 겨를도 없이 그 자리에서 키스를 당하고 말았다. 녀석은 성격도 무뚝뚝하지만 키스도 무뚝뚝하게 갑자기 해버린다. 깜짝 놀라 눈이 동그랗게 떠졌다가 처음으로 눈을 조심스럽게 감고 녀석의 목에 손을 둘렀다. 오오~ 장하다, 서휘리.

녀석은 잠시 멈추고 나를 바라보는가 싶더니 이내 다시 천천히 입을 맞춘다. 부드럽게 느껴지는 녀석답지 않은 소프트한 키스. 입술이 서로 교차하고 녀석의 부드러운 혀가 내 입 안으로 침범했을 때 입 안에 맴도는 달콤함은 차마 말로 다 형용할 수 없었다. 사랑하는 사람과의 키스는 이런 기분이구나. 이런 걸 저속하게 표현하는 사람들에겐 진정한 사랑의 힘을 가르쳐 주고 싶은 마음이다. 갑자기 당했을 때도 솔직히 싫지 않은, 사랑하기에 서로 얽힐 수 있는 그런 기분.

다행히 주변엔 지나가는 사람이 아무도 없었다. 그리 짧지도, 길지도 않은 녀석과의 키스가 마무리 되고 녀석의 따뜻한 온기가 입술에만 살짝 여운을 남긴 채 내 몸에서 떨어져 나갔다. 천하의 싹퉁 이현도 쑥스러웠던 걸까? 키스 후에 바로 휙 돌아서서 앞장을 선다. 괜스레 무안한 분위기를 수습하기 위해 또다시 녀석에게 대화를 신청했다.

"저기… 나 전학 보내려고 한다며? 서재가 그러더라."

녀석은 조금도 걸음의 속도를 늦춘다든지 아무 흐트러짐 없이 나지막이 대답했다.

"어."

"왜 벌써……."

"뭐가 벌써야, 고3인데. 곧 2학기 시작할 거야. 지금 공부해도 너 대학 들어가기 빠듯할 거 아냐. 경호 같지도 않았지만 경호원 노릇 한답시고 그 잘난 머리 회전 제대로 못했잖아."

진짜 나 걱정해 주는 건가? 날 곁에서 빨리 쫓아버리려고 한 거 아니구?

"그래서 나 지안여상으로 돌아가라구?"

"그래."

전혀 섭섭한 기색도 없이 바로바로 대답하는 녀석의 태도에 살짝 실망하기도 했다. 하지만 그런 우울한 기분을 오래 갖지 못하도록 녀석의 입은 다시 한 번 열렸다.

"근데 뭐 하나 물어봐도 되냐?"

"여러 개 물어봐도 괜찮긴 한데 너랑 오래 대화해서 좋았던 적 한 번도 없었으니까 짤막하게 하나만 질문해~"

"병신."

"질문이나 해!"

"너 공부 잘한다며? 근데 왜 여상이냐?"

"여상이 어때서?"

"공부 잘하면 대부분 인문계 가지 않나?"

"아, 그거? 울 아버지가 계집애는 인문계 보내서 대학까지 가르칠 가치가 없댔어. 그래서 여상 보낸 거야."

"너희 아버지가?"

"엉. 뭐 어렸을 때부터 그런 대우가 익숙해서 그런 말 듣는데 전혀 상처 안 되니까 미안해할 필요 없어."

"내가 너희 아버지도 아닌데 왜 미안해."

"혹시나 너에게 인정과 동정이라는 그런 따뜻한 마음이 혹.시.라.도! 있을까 봐 한 소리였어."

"너도 아버지한테 사랑받지 못했냐?"

"너도… 라고?"

"…아무것도 아니다."

녀석은 잠시 말꼬리를 흐리더니 걸음을 조금 더 빨리한다. 어쩌면 저 녀석의 푸른 눈이 냉랭하게 빛나야만 했던 이유가 따로 있었던 걸지도 몰라. 그러고 보니 그 큰 저택에서 오랫동안 신세지면서 부모님을 뵌 적이 한 번도 없구나. 난 녀석에 대해 아는 게 하나도 없어. 알수도 없구. 하지만 이대로 저 녀석의 냉랭한 눈빛을 지켜만 보기엔저 녀석에 대한 마음이 너무나 커. 그래서 용기 내어 다시 녀석의 음성을 꺼내기 위해 노력했다.

"이현 넌 남부럽지 않게 자랐을 것 같은데 아니야?"

"……."

역시나 녀석은 대답하지 않았다. 대답하지 않을 거란 걸 이미 예감했기에 난 계속해서 말을 이었다.

"하긴 부잣집 도련님이라고 마냥 황송한 대우를 받고 살았으리란보장은 없지. 흠흠."

잠시 옛일을 떠올리며 마음 한구석의 텅 빈 허전함과 어둠이 모든생각을 지배하는 동안 현이 녀석이 조심스럽게 입을 열었다.

"그럼… 남자로 태어나서 남자다운 대우를 못 받는 것에 대해 어떻게 생각하나?"

녀석의 말뜻을 파악하지 못한 나는 고개만 갸웃거릴 뿐이었다.

"여자들보다 월등히 위에 있고 싶은 욕심 따윈 조금도 없는데. 남자… 남자라는 자체로 그 이하의 취급을 받는 것에 대해 생각해 본적 있나?"

"무슨 말이야?"

"…아무것도 아니다. 돌아가자. 늦었어."

녀석은 이미 슬픈 눈으로 내게 등을 보이고 있었다. 분명 무언가 사정이 있음이 틀림없다. 하지만 이미 돌아선 현이 녀석에게 더 이상 힘겹게 이야기를 꺼내도록 하고 싶지 않다. 이미 좋아하게 되어버린 녀석의 푸르고 냉담한 눈빛이 슬픔으로 변할까 봐 두려웠기 때문이다.

저택으로 돌아오자마자 우리를 반갑게 맞이해 준 것은 역시나 소프트미소 서재였다.

"너희 둘~ 같이 들어오네?"

현이 녀석은 피곤하다는 듯 서재의 어깨를 가볍게 툭 쳐주고는 자신의 방으로 올라간다. 서재와 둘이 남겨진 나는 반갑게 맞아주는 서재에게 현이 몫까지 감사 인사를 전해야 했다.

"아직 안 자고 기다린 거야?"

"응. 현이 녀석이야 워낙 신출귀몰해서 상관없지만, 휘야 너는 갑자기 뛰어나가 버려서 얼마나 걱정했다구."

"실은 별아 아가씨 들어올까 봐 안절부절못하고 기다린 건 아니구?"

"앗, 들켰나?"

"치이~ 섭섭한데, 민서재?"

장난스럽게 질투하는 척했지만 전처럼 마음 한구석이 아려오거나 그런 건 놀랍게도 말끔하게 사라졌다. 이젠 정말 현이 녀석밖에 마음에 없다 이건가? 하여간 여자란 동물은 정말 알 수 없는 거 같아. 혼자서 내 마음을 정리하고 있는 사이 서재가 부드러운 미소를 앞세워 입을 열었다.

"아, 너 전학 준비랑 그동안 일한 수당 등 다 정리해서 맞춰놨어. 다음 주부터 지안여상으로 들어가면 될 거야. 아파트는 조만간 알아봐 줄게."

"그래? 참 빨리도 했네."

"그런 거야 현이네 집안 권력으로 전화 한 통이면 끝이니까. 집은 좀 괜찮은 곳으로 알아봐야 할 것 같아서 시간을 좀 두고 보기로 했어."

"고마워, 서재야."

"아냐, 내 임무이자 좋아하는 친구의 일인데 당연히 잘해줘야지. 그새 너 머리도 많이 길렀네. 방학이라서 안 다듬어서 그런 거 같네."

"응. 제법 길었지? ㅎㅎ 이젠 자르지 않아도 되겠네."

"그래, 다시 여성스럽게 머리도 기르고 예전의 너로 돌아가도 좋을 것 같아."

"시원섭섭하네. 뭐, 경호원이라지만 친구처럼 지내서 한 일도 없는 거 같았는데."

"아냐, 그동안 정말 수고 많았어. 현이 녀석도 너한테 고마워하고 있을 거야."

"그 자식이 고마워할 일이 없잖아. 있다 해도 내색할 놈이 아니니깐."

"어느새 현이에 대해 너무 많은 걸 알아버린 거 아냐?"

"아니, 아직은 하나도 모르는 기분이야."

"휘야, 갑자기 왜 그래?"

슬쩍 내 눈치를 살피며 말꼬리를 흐리는 서재에게 걱정을 끼치긴 싫었으므로 금세 밝게 미소를 지어 보였다. 그보다 며칠 전 실종되어 버린 별아 때문에 서재의 모습은 몰라보게 초췌해져 있었다. 이런 집 안의 딸이 납치된 걸 알면 큰 타격을 입기 때문에 쉬쉬하며 일을 처리 중이다.

"어? 아, 아무것도 아니야. 내일은 나도 별아 아가씨 찾는 거 도와 줄게. 같이 하자."

"진짜? 고마워, 휘야."

"아냐, 당연히 친구의 여자가 될 분이 실종됐는데 가만히 있을 순 없지."

서재와 이런저런 대화를 나눈 후 내 방으로 들어왔다. 순간 현이 녀석과 단둘이 있었던 일이 떠올라 혼자 피식 미소 짓고 있던 사이 내 방문이 매너없게 벌컥 열렸다. 누구에 의해? 바로 싹.퉁. 현.

"야!! 노크 좀 하고 문 열랬잖아. 내가 옷이라도 갈아입고 있었으면 어쩔 뻔했어."

"시끄러워. 너 당직 아니냐?"

"뭐, 뭐라?"

"내가 계산해 보니까 너 오늘 당직이야."

"네놈이 그런 것까지 일일이 계산할 줄이야."

"시끄러. 며칠 남지 않았으니까 그만큼 더 열심히 해야 할 거 아냐. 일은 일이지."

"어, 그래. 알았다, 알았어! 금방 옷 갈아입고 갈 테니까 빨리 나
가!"

녀석은 푸른 눈으로 날 힐끔 째려본 후 내 방에서 나가 버렸다. 저
치사한 놈. 실컷 집에 안 들어올 때는 언제고 이제 와서 당직을 서래!
피곤해 죽겠는데. 우씨~

투덜거리면서도 녀석에게 혹시나 안 좋은 인상을 보일까 거울을
보고 있었다. 그러고 보니 이제 저 녀석 당직을 서는 날도 며칠 남지
않았구나. 왠지 허전한 이 기분.

제14장

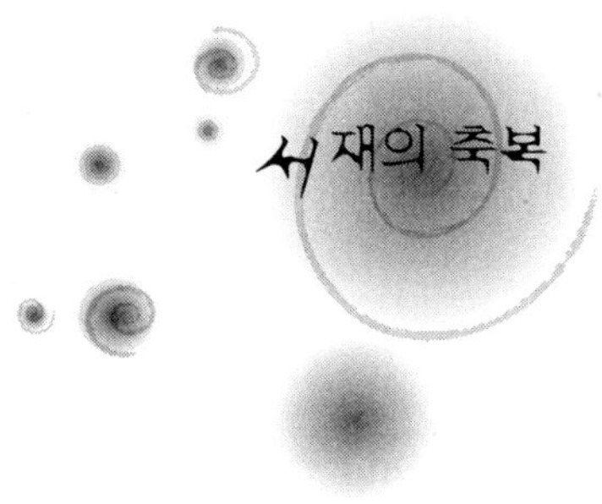

투덜투덜거리며 도착한 녀석의 방문 앞. 아까 내 방문을 갑자기 벌컥 열어젖힌 녀석에게 복수하기로 마음먹고 힘차게 녀석의 방문을 노크없이 열어젖히려고 사악한 미소를 지으며 문고리를 잡는 순간,

펙!!

이건 왠 둔탁한 마찰음? 얼레? 코에서 웬 뜻뜻한 액체가 주르륵 흘러내리지? 어랍쇼? 뒤로 넘어간다. @ㅁ@ 젠장. 녀석의 방문과 정면 충돌한 나는 코피를 쏟아내며 바닥에 대자로 뻗어버렸다. 그런 나를 한심하게 내려다보며 녀석이 한다는 소리는 역시,

"병신."

아, 언제쯤 저놈의 입에서 병신이란 단어가 출연하지 않을 날이 올

까? 여자 친구한테 말하는 싸가지를 보라. 역시나 싸가지를 창조한 절대적 위대한 신임에 틀림없다. 불쌍한 내 코를 오른손으로 막아줘며 녀석에게 버럭 소리쳤다.

"야, 인마!! 문을 열려면 노크하고 열어야 할 거 아냐!!"

"들어오는 사람이 노크해야지 나가는 사람이 노크하냐?"

"넌 나갈 때도 노크해!!"

"시끄러워. 무슨 일이야?"

"뭐라? 무슨 일이야? 뻔뻔한 얼굴로 당직이란 거 전하러 올 때는 언제고 뭐라? 무슨 일?"

"그럼 당직이나 설 것이지 왜 나자빠져 있어?"

"몰라서 묻는 거냐, 아니면 확인 절차냐?"

"시끄러. 계속 거기서 나자빠져 있을 거냐?"

"나, 나자빠져? 뭐? 야!! 넌 네 여자 친구한테 말하는 게 뭐 그 따위야!!"

버럭 소리를 지르고 나니 현이가 아닌 다른 낯익은 그림자가 내 얼굴을 덮었다.

"너, 너희 둘 사, 사겨??"

그 음성은 다름 아닌 서재였다. 너무 민망한 나머지 서둘러 고개를 푹 숙여봤지만 현이 녀석이 서재에게 대답하는 말을 듣고 기겁하며 다시 녀석들을 튕기듯 올려다보게 되었다.

"몰라. 저게 먼저 사귀재."

저, 저, 저, 저 싸가지!! 어찌 저리 뻔뻔할 수가!!

“뭐? 그게 사실이야? 휘야, 진짜 네가 현이한테 사귀자고 했어?”

ㅠ0ㅠ 젠장. 맞는데 아니라고 할 수도 없고, 맞다고 하기도 그렇고. 싹퉁 현 저 나쁜 놈.

“아니, 서재야, 그게……”

“와! 축하해!”

짝짝짝!!

양손바닥으로 경쾌한 마찰음을 내며 서재가 환하게 웃고 있다. 어쩐지 무안하고 창피하지만 축복받는 기분이 이런 기분이구나~ 하고 새삼 느낀다. 그나저나 이놈의 피는 그만 좀 멈춰주지? 아주 쉴 새 없이 흐르는구만. 쩝. 내가 코를 킁킁대자 그제야 서재가 놀란 눈으로 날 보며 외친다.

“어? 휘야, 피나잖아. 왜 그래?”

아싸! 복수할 때다! 싹퉁 현, 각오해랏. 네놈과 똑같이 말해 주마.

“몰라! 저게 갑자기 문을 열어젖히잖아.”

현이 녀석 미간에 주름이 실룩 잡힌다. ㅋㅋ 어떠냐? 나도 복수했다, 자식아!

서재는 서둘러 손수건을 꺼내 내게 건네주고는 걱정 어린 눈빛으로 말을 한다.

“휘야, 괜찮아? 코피가 많이 나. 화장실 가서 좀 씻고 와.”

“응. 누구 탓에 엄청 아프긴 하지만 죽지는 않을 거야. 흐흐.”

서재의 따뜻한 배려 덕에 몸을 일으켜 현이 녀석을 죽일 듯 한번 노려봐 준 후 화장실로 향했다.

쏴아아아아.

시원한 물줄기에 손을 가져다 대고 여러 번 세수를 하자 드디어 피가 멈췄다. 휴지를 작게 돌돌 말아 콧구멍 속으로 쑤욱 밀어 넣고 만족스럽게 피식 웃곤 손을 닦아내며 다시 싹퉁 현의 방으로 향했다.

방 안으로 들어서자마자 마구마구 울려대는 내 휴대폰 소리.

닐니리야~ 닐니리야~

내 휴대폰이 들어 있는 주머니 쪽을 바라보며 서재가 소프트한 미소를 보낸다.

"뭐 해, 휘야? 얼른 받아. 벨소리가 구수한 게 듣기 좋네."

"그, 그래, 잠시만."

난 서재의 칭찬 아닌 칭찬에 어색하게 웃으며 폴더를 열었다.

"여보세요?"

[서휘리 씨 되십니까?]

"네, 그런데요. 어디시죠?"

[김숙향 씨가 어머님 되시죠?]

"네. 그런데 무슨 일이신지……?"

[어머님이 지금 위독한 상황이라 연락드렸습니다.]

"뭐, 뭐라구요??"

순간 눈앞이 캄캄해지고 무언가 무거운 물체에 머리를 세게 맞은 기분이 들면서 숨이 탁 하고 막혀왔다.

부랴부랴 통화를 끝내고 걱정스러운 듯 날 바라보는 서재를 뒤로한 채 힘껏 달렸다. 오늘만큼 이 사라 저택의 정원이 넓은 걸 원망해

본 적도 없으리라. 얼마 지나지 않아 식은땀이 온몸을 적셨고 눈앞도 눈물로 점점 더 흐려져 갔다.

엄마가 위독하다니…… 그게 대체 무슨 말인지……. 엄마, 조금만 기다려요. 내가 가요!!

큰길로 나가기 위한 지름길 골목으로 힘차게 굴리고 있는 내 발. 점점 힘이 풀리고 다리가 후들거려 몸에 중심을 잃기 일보 직전이다. 어두컴컴해진 골목에 힘차게 내딛는 내 발자국 소리만 멍하게 메아리치듯 울려 퍼진다.

한참을 달려나가는데 누군가 내 앞을 가로막는다.

"헤이~ 아가씨, 그렇게 빨리 달리면 다친다구~ 우리랑 술래잡기 할까?"

"ㅋㅋ 보이쉬한 아가씨네. 아가씨 맞지?"

어느새 많이 자란 내 머리와 더 이상 감지 않은 압박 붕대에서 해방된 내 가슴이 여자임을 똑똑히 증명하고 있었다. 거친 숨을 몰아쉬며 녀석들을 죽일 듯 노려보았다.

"난 너희 같은 쓰레기들을 상대하고 있을 시간 없으니까 꺼져."

그렇게 말을 내뱉고 날 가로막고 서 있는 그들 사이를 뿌리치고 달려나가려 했지만 쉽게 물러날 것 같아 보이지 않는다. 곧 난 다시 그들에게 팔을 붙들렸고 있는 힘껏 그 팔을 뿌리치며 반격했다.

"내가."

퍽!!

"쓰레기는."

퍼억!!

"상대할 시간."

퍼벅!!

"없다고."

퍽. 퍼억!!

"했지!!"

퍼억!!

순식간에 녀석들을 해치우고 달려나가려는데 나란 여자는 지지리 재수가 없는 것 같다. 이미 골목엔 수많은 건달들이 음흉한 눈빛으로 날 지켜보고 있었다. 제길, 오늘 무슨 날이야? 이런 쓰레기들이 천지에 널렸잖아. 분하지만 할 수 없지, 돌아가는 수밖에.

거기까지 생각이 마친 나는 왔던 길을 되돌아갈 생각으로 등을 돌렸다. 헉! 그러나 이것들 언제 이만큼이나 몰린 거지? 이미 난 완전히 앞뒤로 포위 상태가 되어 있었다.

"치익. 제기랄! 이봐들, 나 지금 무지 바쁘거든? 그러니까 전부 비켜!! 꺼지라고!!"

그러자 우두머리 같아 보이는 껄렁한 녀석 하나가 한 걸음 앞으로 다가오더니 나를 향해 건방진 말들을 늘어놓는다.

"바빠? 글쎄, 아무리 바빠도 우리랑 좀 놀아줄 시간조차 없을까?"

"경고하는데 니들 지금 안 비키면 후회하게 될 거야."

"이 상황에 꽤나 당돌한 아가씨구만 그래. ㅋㅋ"

"전부 꺼져. 죽고 싶지 않으면 꺼지라고!! 난 지금 무척 바쁘단 말이야!"

"서휘리, 별로 바쁠 것 없어. 넌 지금 너희 엄마를 만나러 가는 길 아닌가?"

순간 흠칫해서 녀석들을 쭈욱 둘러봤다.

"니들 설마……."

"그래, 우리가 꾸며낸 일이야. 네가 이리로 올 거란 걸 계산하고 짜낸 일이지."

치익! 이 자식들, 처음부터 날 불러낼 목적이었어. 대체 왜! 무슨 원한으로!! 난 이 자식들을 듣도 보도 못했는데!!

"나한테 원하는 게 뭐야."

"널 이용하면 이현을 짓밟을 수 있으니까. ㅋㅋ"

결국 싹퉁 현이 놈이 목적인가? 그런 거였나? 하지만 어떻게 내 정체를 안 거지?

"날 이용해 현이를 짓밟을 생각을 하다니. 역시나 양아치 수준밖에 안 되는 자식들이었군."

"닥쳐!! 계집애 따위가 뭘 안다고 지껄이는 거야!"

"계집애… 라고 했나?"

"네가 아무리 날고 기어봐야 오늘은 안 되지. 넌 혼자고 우린 이렇게나 많아. 그것도 앞뒤로. 아아, 치사하다고 생각하려면 그렇게 해. 이현 그놈을 밟기 위해서라면 우린 수단과 방법을 가리지 않으니까."

"네놈들에겐 치사하단 단어도 황송하지."

"역시나 듣던 대로 당돌한 계집애군."

"이봐 양아치 똘짱놈아. 경고하는데 한 번만 더 계집애라고 지껄였다간 그나마 봐줄 만한 네 얼굴 쪼개지게 될 거다."

내 거친 말에도 자신들이 분명 유리하다는 걸 알고 있는 터라 전혀 주눅 드는 기색이 없다.

"우리가 너란 존재를 어떻게 알았는지 궁금하지?"

난 말없이 놈을 죽일 듯 노려보는 걸로 대답을 대신했다. 그러자 알아서 술술 내가 듣고 싶어하는 말을 해주고 있다.

"사랑의 힘은 무섭지 않나? 깊은 우정까지 금가게 하지. 특히나 계집애들 우정이란 고작 그 정도니까."

"무슨 말을 하는 거냐."

"아아~ 뭐, 그것까진 자세히 말해 줄 너그러운 마음은 없고, 우릴 따라오면 네가 다치는 일은 없을 거다."

"피식. 조용히 따라오라, 뭐 그런 뜻인가?"

"이해가 빨라서 좋군. 그래, 넌 조용히 우리가 시키는 대로 따라오기만 하면 돼. 널 미끼로 이현 놈을 부를 테니까."

"나에 대해 어떻게 알아냈는지, 우리 엄마 이름까지 어떻게 자세히도 알아냈는지에 대한 추궁은 차후에 하겠다. 하지만 나를 미끼로 현이 놈을 끌어들이려 한 파렴치한 양아치 행각은 절대 용서할 수 없어. 고로 난 현이 말대로 병신이라 니들을 쫄랑쫄랑 따라가 줄 마음이 없다 이 소리지."

난 놈을 향해 검지손가락을 빳빳히 펼친 후 내 쪽으로 까닥거리며 다시 입을 열었다.

"덤벼라, 양아치 똘짱아."

놈들은 금방이라도 내게 달려들 기세였지만 똘짱으로 보이는 놈이 그들을 저지했다.

"아아, 다들 진정해. 그래 봐야 계집애 하나야. 그냥 살살 타일러서 데리고 가면 되는 거라고."

"난 분명히 경고했다, 한 번 더 계집애라고 지껄일 시에 네 얼굴을 쪼개놓을 거라고."

빠른 속도로 똘짱을 향해 돌진했다. 그리고 스피드하게 뻗은 내 주먹이 똘짱놈 얼굴을 강타했다. 가속도와 탄력이 붙은 내 주먹을 맞은 똘짱놈은 저만치 나가떨어져야 했다. 그 순간 주변에 있던 놈들이 한꺼번에 우르르 몰려들기 시작했고, 치고 받는 거친 싸움이 시작되고 말았다. 정신없이 놈들을 때려도 내가 맞는 것에 비하면 한없이 공격력은 저하되고 있었다. 제기랄! 숫자가 너무 많아!!

얼마 가지 않아 난 수많은 놈들의 발밑에 깔려 마사지를 받아야 했다. 입 안에선 붉은 선혈이 토하듯 쏟아졌고, 온몸의 근육이 고통에 몸부림치고 있었다. 제길, 분해!! 내가 여기서 이런 쓰레기들에게 짓밟혀 이렇게 처참한 꼴을 당하고 있어야 해? 제길!! 제길!! 지독히도 고통스럽구나. 하지만 그런 고통스러움도 이 비참함에 비할 것은 못 된다. 분해! 그때 나를 때리는 둔탁한 소리가 아닌 다른 곳에서 뭔가 경쾌한 주먹 소리가 들려왔다.

퍽! 퍼억!!

점점 나를 향하는 발길질은 줄어들었고 급기야 누군가가 날 구해

주고 있다는 걸 느꼈다. 현이…… 인가? 큰 키에 눈을 살짝 가린 헤어 스타일. 날카로운 눈매와 완벽하게 깎인 듯한 턱 선이 역시나 이현임에 틀림없…… 현이가 아니야. 싹퉁 이현이 아니야. 누구지? 저런 싸움 실력을 가질 만한 놈이 이현과 서재, 주섭 놈 말고 또 있단 말이야? 특히나 이현과 필적할 만한 실력을 가진 거 같은데. 더군다나 굉장한 미남이잖아(부어오른 눈으로 잘도 그 사람을 관찰하고 있다)?

주머니에 유유히 손을 꽂고 내 쪽으로 걸어오면서 쓰러진 놈들을 향해 아주 매력적이고 소름 끼칠 정도로 오싹한 저음의 음성을 퍼뜨렸다.

"쓰레기 같은 것들."

옅은 갈색 머리가 부드러운 이미지만 낼 줄 알았는데 저 사람의 카리스마를 오히려 더 빛내주고 있는 것 같았다. 고맙다는 말이 목까지 차 올라와 있었지만 알 수 없는 그 사람의 무거운 분위기에 압도되어 그저 멍하게 그 사람을 바라볼 뿐이었다.

"이봐, 집단 구타를 당할 때는 그렇게 엎어져 있으면 안 되는 거야."

목소리가 좀처럼 밖으로 나오질 않았다. 그 사람의 눈동자가 날 뚫어버릴 만큼 강렬하게 내려다보고 있어서.

"이럴 땐 한 놈만 잡고 죽을 때까지 패. 그러다 한 놈 죽으면 게임 끝나."

잔인한 말이 그 사람의 분위기와 너무나 잘 어울렸다. 겨우겨우 벌린 입으로 그 사람에게 감사의 인사를 전했다.

"고맙습니다."

"뭐, 그 딴 말 듣자고 한 짓은 아니고."

"당신도 내가 계집애이기 때문에 맞고 있는 게 당연하다고 생각하는 건가요? 당연히 질 거라고 생각하고 있는 건 아닌가요?"

내가 무슨 생각으로 그 사람에게 그런 질문을 던졌는지는 모르겠지만. 그 사람의 눈빛이 너무나 매섭고 날카로워서 그런 사람이 가진 여자들에 대한 관념을 들어보고 싶어서 본능적으로 튀어나온 말인지도 모른다. 강자에게 평가받고픈 그런 심리라고나 할까? 그 사람의 냉정한 입에선 다시 한 번 나지막한 음성이 퍼졌다.

"계집애란 단어 그렇게 함부로 쓰는 거 아니다."

그리곤 뒷모습을 보이며 내 시야에서 사라져 간다.

"이, 이봐요!! 저기 이름이라도!!"

그러나 그 사람은 조금의 망설임 없이 그대로 내 시야에서 완전히 벗어나 버렸다.

욱신거리는 몸을 겨우 일으키며 사라 저택으로 향하는 길. 한편으로는 엄마가 위독하다는 게 사실이 아니었음이 다행이란 생각이 들었다. 돌아오는 내내 그 사람에 대해 생각을 하다가 아픈 것도 거의 잊혀져 갈 때쯤 어느새 내 걸음은 사라 저택 문 앞에 멈춰 서 있었다. 그리고 그 커다란 문 앞엔 누군가가 지키듯 멋진 폼으로 서 있었다. 저 완벽한 몸매와 얼굴. 시건방진 포즈까지 틀림없는 싹퉁 현이다.

"싹퉁 현, 여기서 뭐 해?"

현이 녀석 여전히 건방진 포즈로 담배를 하나 물고는 날 노려보고 있었다.

"담배 피우러 나왔냐? 쩝, 나 들어간다."

괜히 몸에 난 상처에 대해 물어올까 봐 얼른 녀석의 눈을 피하고 들어가려 했지만 녀석의 차가운 눈이 끝까지 나를 응시하더니 이내 녀석의 음성이 들려왔다.

"꼴이 그게 뭐야?"

"아아, 이거? 흐흐. 오다가 자빠졌지 뭐. 봐봐~ 재수없게 얼굴까지 다 까졌다니까? 히히."

"거짓말하면 뒈진다."

"진짜야. 진짜 자빠져서……."

"뒈진다고 했다."

"쿵! 하고 자빠졌는데 내리막길이라서 쪼로록 미끄러지더니 얼굴이 좍악~ 하고……."

"어떤 새끼들이야?"

"어, 어떤 새끼라니~ 내리막길이 날 이렇게 만들었다니까?"

"난 너 같은 병신이 아니야."

맙소사. 저 자식 저거 말하는 싸가지 좀 보게. 지 애인보고 꼭 저런 막말을 해댄다. 아오~ 진짜. 안 그래도 당한 게 억울하고 분해 죽겠다. 하지만 숫자가 너무 많았고 나한텐 불리한 상황이었다고(절대 그냥 진 거라고 인정하기 싫음). 점점 더 싸늘해지는 녀석의 푸른 눈을 보면서 내 몸과 마음은 더욱더 움츠러들기 시작했다.

"아니, 저기, 이봐, 싹퉁~ 그게 아니고, 아니, 어떤 깡패놈이 시비를 걸길래 혼내줬는데 그게 내리막길이라 발이 걸려 넘어져 가지고 그니까 그게(횡설수설)……."

앞뒤 말이 맞는진 몰라도 당황해서 녀석에게 버벅대고 설명하자 녀석은 다시 한 번 잔인하게 내 말을 잘랐다.

"애송이들 짓이 아니야. 빨리 말해. 어떤 놈들이야? 더 이상 나 이성 잃게 하지 말고 말해."

현이 녀석의 푸른 눈은 이미 지나칠 정도로 싸늘하게 식어 있었다. 더 이상 숨길 수 없음을 판단한 나는 하는 수 없이 조심스럽게 녀석에게 설명을 했고, 다 들은 현이 녀석의 표정은 그야말로 뭐 씹은 듯한 표정이었다.

"널 구해준 그 녀석 어떻게 생겼냐."

"어? 잘생겼던데."

그러자 놈의 표정이 어째 더 그늘지는 듯. 이럴 땐 수습이다, 수습. 자식 귀엽게시리 질투하려 드네~

"아하하. 아니, 그 와중에 내가 잘생긴 걸 따지고 그랬다는 게 아니라……."

"갈색 머리였냐?"

으잉? 이놈이 그걸 어떻게 알았지? 난 잘생겼다는 말밖엔 한 적이 없는데.

"뭐? 그걸 네가 어떻게 알아?"

그러자 현이 녀석 내게 들릴 듯 말 듯 작은 목소리로 혼자 중얼거린다.

"최… 류원."

워낙 작은 목소리로 중얼거린 터라 잘 듣진 못했지만 현이 녀석 얼굴이 확실히 더 굳었다는 건 느낄 수 있었다.

"야, 이현, 너 뭐라고 그랬어?"

"아무것도 아니야."

"궁금하잖아. 난 궁금한 건 못 참는다고! 사람 궁금하게 만들지 말고 뭐라고 중얼거렸는지 어여 말해 봐~"

"시끄러워."

내가 저놈한테서 어떤 면에서든 이기길 바란다는 건 엄청난 욕심인가. 아, 내가 저놈하고 애인 사이가 맞긴 한 건지.

"야! 날 구해준 생명의 은인인데 이름 정도는 나도 알아야 할 거 아냐!"

"류원… 최류원일 거다."

"뭐? 얼레? 어디서 많이 들어본 이름이네."

현이 녀석 그 푸른 눈으로 나를 똑바로 응시하고 있다. 괜스레 그 시선이 무안해서 헛기침을 하며 녀석에게 말을 했다.

"흠흠. 그나저나 넌 내가 잘생겼다는 말밖에 안 했는데 어떻게 그 사람이 누구라고 단정 지을 수 있는 거야?"

"내가 너냐?"

"무슨 뜻이야?"

"네가 잘생겼다고 해서 알아챈 건 1/100도 차지 안 해. 그 많은 인원을 짧은 시간에 쉽게 제압하고, 유유히 주머니에 손을 넣고 다니는 잘생긴 녀석이란 한 놈밖에 없어."

"네가 아는 사람인가 보구나?"

“병신, 상처나 치료해.”

그러고 보니 온몸이 욱신거려 죽을 지경이다. 혼자서 상처를 치료하기엔 누가 봐도 무리인데 이 녀석 날 치료해 줄 생각인가? 괜스레 무안해서 한번 튕겨보기로 마음먹는다.

“아니, 굳이 네가 치료해 주지 않아도 괜찮아. 혼자 거울 보면서 치료해도 되니까.”

“병신, 서재한테 해달라고 해.”

울컥. 무.어.라? 처음부터 날 치료해 줄 마음은 눈곱만큼도 없었던 거야. 아, 화가 치민다. 상처의 고통보다 화가 더 발끈하고 치밀었다.

“야!! 서재가 네 시다바리야? 왜 서재한테 이런저런 잡일을 시키는 거야!!”

“난 잡일시킨 적 없어.”

“없다니! 방금도 서재한테 치료해 달라고 말하라며!”

“널 치료하는 게 잡일이냐?”

“뭐?”

순간 얼굴이 붉게 달아오를 뻔했지만 다음에 이어지는 녀석의 한 마디 때문에 열받아서 얼굴이 빨개질 수밖에 없었다.

“귀찮은 일이지. 하지만 서재는 착해서 그런 거 잘해.”

아랫입술을 꼭 깨물고 주먹을 쥐고서 부들부들 떨며 녀석에게 한 마디 한 마디 딱딱 끊어 내던졌다.

“오오냐. 그래, 내 상처 치료해 주는 일이 너한텐 귀찮다 이거지? 그렇겠지! 너 같은 세상 사는 거 자체가 귀찮은 놈한테 무언가를 기대한 내가 바보지! 우이씨!!"

화나서 녀석을 뒤로하고 먼저 성큼성큼 저택 안으로 들어왔다. 저택 안에 들어오니 역시나 서재도 날 걱정하고 있었는지 내 방 앞에서 기웃거리며 날 기다리고 있는 게 보인다.

"어? 휘야, 이제 왔어? 나간 일은 어떻게 잘됐어? 해결된…… 휘야!! 어떻게 된 거야? 몸에 상처들은 다 뭐야?"

"그게… 어떤 놈들 수작이었어. 어떻게 나에 대해 자세히도 알아냈는진 몰라도 날 이 지경으로 만들어놨어. 다행히 정의의 기사가 와서 구해주긴 했는데."

"정의의 기사? 현이??"

"맙소사! 넌 그 멋진 정의의 기사를 누구랑 비교하는 거야~ 이현 따위랑은 비교가 안 된다구! 훤칠하고 커다란 키와 기나긴 다리!"

"키는 현이도 크고 다리 역시 현이도 긴데."

"조각 같은 턱 선과 빨려 들어갈 것만 같은 날카롭고도 미스터리한 눈매!"

"턱 선이야 현이도 안 빠지지. 게다가 눈 하면 푸른 눈 이현을 당할 사람이 없을 텐데."

"높은 줄도 모르고 감히 하늘을 향해 높게 솟은 콧날!"

"휘야, 현이 옆모습 봐봐. 예술이잖아. 현이 코만큼 잘생긴 코가 어딨어."

"우, 우씨! 그리고 잘빠진 몸매!!"

"휘야, 현이 벗은 몸 못 봤어? 같은 남자로서도 대감탄이야."

“이, 이씨! 카리스마가 넘치는 나지막하고 냉정한 듯한 멋진 목소리!”

“그 나지막하단 목소리는 현이 목소리도 만만치 않을 텐데.”

“우이씨. 야, 민서재!! 너 자꾸 태클 걸래?”

“태클이 아니라…… 사실이잖아.”

“그래! 이현 놈 굳이 그러고 싶진 않지만 생긴 거 하난 인정하마. 쩝, 어쨌거나 나를 구해준 백마 탄 왕자님을 그런 이현 녀석 랑 비교하지 마. 기분 나빠!!”

“현이랑 싸웠어?”

“싸우긴!! 싸가지의 결정체를 상대하는 내가 대단한 거지~ 하여간 매너라곤 쥐뿔도 없는 말미잘 같은 녀석! 그나마 그 상황에 이현 놈이 날 구해준 거라고 믿고 싶었던 그 아주 짧은 순간마저 원망스럽네! 하지만 다행이야. 싸가지대왕 이현이 아닌 진짜 백마 탄 정의의 왕자님이 날 구해줬으니!!”

괜스레 더 흥분해서 날뛰자 상처가 욱신거렸다. 잔뜩 인상을 찌푸리고 있는데 그런 내 옆으로 현이 녀석이 지나가면서 한마디 툭 내던진다.

“싸가지라 미안하군.”

그 말에 괜히 녀석을 뒤에서 씹었던 게 찔려 어깨를 움츠렸지만 오히려 내가 많이 당했단 생각에 한 번 더 시비를 붙여보았다.

“오오, 네놈 입에서 미안하다는 말이 나올 때도 있구나? 난 몰랐지. 싸가지의 결정체들은 미안하단 말은 머리 속에 입력 안 하고 사는 줄 알았다야~ ㅎㅎㅎ 그렇게 미안해하지 마. 어쩌겠어? 싸가지

없는 게 너의 천성인 것을."

　현이 녀석은 차갑고 무서운 눈으로 날 한번 내려다보더니 이내 자신의 방으로 들어가 버린다. 누가 저러면 쫄 줄 알고?

　"흥! 뻥이다!!"

　서재는 잔뜩 뽀로통해진 난 나를 달래려 애쓴다.

　"휘야, 현이 성격은 원래 저런 거 너도 알잖아. 무뚝뚝한 거야 이해해 줘야지. 사람 성격이 하루 이틀 만에 다 바뀌는 건 아니잖아. 그나마 현이가 널 위해서 얼마나 많이 노력하는데. 지지리 말도 안 하는 애가 그래도 너한텐 이 말 저 말 많이 하는 편이잖아."

　"그래, 그 이 말 저 말이라는 게 너 뭔지나 알고 하는 소리야? 이 말은 병신이고, 저 말은 시끄러워야! 그게 말하는 거야, 사람 염장 지르는 거지!"

　"그렇지만 네가 전화 받고 창백해져서 다급하게 나가자마자 현이가 더 창백해져서 저택 뛰쳐나갔다고. 그리고 너 올 때까지 대문 앞에서 기다린 거고. 생각해 봐, 네가 말한 그 싸가지의 결정체가 할 수 있을 법한 행동이라고 생각해?"

　"그, 그야… 하지만 상처 치료도 너한테 하라면서 귀찮다고 했다고! 여자 친구 상처 치료하는 게 귀찮다고 말하는 게 잘하는 짓이야? 앙?"

　"그 녀석 표현력이 약해서 그래. 귀찮은 게 아니라 자기도 맘 아프니까. 네 상처 보고 있으면 마음 아프니까 나보고 대신하라고 한 거지. 또 상처 치료하는 게 자기보다 내가 더 익숙하니까 나한테 널 안심하고 맡기는 거고."

"그, 그걸 어떻게 믿어!"

"사랑은 믿음이잖아."

제, 제기랄. 빨려 들어갈 것만 같은 맑은 눈으로 현이 놈을 감싸고 도는 서재를 더 이상 미워할 수가 없다. 어쨌거나 쓰리디쓰린 상처 치료는 시작되었고, 얼마 지나지 않아 깔끔하게 상처 치료를 마친 서재가 입을 연다.

"자! 상처 치료 끝~ 방에서 푹 쉬고 내일 아침 밥도 잘 챙겨 먹고. 알았지?"

역시나 서재의 미소를 보면 마음까지 따뜻해져 온다. 상처를 치료 했다고 해서 바로 말끔히 나을 수는 없는 법. 구석구석 쑤시는 상처 를 조심스럽게 감싸며 내 방으로 돌아왔다.

온몸에 상처도 쑤시고, 괜스레 양아치놈들과 싸웠던 때가 살짝 떠 올랐다. 한참을 떠올리던 중 양아치 똘짱놈이 하던 말이 또렷하게 떠 오르고 있었다.

"사랑의 힘은 무섭지 않나? 깊은 우정까지 금가게 하지. 특히 계집 애들 우정이란 고작 그 정도니까."

무슨 뜻일까? 천하의 서휘리를 어정쩡한 멍청이로 몰아가지 말라 구. 분명 내 친구와 관련이 있다는 소리 같았는데. 원수이긴 하지만 내 오른팔과도 같은 백유란이 그런 놈한테 날 팔아넘길 리는 없어. 그 렇다고 희연이는 그런 짓을 할 인물이 못 되고. 하지만 다른 친구라고 생각하기엔 우리 엄마 이름까지 다 알고 있는 특별한 친구는 없는데 말이야. 대체 무슨 뜻이지? 감히 내 우정을 함부로 운운한 죗값을 치르게 만들려면 어떻게 된 건지 알아야 하는데. 이대로 그런 치사한 똘마니들한테 당한 채 넘어갈 수 없어. 침대에 몸을 기대고 누웠지만 이런저런 복잡한 생각에 튕기듯 자리에서 일어났다. 순간 욱신. 윽.

결국 미해결 사건을 수사(?)하기 위해 조심스럽게 사라 저택을 빠져나왔다. 혹시나 싹퉁 현이나 소프트 서재에게 들키면 어디 가냐고 꼬치꼬치 캐물을 텐데 그러면 귀찮아지니까 말이다.

어느새 도착한 유란 씨의 집 앞. 밤늦게 집 안에 들어가는 것은 실례이므로 집 앞에서 일단 전화를 걸었다. 한참의 신호 끝에 전화를 받아 든 유란 씨의 목소리가 들려왔다.

[여보세요? 뭐냐? 휘리냐?]

"그래, 휘리다."

[웬일이냐?]

"집 앞이다. 나와."

[어, 그래.]

놀라지도 않는 잡것. 이 시간에 갑자기 전화 와서는 집 앞이라고 나오라는데 전혀 놀라는 기색이 없다.

그렇다면 혹시 내가 올 것을 예상한 건가? 설마 유란이가 날 이용한 것은…… 아, 아닐 거야. 그럴 리 없어. 절대… 절대 그럴 리가 없어.

"서휘리, 그렇게 고개 젓다가는 목뼈 부러질걸? 근데 이 시간에 웬일이냐, 그것도 갑자기? 하긴 너야 뭐든지 항상 갑자기지."

　편안한 추리닝 복장으로 대문을 빠져나오는 섹시한 유란 씨가 시야에 잡혔다.

　"캑. 목뼈 부러지질 정도로 흔들진 않았어."

　"어라? 너 또 쌈박질했냐? 하여간."

　"백유란 너 혹시……."

　눈을 게슴츠레 뜨며 온갖 의심의 눈빛을 담아 유란 씨를 쏘아보자 유란 씨가 내 얼굴에 자신의 얼굴을 가까이 들이밀더니 후~ 하고 바람을 불어 넣는다.

　"후~"

　"으악! 갑자기 왜 바람을 불어!"

　"왜 째려보고 지랄인데!"

　"친구한테 지랄이 뭐야, 지랄이!"

　"그럼 선생님한테 지랄이라고 하냐? 친구니까 지랄이라고 하지. 하여튼 용건이 뭐야~ 빨리 말해. 쌈박질 좀 작작하고!"

　"그래그래, 잘났다, 이것아. 그건 그렇고 내 용건은 너 혹시 말이야. 날 다른 놈들한테 팔아먹는다든지 그런 행동 할 수 있냐?"

　"뭐? 누가 서휘리 너 같은 거 사기나 한데?"

　"백유란, 말 다 했냐?"

　"캑. 아니, 그러니까 누가 널 팔아먹으려고 하는 놈들이 있냐고~"

　"아니, 만약에 있다면 네가 뭔가 필요로 해서 날 어떤 놈들에게 팔아먹을 수 있냐 이 말이야."

　"그야 상황에 따라서는 팔아먹을 수도……."

“무, 무어라?”

“음. 널 팔아먹으면서 내가 요구하는 걸 그놈들이 다 들어줄 수 있다면 팔아먹지 뭐~”

“백유란 너!!”

“어떤 걸 요구할 거냐면 첫 번째로 내가 평생 쓰고도 남을 돈을 요구할 거야. ㅋㅋ 그래야 친구 팔아먹은 년이라고 욕먹으면서도 부족하지 않게 살아갈 거 아냐. 그리고 두 번째로 거짓은 언젠가 들통나겠지만 내가 팔아먹었단 사실은 숨겨달라고 할 거야. ㅋㅋ 왜냐하면 내가 널 팔아먹었단 사실을 알면 천하의 서휘리. 땅을 치고 대성통곡할 테니까. 네 눈에 눈물날 거 아니냐. 그리고 마지막 세 번째로는……”

미간에 동원할 수 있는 인상이란 인상은 총동원해서 유란 씨를 째려보며 대답을 재촉했다.

“ 세 번째… 세 번째는 뭐!!”

“세 번째로는… 세 번째로는 말이야. 그놈들의 목숨을 요구할 거다. 감히 시건방지게 나의 친구를 팔라고 지껄인 인간들이니 살려둘 수 없지. 놈들의 목숨을 끊어놓겠어. 죽을 각오 하고 그 딴 말 지껄이라고 해. 백유란을 물로 보는 자식들 살려두면 너를 포함해서 널 친구라 여기는 내 자존심까지 모두 짓밟은 거잖아? 우리 우정을 얕본 거잖아. 서휘리, 내가 죽었으면 죽었지, 절대 다른 벌레 같은 놈들에게 널 팔아먹지 못한다. 널 팔라고 요구하면 차라리 내가 팔려간다. 이런 친구한테 그런 질문 하는 너 스스로를 반성해 보는 건 어때? 피식~”

역시 감동이다. 이러니저러니 해도 유란이는 역시 내 둘도 없는 친구니까. 유란 씨의 진지한 눈빛에 괜스레 머쓱해져서 장난으로 수습해 보기로 했다.

"오우, 느끼해~ 백유란 넌 영화를 너무 많이 봤어. ㅋㅋ 어디서 명대사만 주워들어 가지고 끼워 맞추냐?"

"ㅋㅋ 넌 영화에서 명대사 나와도 못 외우고 못 끼워 맞추잖아~"

"몇 대 맞을래?"

"그건 그렇고 갑자기 찾아와서 그 딴 어이없는 질문을 하는 이유가 뭐냐? 무슨 일 있어?"

유란 씨는 다시 사뭇 진지한 표정으로 내 상태를 살피고 있었다.

"어떤 자식들이 갑자기 이상한 작전으로 날 기습했는데 아무래도 내 주변 인물과 관련이 있는 것 같아. 날 미끼로 써서 이현 놈을 짓밟을 생각이었어."

"널 미끼로?"

"응, 뭔가 나와 이현 사이, 무엇보다 나에 대해 너무나 잘 아는 사람의 짓이 틀림없어."

"어떻게 단정 짓지?"

"우리 엄마 실명까지 들먹이면서 날 유인한 놈들이니까. 알다시피 우리 엄마 실명까지 잘 알 정도의 친구는 너랑 희연이밖에 없어. 그런 양아치 놈들을 겁 많은 희연이가 알 리는 없잖아. 그래서 혹시나 하는 마음에 널……."

"서휘리, 그럼 지금 날 의심했단 소리네?"

"아니, 의심이라기보단 확인차……."

“그런 걸 의심이라고들 할걸?”

“아, 아니면 됐지 왜 지랄인데!”

“그럼. 내가 열 안 받게 생겼냐?”

“흠흠. 어, 어쨌든~ 아니면 됐어. 그럼 대체 누구지?”

유란 씨와 내 인상은 고민에 휩싸여 굳을 대로 굳어진 상태였다. 그런 침묵은 오래가지 않아 유란 씨에 의해 깨졌다.

“휘리야, 너 이현이랑 어떤 사이냐?”

“어? 아, 아니, 그게…….”

내 의지와는 상관없이 유란 씨의 날카로운 질문에 그만 당황해서 얼굴이 붉어지고 말았다. 그런 내 반응을 유란 씨가 놓칠 리 없었다.

“서, 설마 서휘리 너!!”

“미안. 그게 어떻게 된 거냐면 말이지.”

퍽!

“캑!!”

갑작스럽게 공격을 당한 내 불쌍한 등짝. 유란 씨는 환하게 웃으며 내 볼을 부비적대기 시작했다.

“오오오오, 축하한다, 서휘리. 인간 서휘리. 너 드디어 여자로 태어나는구나.”

“이봐, 난 원래 여자였어.”

“흐흐 좋겠다. 절세미남 냉혈왕자 이현의 부인이 된 걸 진심으로 축하한다.”

“오버야. 아직 부인까진 아니라고.”

“다 그런 거야, 짜샤.”

“쨔, 쨔샤 맙소사.”

“그나저나 희연이만 불쌍하게 됐네. 그래서 희연이가 오늘 전화 와서 이상한 소릴 했구나.”

“이상한 소리??”

“응, 낮에 갑자기 전화해서는 이현이랑 너랑 데이트하는 걸 목격했다는 거야. 무척이나 행복해 보였다고 하던데?”

“마, 맙소사! 그게 뭐가 행복해!! 그리고 그땐 옆에 요한이도 있었다구!”

“요한이? 선인장 녀석도 같이 있었다고? 흠흠. 그래도 뭐, 서휘리 네 표정이 진짜 행복해 보이더라고 하던데.”

“무슨 소리야! 말도 안 돼!”

“서휘리 넌 인정 안 하겠지만 너도 모르게 좋아하는 사람이랑 있으면 아무리 화를 내도 행복한 모습이 묻어나는 거야.”

“헛소리하지 마!!”

“암튼 그래서 희연이가 우울한 듯 슬픈 목소리였어. 그리곤 희연이가 갑자기 전화를 끊어버렸지. 걱정이 되어서 다시 전화했는데 계속 통화 중이길래 다른 사람한테 하소연하는구나~ 했지.”

등골이 오싹해지면서 식은땀이 흘러내리기 시작했다. 믿고 싶지 않았다. 지금 내가 의심하는 이 부분을 아니길 바라고 싶은 마음뿐이다. 난 조심스럽게 침을 꼴깍하고 삼킨 후 유란 씨를 붙잡았다.

“유란 씨, 내가 뭔가 착각하고 있길 바라.”

"휘리야, 갑자기 왜 그래?"

"설마…… 설마 희연이는 아니겠지?"

"무슨 소리야?"

"그때 날 기습하던 놈들 중 똘짱같이 보이는 놈이 그랬어. 사랑 앞에서 여자들 우정 따윈 쉽게 무너지니 어쩌니. 그래서 나 혹시나 하는 마음에 너한테 달려온 거고. 희연일지도 모른다는 생각은 방금 말고는 해본 적이 없어. 방금까진 말이야."

"희연이를 의심하는 거야?"

"미안. 나 못됐나 봐. 그러면 안 되는데. 의심하면 안 되는 거지? 그치? 근데 왜 이렇게 알 수 없는 예감이 드는 거지?"

"휘리야…….'"

"제길."

"진정해, 휘리야. 내가 희연이한테 말해 볼게. 물론 네가 왔었단 사실은 비밀로 하고 이것저것 캐물어볼 테니까 우선 집으로 돌아가. 혹시 현이가 알면 너 걱정하겠다."

"응. 밤늦게 와서 미안하다. 나중에 연락하자."

"그래. 조심해서 가."

"으응."

온몸에 힘이 빠져나가는 느낌이다. 다리가 후들거려 저택으로 돌아오는 내내 힘겨운 발걸음을 옮겨야 했다. 희연아, 아니지? 네가 아닌 거지……?

사랑은 미안한 것?

제15장

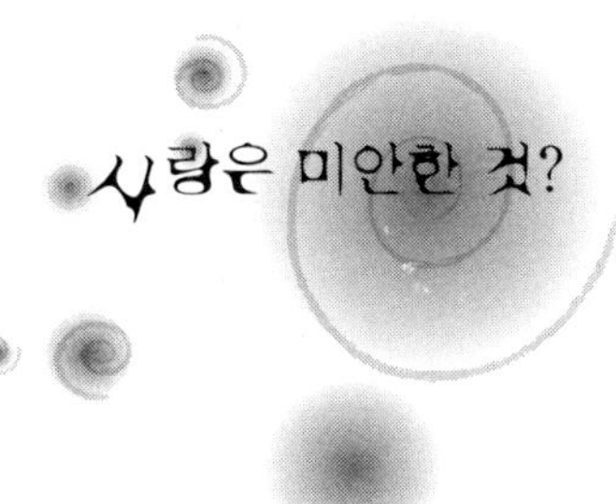

따끔거리는 상처와 욱신거리는 근육들보다 정말로 따끔거리고, 아프고, 욱신거리는 건 마음이었다. 아니라고 믿고 싶은 간절한 내 마음이 사라 저택으로 향하는 내 발걸음을 더욱 무겁게 만들었다. 아, 요즘 들어 자꾸 재수없는 일만 생기고 나답지 않게 망가져 가는 것 같은 느낌이 든다. 나답다? 내가 어땠지? 사랑을 하면 변한다는데 변하는 게 이따위로 변하는 걸 뜻하는 걸까? 나만의 매력(?)이 점점 무너지고 있잖아. 이게 다 싹퉁 이현 놈이 날 여자 친구 취급을 안 해주기 때문이야! 날 물로 보기 때문이라구!!

아침 일찍 상처가 욱신거려서 깨자마자 혼자 중얼거리는 중이다. 죄있는(?) 현이 녀석을 씹어대는 동안 내 휴대폰 소리가 방해 공작을 펼친다.

닐리리야~ 닐리리야~

발신 번호를 보니 '깜순이♡'라고 깜박인다. 번호는 유란 씬데 내가 언제 깜순이라고 바꿨지? 문득 요한 녀석이 내 폰을 만지작거리던 게 생각났다. 요한아, 네가 진정으로 유란 씨한테 맞아 죽고 싶구나. 어쨌든 서둘러 폴더를 열어 유란 씨의 음성을 확인했다.

"여보세요?"

[휘리야, 나다.]

"그래, 너겠지."

[뭐 하냐?]

"내가 뭐 하는지 별로 궁금하지도 않으면서 괜히 말 딴 데로 돌리지 말고 용건이나 말해. 희연이랑 얘기해 봤어?"

[휘리야…….]

그 순간 착 가라앉아 버리는 유란 씨의 음성을 듣고 나의 불길한 예감이 적중했음을 깨달았다. 그리고 나 역시 낮은 음성으로 조심스럽게 질문을 던졌다.

"역시 희연이야?"

[저기…… 그러니까 휘리야, 우선…….]

"희연이냐고."

[아니, 그게 휘리 네가 흥분한다고 좋을 건…….]

"희연이냐고 물었다."

[휘리야…….]

"마지막으로 묻는다. 희연…… 이야?"

[…….]

침묵으로 일관하려는 유란 씨의 태도에 내 몸은 이미 분노로 휩싸여 있었다. 여자들의 우정이 고작 이 정도인가? 이래서 여자들이 계집애라 불리는 건가? 그런 건가? 분노로 아랫입술이 심하게 떨린다. 유란 씨와 통화하고 있다는 것도 잠시 잊은 채 숨만 거칠게 내몰아쉬는 중이다. 그때 수화기에서 유란 씨의 음성을 다시 전달하고 있었다.

[휘리야, 듣고 있어? 우선 진정하고 일단 나랑 만나자.]

차마 분노로 떨리는 목소리를 낼 수가 없어 가만히 유란 씨의 음성을 듣고만 있다.

[듣고 있지? 휘리야, 지금 bb커피숍으로 나와. 알았지? 끊는다.]

그 음성을 끝으로 전화기는 '뚜뚜뚜' 거리는 소리만 전달할 뿐이었다.

한참 동안이나 마음을 추스른 후에야 자리를 털고 일어날 수 있었다. 화장실에서 씻는 동안에도, 옷을 갈아입는 동안에도 내 몸의 떨림은 좀처럼 가실 줄을 몰랐다. 동공이 반쯤 풀린 상태로 살기까지 역력했다.

귀신처럼 흐물거리며 방을 빠져나오자마자 서재와 마주쳤다.

"어? 휘야~ 좋은 아침. 아침부터 어디 가나 봐?"

그런 서재의 음성이 오늘은 귓가에 맴돌지조차 않는다. 소프트한 미소를 바라볼 겨를도 없이 난 서재를 지나쳐 걸어가고 있다. 약간 당황한 듯한 서재의 목소리가 다시 들려온다.

"휘, 휘야, 무슨 일 있어?"

서재의 부름에도 역시 난 걸음을 멈출 수가 없었다. 미안해, 서재야. 지금은 그냥 날 내버려 둬, 아무것도 묻지 말고. 그런 내 맘을 알았는지 서재는 그저 멍하게 내 뒷모습만을 지켜보는 것 같았다.

일층으로 내려오자 테라스 소파에 거만하게 앉아 책을 읽는 이현 놈이 보인다. 평소 같았으면 시비라도 한마디 건넸을 텐데 지금은 그럴 상황이 아니라는 걸 지나치게 꼭 쥐어진 내 두 주먹이 보여주고 있다. 녀석을 뒤로하고 막 지나쳐 나가려는데 현이 놈이 날 응시하는 시선이 느껴진다. 무표정이라고 하기엔 더욱 서늘하고 기분 나쁜 표정으로 내가 자신을 지나쳐 가자 현이 녀석은 이상함을 느꼈는지 웬일로 내게 먼저 말을 건다.

"이봐."

차가운 녀석의 음성. 워낙 말수가 없는 놈이라 먼저 말을 걸면 은근히 반갑던 목소리인데 지금은 그 어떤 사람의 목소리도 반갑게 들리지 않는다. 자신의 부름에도 응답하지 않고 지나쳐 가는 날 이상하게 여기는 현이 놈. 이내 보던 책을 테이블 위에 놓고 일어난다. 긴 다리로 성큼성큼 날 따라잡더니 내 어깨를 살짝 잡아 자신 쪽으로 돌린다.

"무시하냐?"

아주 서늘하고 냉담한 눈빛으로 이현 녀석을 바라보자 현이 녀석 잠시 흠칫하더니 내 어깨에 올려놓았던 자신의 손을 슬쩍 내려놓는다. 난 다시 가던 길을 가기 위해 발걸음을 옮겼다. 그때 현이 녀석의 냉담한 목소리가 귓가에 울린다.

"지금은 안 묻는다. 하지만 다음부터 그런 눈을 할 땐 나한테 먼저 말해라."

그리곤 다시 소파로 돌아가 책을 펼치는 현이 녀석이었다. 고마워, 배려해 줘서 고마워. 하지만 난 지금 그 어떤 말을 들어도 위로가 될 상황이 아니야.

그야말로 멍한 상태로 도착한 bb커피숍. 창가 쪽에 긴 속눈썹을 불안하게 깜박이는 유란 씨가 보인다. 내가 커피숍 문을 열자 딸랑거리는 종소리에 유란은 문 쪽으로 얼굴을 돌렸고 유란 씨와 난 시선을 마주했다. 평소 같았으면 먼저 벌써 장난쳤을 유란 씨인데 말없이 내가 자리 잡기를 기다리고 있었다. 유란 씨가 나 대신 주문을 해주고 나서야 분노의 대화를 시작할 수 있었다. 먼저 유란 씨가 나의 심기를 살피려 한다.

"휘리야, 그러니까 우리가 생각한 것보다 희연이가 이현을 많이 좋아하는 거 같애."

"……."

"휘리 너를 어떻게 하려고 한 건 아니고."

"유란아, 이상한 게 있어."

"뭐? 뭐가 이상한데?"

"만약 희연이가 이현을 차지하기 위해 그런 일을 벌였다면 말이야. 그놈들이 이현을 짓밟으면 안 되는 거 아닌가? 설마 희연이가 이현을 좋아하면서 현이 놈을 다치게 하고 싶을 리는 없을 거 아냐.”

“그 부분은 나도 잘 이해가 안 되는데. 중요한 사실 하나는 희연이도 네가 다치길 바란 건 아니었던 것 같애.”

“…….”

“네가 다치지 않는다는 조건으로 놈들과 거래한 것 같았어. 뭘 바라고 그런 짓을 꾸몄는지까진 잘 모르겠지만…….”

“이미 다쳤어.”

“그래, 많이 다쳤네. 천하의 서휘리가 온몸에 반창고 신세라니.”

“아니, 마음이…… 마음이 다쳤어.”

“휘리야…….”

“치료가 불가능할 만큼.”

유란 씨는 슬픈 눈으로 날 조심스럽게 응시하고 있었다. 애꿎은 주스 빨대를 빙빙 돌리다 다시 내가 조심스럽게 말을 꺼냈다.

“정말 이상해.”

유란 씨는 나를 보며 다음 말이 나오길 기다리고 있는 것 같았다.

“유란아, 정말 이상하지 않아? 아까도 말했듯이 희연이가 이현을 좋아하는데 이현이 다치길 바라진 않을 거 아냐. 하지만 그놈들이 노리는 건 내가 아니라 이현이었어.”

“혹시 이런 게 아닐까?”

유란 씨가 뭔가 떠오른 듯 눈을 반짝였다.

“뭔데? 말해 봐.”

“희연이는 단순히 널 겁만 줘서 이현과 떨어뜨릴 생각뿐이었는데 거래한 놈들은 희연이와 목적이 달랐던 거지.”

“그러니까 희연이는 놈들을 믿고 고용했지만 놈들은 다른 목적이 있었다~ 뭐 그런 뜻?”

“그렇지 않고서야 놈들이 현이를 노릴 이유가 없잖아.”

“그건 그래.”

“어제 전화 통화할 때 희연이가 그랬거든. 휘리 넌 강하니까 ‘나쁜 사람들 많이 만나도 다치지 않았겠지?’ 하더라구. 어제 네가 나한테 찾아왔더란 말은 안 했거든. 그냥 내가 은근히 떠보니까 네가 걱정된다는 듯 말을 했었어.”

“걱정이라구? 피식.”

싸늘하게 웃는 내 미소에 유란 씨 심장이 덜컹 내려앉았나 보다, 섹시하게 빛나는 유란 씨의 약간 그을린 피부가 창백하게 변한 걸 보니. 유란 씨는 말없이 침을 한 번 꼴깍 삼킬 뿐이었다. 난 그런 유란 씨를 향해 조심스럽게 중얼거렸다.

“원했든 원하지 않았든, 고용한 놈들이 다른 뜻이 있었든 없었든 진짜 중요한 건 내 친구인 희연이가, 아니, 친구였던 희연이가 날… 날 팔아먹었다는 거, 배신이라는 거…… 그건 이미 씻을 수 없는 죄야.”

“휘리야.”

“희연이가 이렇게까지 나오면 내가 미안한 마음에 현이를 놓아주어야겠어. 난 현이랑은 안 되는 운명인가 봐, 뭐 이딴 식으로 나올 거라고 생각한다면 오산이야. 난 이현을 놓아줄 마음 없어. 내 건 항상 내가 지켜왔어. 그 어떤 일이 있어도 지켜. 이미 이현은 내 안에 있는 사람이고 다른 사람을 위해 함부로 꺼내어줄 수 있는 그런 하찮은 존재가 아니야. 현이는 그런 존재가 아니라고.”

유란 씨는 조심스럽게 미소를 짓더니 내 말에 응한다.

“휘리 너 현이 많이 좋아하는구나?”

“…….”

대답할 수가 없었다. 그 어떤 말로도 내 마음을 다 표현할 수 없을 테니까. 어설픈 대답으로 현이에 대한 내 마음을 표현하고 싶지 않았기 때문이다. 항상 냉정하게 빛나는 녀석의 푸른 눈. 그리고 그 푸른 눈에 어울리는 차가운 녀석의 음성과 싸가지없는 말투까지. 이젠 그 모든 게 다 소중해져 버린 녀석이다. 그런 녀석을 내가 어떻게 하찮은 몇 마디의 말로 표현할 수 있을까? 유란 씨는 싸늘해진 내 동공을 말없이 지켜볼 뿐이었다. 차가운 침묵이 유란 씨와 나 사이를 유유히 흐르고 결국 희연이를 찾아가 보기로 했다.

“택시비는 네가 내라.”

그리곤 휙 하고 택시에서 내리자 유란 씨는 잠시 후 심하게 일그러진 얼굴로 날 째려보고 있었다.

“흠흠. 그러다 내 얼굴 뚫린다. 백유란, 그만 째려보고 빨리 희연이한테 전화해서 불러내.”

“야, 서휘리, 내가 네 꼬봉이냐? 돈 내주고, 시키는 거 다 하고!”

“꼬봉이 아니라 친구지.”

유란 씨는 입을 삐죽거리며 결국 폰을 만지작거리고 있다. 친구란 단어에 한없이 약한 우리 유란 씨. 간단하게 통화를 마친 유란 씨와 난 희연이의 집 앞 놀이터에서 희연이가 오기만을 기다리고 있었다. 삼십 분째 기다렸다. 하지만 희연이는커녕 희연이 그림자조차 구경하지 못하고 있는 실정이다.

한 시간이 지나고…… 두 시간이 지나고…… 기다리는 동안 아무리 연락해 보아도 이젠 폰마저 꺼버렸나 보다. 열받을 대로 열받은 난 차마 눈을 마주할 수 없을 정도로 싸늘한 동공을 움직이고 있을 뿐이었다. 그런 최악의 상태를 파악한 유란 씨도 좀처럼 말을 꺼낼 수 없었나 보다. 결국 지금의 무섭도록 싸늘한 침묵을 깨뜨린 건 나였다.

"이런 식으로 회피한다고 해서 해결되는 게 아니라는 것쯤은 희연이도 알 거야. 그럼에도 불구하고 이 자리에 나오지 않은 건 내가 무섭기 때문이겠지. 지금쯤 '어떡하지? 어떡하지?' 하면서 불안함에 발을 동동 굴리며 손톱을 물어뜯고 있을지도 몰라."

"휘리야."

"그런 희연이가 생생히 떠오르지만 이제 어떻게 해야 할지 고민할 시기는 지난 거 같다. 어차피 난 현이 녀석을 양보할 마음은 추호도 없으니까. 물론 내가 양보한다고 해도 이현 그놈 성격은 희연이랑 사귈 인간은 아니야. 그걸 스스로 깨닫는데 시간이 필요할 테고 그 깨달음의 방법이 조금 달라서 그렇지."

"그냥 용서하고 지켜보겠다는 거야? 앞으로 계속 어떻게 나오는지?"

"그것 말곤 현재 다른 방법이 없잖아? 희연이는 날 만나고 싶어하지 않는 거 같은데."

"희연이를 용서한다는 거야?"

"용서한다는 게 아니라 일단 노력은 해보겠다는 거지. 용서는 보류야."

"휘리 너 앞으로 다닐 때 조심해야 해. 놈들의 목적은 이현일지 몰라도 우선 널 미끼로 사용할 생각이니까."

"치사하게 엄청난 숫자로 들이닥치지만 않는다면 쉽게 놈들의 미끼로 끌려가지 않아. 천하의 서휘리를 물로 보냐?"

"물로 보는 게 아니라 네 말대로 치사하게 엄청난 숫자가 기습할 수도 있는 거잖아."

유란 씨의 걱정을 뒤로하고 어느새 돌아온 사라 저택. 집 안으로 들어오자 현이 녀석은 아까 봤을 때 모습 그대로 책을 보며 소파 위에 앉아 있었다. 도대체 저게 무슨 책일까? 저놈은 어떤 책을 즐겨보는 걸까? 아무리 생각해도 저놈이 인터넷 소설 마니아는 아닐 것 같은데 말이지. 살금살금 다가가 녀석이 보고 있는 책의 표지에 시선을 꽂았다. 그리곤 중얼거렸다.

"베르나르 베르베르의 뇌?"

오오, 이놈이 이런 엄청난 문학 작품에 관심이 있단 말인가? 그러자 녀석은 그 잘난 얼굴을 살짝 가리고 있던 책에서 고개를 들어 날 똑바로 응시한다.

"아, 내가 독서하는데 방해한 건가? 미안~ 미안~"

최대한 밝게 웃어 보이려 노력했지만 오히려 이현 녀석은 그런 아
픈 내 마음을 꿰뚫어 버릴 것만 같은 눈으로 날 바라보고 있었다. 그
시선이 무안해서 서둘러 방으로 올라가려 몸을 돌렸다. 그 순간 녀석
의 낮은 음성이 들려왔다.

"내일부터 지안여상으로 가는 거 안 까먹었겠지?"

"앗! 그리고 보니 이제 학교를 가야 하는구나. 내 정신 좀 봐~"

"서재가 집을 알아볼 때까진 당분간 여기서 지내."

"안 그래도 서재가 그러라고 했어. 네가 배려해 줘서 그러는 척하
지 마."

괜스레 녀석에게 투정을 부리자 녀석은 어이없다는 표정으로 날
바라봤다. 그때 뒤쪽에서 소프트한 목소리가 들리는 걸 보니 서재인
가 보다.

"휘야, 그거 현이가 배려해 준 거 맞아. 네가 독립하길 바라는 맘
을 알고선 현이가 그렇게 하라고 한 거였어."

그러자 현이 녀석 '이제 알았냐? 병신' 하는 표정이다. 이젠 이 녀
석 눈빛만 봐도 무슨 말을 하고 싶은 건지 알 것만 같다.

"아아~ 그래? 그것참, 눈물나게 고맙네."

시큰둥한 내 반응에 현이 녀석이 싸늘하게 날 바라볼 뿐이었다. 그
순간 서재의 질문 공세가 시작되려 하고 있었다.

"휘야, 너 오늘 아침부터 어딜 그렇게 다녀온 거야? 기분도 별로
안 좋아 보이던데."

“그게 유란 씨 좀 만나고 오느라고.”

“아, 근데 왜 그렇게 표정이 어두웠어?”

“아무것도 아니야~ 그냥 아침부터 일어나서 원수 같은 지지배 만날 걸 생각하니 표정이 굳었나봐. ㅋㅋ”

“글쎄, 휘야는 날 너무 물로 보는데?”

“무슨 소리야? 내가 서재 널 왜 물로 봐?”

“아니야. 말하기 싫으면 하지 않아도 괜찮아. 그래서 현이 저 녀석이 계속 저러고 있잖아. 너 아침에 나갈 때랑 지금이랑 계속 같은 페이지 보고 있을걸?”

탁!

그 순간 현이 녀석 책을 테이블 위에 둔탁한 소리를 내며 놓은 후 일어서더니 방으로 성큼성큼 가버린다. 왜 저래?

“지금까지 페이지 한 장도 못 넘기고 같은 부분만 읽고 있다고?”

“같은 부분만 읽고 있는 게 아니라 책이 눈에 안 들어오는 거지.”

“왜? 하긴 저 책이 좀 많이 어렵긴 하지.”

“그게 아니라 네가 걱정되어서 그러지.”

“맙소사. 저 자식이 내 걱정에 책 한 장도 못 넘기고 있었다고?”

도저히 믿을 수 없다는 눈빛으로 서재를 응시하자 서재는 여전히 미소만 지어 보일 뿐이었다. 이 상태론 서재에게 계속 난감한 모습을 보일 것 같아서. 차마 친구한테 배신당해서 열받았어라고 할 수도 없어 얼른 화제를 바꿔보기로 마음먹었다.

“저기 근데 서재야, 별아는?”

"어??"

별아라는 이름만 들어도 서재는 금방 저렇게 표정이 굳는구나. 나도 그런가? 이현이란 놈 이름만 들어도 표정이 저렇게 미칠 것 같다는 듯 변하는 걸까? 하긴 변하지, 녀석 생각만 하면. 나참, 서재도 나와 같은 생각인지 애써 화제를 돌리려는 모양이다.

"오늘이 경호원으로서 마지막 임무를 수행하는 날인데 마침 당직도 휘야 너네."

"캑! 마지막 날인데 당직 서야 해?"

"무슨 소리야, 휘야. 마지막이니까 더 열심히 해야지."

아~ 저 소프트한 미소 앞에선 더 이상 반항할 힘이 없다. ㅠ0ㅠ 녀석의 마지막 당직이라, 이거 왠지 시원섭섭한걸? 희연이에 대한 배신감과 마지막 당직이라는 시원섭섭한 알 수 없는 기분 때문에 혼자 편하게 방에서 누워 있어봐도 마음이 좀처럼 평안을 찾을 수 없었다. 자고 나면 조금이나마 잊을까?

억지로 낮잠을 청하고 겨우겨우 든 잠이 깼을 땐 어느새 어둠이 드리워진 저녁이었다. 잠에서 깨어났지만 여전히 마음 한구석이 자꾸만 쓸쓸하고 쏴~한 기분 나쁜 느낌. 멍한 기분이 누군가의 노크 소리에 의해 번쩍 정신 차렸다.

똑똑똑.

"누구세요?"

내 질문에 대한 대답은 들려오질 않은 채 문이 살짝 열리고 있었다. 방문을 열고 들어온 사람은 다름 아닌 푸른 눈의 싹퉁 녀석이었다.

“뭐야? 숙녀 방에 웬일로 행차하셨나?”

나름대로 새침하게 녀석을 쏘아붙이자 늘 같은 표정의 현이 녀석 결국 한마디 내던진다.

“당직 주제에 퍼질러 낮잠을 자다니.”

“어차피 너도 하루 종일 집에 있었잖아. 경호할 것도 없었구만 뭐~”

따끔한 녀석의 한마디에 찔려 무마시켜 보려 괜스레 입을 삐죽댔 지만 녀석은 그런 내 말을 잘라먹고 있었다.

“시끄러워. 지금 나갈 거야.”

“뭐? 어디 갈 건데?”

녀석은 대답없이 시큰둥하게 날 내려다보고 있었다. 그 얼굴을 보 는 순간 이미 내 두뇌에서는 ‘더 이상 질문 금지!’ 라는 명령을 열리 려는 입으로 전달시키고 있었다. 내 똑똑한 두뇌는 알고 있었던 것이 다. 계속 질문해도 저 자식은 그저 내 질문을 맛있게 씹어 드실 거라 는 걸. 하는 수 없이 한숨부터 쉬고 녀석의 비위를 맞춰주기로 했다.

“에휴. 그래, 알았어. 준비하고 나갈 테니까 조금만 기다려.”

내 답을 듣는 둥 마는 둥 하던 녀석은 이내 조용히 내 방을 나갔다. 대체 이 밤에 어딜 나간다는 거야? 나원참. 혀를 끌끌 차면서도 행여 나 녀석이 오래 기다릴까 얼른 몸을 일으켰다. 나름대로 녀석의 행차 를 따라나서기 위해 서둘러 준비를 마치고 일층으로 내려가니 고귀 하게 빛나는 싹퉁 녀석의 모습이 보였다. 녀석이 상당히 장신임에도 불구하고 얼추 비슷한 길이의 가방을 메고 있는데 그 가방에 난 유독 시선이 꽂혔다. 당최 저 물건은 어디에 쓰는 물건인고.

"이현 너 메고 있는 그건 뭐냐?"

"나와."

녀석에게 내 질문은 안중에도 없다. 날 보자마자 서둘러 뒷모습을 보이며 현관을 나선다. 점점 더 녀석의 의도가 궁금해진 나는 걸음을 재촉해서 녀석의 옆으로 바짝 붙었다.

"야! 어디 가는지나 좀 알고 가자!"

"시끄러워."

매번 느껴도 절대 기분 좋지 않은 저 싹퉁의 말투. 슬슬 또 미간에 주름이 새겨질 준비를 하는 듯 피부가 팽팽해진다.

"이현, 네가 뭘 모르나 본데 막상 내가 입 꾹 다물고 한마디도 안 하면 너 답답해서 못살걸? 너도 모르게 만날 시끄럽게 떠드는 내 모습이 그리워질 거라고, 짜샤!"

"병신."

"그래그래, 네 머리 속엔 '병신, 시끄러워' 딱 이 두 마디밖에 없겠지. 나는 따발총이고 말이야. 그래도 어디 가는지 정도는 알려줘도 되잖아!"

녀석은 역시나 대꾸조차 없이 지나가는 택시를 붙잡는다. 트렁크를 열어 용도를 알 수 없는 기다란 가방을 싣고 택시에 올라타는 이현. 혼자서 뻘쭘이 서 있을 순 없으므로 일단 타기는 탔는데. 당최 어디를 가는 걸까? 목적지를 말하지 않았는데도 택시가 출발하는 것을

보니 택시 타기를 잠시 망설이는 동안 이현이 벌써 기사 아저씨께 목
적지를 말했나 보다. 제길.

그렇게 멀지도, 가깝지도 않다고 생각한 지점에서 택시는 멈춰 선
후 이현 녀석과 나는 택시에서 내렸다. 트렁크에서 알 수 없는 물체
를 꺼내는 일도 잊지 않고 행한 후 녀석과 말없이 향한 곳은 저수지
였다. 어두워서 보이지 않는 주변을 현이 녀석은 잘도 헤집고 들어간
다. 언제 그렇게 준비를 철저히 한 건지 작은 의자 두 개를 꺼내 펼치
고 램프도 켜서 의자 옆에 잘 세워둔다. 드디어 가장 궁금했던 기다
란 가방이 열린 순간 알 수 있었다. 지금 이놈이 뭐 하는 짓인지를.

"낚시하러 왔냐?"

"어."

"그럼 그렇다고 아까부터 질문할 때 그냥 대답해 줬으면 좋잖아!"

"시끄러우니까 앉아."

"앉으면 시끄러워도 되냐? 앙? 오호라, 이놈 보게~ 오늘 안 그래
도 마지막 당직인데 골탕 한번 먹어봐라 이거야? 이 밤에 너는 여유
롭게 아저씨들처럼 낚시나 즐기고. 난 열심히 네놈 당직이나 서면서
모기한테 헌혈이나 하라는 거야? 앙?"

"시끄러워. 고기 도망가."

"뭐라? 고기 잡아서 회 쳐먹을 것도 아니잖아! 너 순전히 나 놀리
려고 이러는 거잖아!!"

"낚시 싫으냐?"

"뭐… 낚시가 싫은 건 아니고."

헐. 말하다 녀석의 눈을 살피니 어쩐지 녀석답지 않게 쓸쓸한 듯한 기분이다. 슬쩍 꼬리를 내리고 녀석이 친절하게 펼쳐 놓은 작은 의자에 엉덩이를 맞췄다. 그런 내 행동을 현이 녀석은 곁눈질로 힐끔 보더니 낚싯대를 손질했다. 하여간 묘한 놈이야. 은근히 재주가 많다니까. 그렇게 시작된 현이 녀석의 밤 낚시. 녀석이야 늘 그렇듯 말없이 낚싯대만 잡고 죽치고 앉아 있지만 죄없는 난 이게 무슨 꼴이란 말이냐.

지나치게 조용한 침묵의 시간은 흘러만 가고…….

"우아함~ 야, 뭐야!! 한 시간이 넘도록 한 마리도 못 잡았냐? 우씨! 나 졸립단 말야!"

"시끄러워. 고기 도망가."

"조용할 때도 안 잡혔잖아!!"

"너 때문에 부정탔으니까."

"뭐, 뭐, 뭐라?? 부정이 어째? 야, 인마! 내가 나 좀 끌고 와달라고 부탁했냐? 당직만 아니었어도 이런 데 안 왔어!"

"넌 나랑 있는 게 즐겁지 않은가 보지?"

헉, 맙소사. 이 자식이 또 안 어울리게 무슨 헛소리를 하려고. 불안한 마음에 한쪽 눈썹을 치켜뜨고 녀석을 위아래로 훑어보며 슬쩍 한마디 조심스레 던져 본다.

"잉? 이현 너 뭐 잘못 먹었냐?"

"서재가 그러더군, 진짜 좋아하면 함께 있는 것만으로도 행복하다고."

헉. 이 자식 낚시하다가 인생의 도를 터득했나? 갑자기 또 무슨 헛소리를 하려고 그러는 걸까? 은근히 긴장을 한 내 몸은 슬쩍 굳어가고 있었다. 그 틈을 타서 녀석의 나지막한 목소리는 다시금 내 귓가를 울리게 했다.

"함께하면 그것만으로도 행복하다라. 나는 그 말 헛소리라고 생각했는데 너도 헛소리라고 느끼나 보군."

굳어 있던 몸이 순식간에 풀리면서 팽팽히 주름 잡기를 기다리던 미간에 드디어 예쁘게 주름이 잡히고야 말았다. 아, 그러니까 지금 결론은 자기도 나랑 있는 게 전혀 즐겁지는 않다~ 뭐 이딴 소리가 아니겠는가? 이런 상황에서 미간에 주름이 안 잡힐 수가 있겠느냔 말이다! 있는 힘껏 녀석을 째려봐 주기로 했다.

"야! 감동적인 말을 하려면 하고, 갈구려면 아예 갈구지 빙빙 돌려서 갈구는 건 어느 나라 습성이냐?"

"병신. 습성은 동물들에게나 사용하는 단어다. 습관이라고 고쳐라. 혹은 문화라고 하든지. 공부 잘한다고 지껄이더니 돌대가리군."

컥. 자존심 와르르르 무너진다. 머리 속엔 돌들이 굴러다니고, 마음속에서 자갈이 부딪치며, 가슴속엔 시린 얼음 조각이 으깨지고 있는 엄청난 충격. 자.존.심. 상.했.다. 제기랄! 무너진 이 자존심을 어설프게 회복해 보고자 얼른 대꾸했다.

"같이 있으면 닮아간다고 주섭 놈 옆에 있다가 옮아서 그래!"

"나무 못하는 나무꾼이 도끼 탓을 한다지, 아마?"

헐. 저 자식 저거 어디서 배운 말발이야? 저 자식도 나랑 너무 오

래있어서 날 닮아가나? 말발이 상당한데? 항상 시끄러워로 말을 잘
라먹던 녀석이 이젠 논리적으로 그것도 아주 상습적으로 날 갈구려
드네. 이대로 밀릴까 보냐! 이현~ 넌 아직 나한테 말발로 상대하려
면 멀었다구!

“난 나무꾼이 아니야, 선녀지. 여자잖아. 흐흐.”

뻔뻔한 브이까지 손가락을 예쁘게 뻗어 만들어봤지만 그 녀석 반
응이 신통할 리 없었다. 아주 어이없다는 듯, 아니, 하물며 그냥 박혀
있는 돌보듯 무시하는 저놈의 시선. 녀석의 푸른 눈이 그 시선을 한
층 더 싸늘하게 만들고 있었다. 그 시선으로도 모자라 내 입을 그대
로 꾹 다물게 하고 온몸이 무안함으로 물들게 만드는 녀석의 한마디.

“병신, 꼴값도 병이다.”

오오~ 그것참, 언제 들어도 신성한 단어로고. 저놈 말에 따르면
난 서휘리가 아니라 서병신이오. 아니 그렇소, 백유란 장군? 괜스레
날 걱정하던 유란 씨의 얼굴이 떠오른 건 지원군이 필요하다는 뜻?
옆에 있지도 않은 유란 씨를 불러보는 나. 한심하다 서휘리. 어흑. 저
자식한테 매번 당하기만 하는구나. 어쨌든 끝날 줄을 모르는 녀석의
밤 낚시 탓에 멍하게 녀석 옆을 지키고 있는 것도 몇 시간째. 유유히
흐르는 물을 바라보고 있노라니 이런저런 생각이 많이 든다.

한참을 현이 녀석 옆에서 시끄럽게 떠들어대다 갑자기 조용해진
내가 이상했는지 현이 녀석 표나지 않을 정도로 힐끔 나를 바라보며
주시한다. 그런 시선마저 외면한 채 머리 속을 가득 메운 생각은 다
름 아닌 희연이에 관한 일들이었다. 원망의 끝은 갈등이었다. 한참을

원망해 보아도 선뜻 어쩌지 못하는 상황. 그 상황에 맞서 내가 지금 할 수 있는 일은 용서를 보류하는 것뿐. 입장 바꿔서 생각해 보면 희연이한테는 미칠 일이 아닐 수 없으니.

'자신이 너무나 사랑하는 남자를 친구에게 뺏기다.'

유행가 가사나 소설 속에 쉽게 등장하는 소재로써 우정과 사랑 사이에서 갈등할 수밖에 없는 엄청난 비극. 평범하고 흔한 일 속에서 인간은 더욱 쉽게 상처를 받는 건지도 몰라. 그런 희연이의 마음을 헤아리지 못한 게 아니기에, 그리고 말 그대로 친구라는 단어를 썼던 사이기에 힘든 이 현실. 어쩌면 희연이가 나쁜 게 아닐지도 몰라. 일종의 자기 사랑을 차지하기 위한 수단에 불과하니까. 날 버릴 정도로, 우정을 버릴 정도로 사랑하는 게 결코 죄라고 쉽게 판단할 수는 없으니까.

은근히 희연이를 이해하는 쪽으로 밀고 나가는 건 결국 난 맹자의 성선설을 믿는 것인가? 사람을 사랑하는 것만큼 이 세상에서 아름다운 일은 지극히 드물다고 본다. 그에 대등할 만큼 아름다운 일이 또 있다고 하면 바로 용서를 하는 것이라고 말하고 싶다.

하지만 지금의 난 그 용서하기를 보류하고 있다. 용서가 항상 옳을 수 있는 건 아니라고 고쳐먹어야 하는 걸까? 뒤죽박죽 나답지 않게 어려운 생각으로 고민의 쇠사슬을 만들고 있는 도중 이현 녀석이 분주해 보인다. 낚싯대를 이리저리 잡아당기고 줄을 끄는 걸 보니 뭔가 걸렸나 보다. 순간 나도 흥분해서 소리쳤다.

"오오! 뭔가 잡혔다!!"

한순간 고민은 머리 속에서 깨끗이 잊혀졌다. 안 그래도 무뚝뚝한 녀석 미간에 약간의 인상이 동원되고 나서야 겨우 성공한 물고기잡이. 손바닥만한 크기의 붕어인지 잉어인지 알 수 없는 물고기 한 마리를 잡아놓고는 뿌루퉁하게 물고기를 바라보는 현이 녀석. 하지만 오랜 시간의 기다림으로 얻은 물고기라서 그런지 마냥 기쁘고 신기했다.

"우와, 이것 봐, 파닥파닥 뛰는데? 회 쳐먹을 거야? 매운탕? 아니면 생선구이? 앙? 어떤 걸로 먹을래, 이현?"

야식의 탐으로 무섭게 빛나는 내 눈을 외면한 채 현이 녀석은 물고기를 낚싯대에서 해방시키더니 이내 다시 저수지로 던져 버린다.

그야말로 내 얼굴엔 경악, 충격, 황당이라는 단어가 그대로 새겨져 있었다. 차마 말이 떨어지지 않는 그 상황에서 난 겨우 마음을 추스르고 버럭 소리를 질러대기 시작했다. 녀석의 고막이 튼튼하길 다행이라 생각할 정도로 말이다.

"이, 이, 이, 이, 야, 인마—!!"

그러자 녀석은 더욱 기가 막히게도 다시 낚싯줄에 미끼를 끼워 넣더니 다시 물고기를 잡으려는 듯 휙~ 하고 던지며 또 물고기가 걸리기만을 기다리고 있는 듯한 포즈를 취한다.

"무슨 짓이야, 인마!! 몇 시간 만에 겨우 하나 잡은 걸 그냥 보내주는 건 무슨 플레이며 또 잡으려고 쇼하는 건 대체 어느 나라 쇼냐고!!"

바락바락 소리를 질러봐도 녀석은 숨을 쉴 때 약간씩 들썩이는 어깨의 미동 말고는 전혀 움직임이 없었다.

"야, 이현!! 네가 무슨 스님이냐? 앙? 무슨 물고기 방생시켜? 어?"

"스님은 낚시 안 해."

저게 과연 개그일까, 아니면 지금 나 열받으라고 하는 소리일까? 저 자식의 평소 행실로 볼 때 확률은 후자인 듯하다. 네가 그 따위로 말하지 않아도 충분히 열받는다구!!

"야!! 기껏 잡은 물고기 놓아줄 거면 뭐 하러 여기 있는 거야? 명색이 애인이랍시고 단둘이 오붓하게 있는 거라 치자! 물론 그럴 리는 없겠지만. 만약 그렇다 해도 한마디도 안 하고 몇 시간 동안 이러고만 있는데 어떤 미친 여자가 재밌다고 붙어 있냐? 너 해도 해도 너무 하는 거 아냐?"

"시끄러워. 당직이나 서."

"마, 맙소사. 그래, 난 일개 너의 경호원일 뿐이라 이거지?"

"시끄러워."

"우씨! 그래, 나 시끄럽다! 시끄러워!! 배째!! 배째라고!! 기껏 잡은 고기를 놓친 것도 모자라 이젠 아주 나까지 벌레 보듯 한다 너? 지 여자 친구는 뻔히 옆에서 자기만 지키고 서 있는데 눈길 한 번 안 주는 무딘 놈이 세상천지에 너 말고 또 있으리!!"

"물고기에 대한 집착이 상당하군."

"저, 절대 배고파서 그런 거 아냐!! 어이없어서 그런 거지."

그때 눈치없게도 내 배에선 '꼬르륵' 소리를 현이 놈 귓구멍으로 힘차게 전달하고 있었다.

꼬르르르륵. 꼬르륵.

제, 젠장. 무안함에 어쩔 줄을 몰라 하고 있는데 현이 녀석이 무거운 입을 열고 있었다.

"물고기가 놔달래."

"뭐, 뭐라?"

이 황당한 녀석 좀 보게나. 지가 무슨 인어왕자인가? 물고기 말을 어떻게 알아듣는다는 거야? 아니면 어느 흔한 동화처럼 물고기를 풀어줘서 물고기가 은혜를 갚는다는 뭐 그런 말도 안 되는 이야기를 바라는 건. 흠흠. 어이없게 녀석을 바라보자 녀석은 그 시선엔 아랑곳하지 않고 황당한 말을 이어갔다.

"내가 잡은 물고기가 놔달래서 놔줬어. 놔달라고 말해서."

"이현, 너 열있냐? 갑자기 밤에 찬바람 맞아서 머리가 어떻게 된 거 아냐?"

검지손가락으로 내 머리를 빙빙 돌려가는 행동까지 보였지만 녀석은 무관심이다.

"난 내가 잡은 것은 죽어도 놓지 않아. 절대로."

점점 이해 안 되는 놈일세. 그런 놈이 그럼 물고기는 왜 놔준 거야? 점점 더 황당해지는 녀석의 말과 행동에 난 서둘러 질문을 내던졌다.

"야! 그럼 왜 놔준 건데! 점점 말이 꼬이잖아."

"적어도 지금까진 그래 왔어."

"그럼 이제부턴 아니란 거야?"

　점점 심각해지는 분위기 속에 이현 녀석이 단순히 물고기 자체에 대한 얘기를 하려는 게 아니라는 걸 직감했다. 슬슬 나도 흥분을 가라앉히고 녀석의 말에 대한 의도를 파악해 나가기 위해 진지 모드로 몰입했다. 그때 녀석은 갑자기 내 눈을 똑바로 응시한다. 순간 깜짝 놀라 내 몸이 수그러들었지만 녀석의 푸른 눈이 오늘따라 더욱 진지해 보인다. 단둘이 어둑한 곳에 있어서 그런지 분위기도 왠지 좀 쑤, 쑥스럽다. 차라리 아까처럼 혼자 떠들고 혼자 성질 내는 게 났지. 이런 어색한 분위기 정말 나로서는 감당이 되질 않는다. 그런 어색한 분위기 속에서 떨리는 내 심장은 전혀 고려하지 않고 말을 이어나가는 이현.

　"만약 지금 내가 생각하고 있는 물고기가 진심으로 내게서 벗어나길 원한다면 이제는 놔줄 거다."

　어쩐지 그 말이 나를 비유하는 것 같은데. 기분 탓인가? 만약 그렇다면 나 왠지 이 녀석에게 섭섭하다. 아무리 내가 떠나겠다고 발버둥쳐도 붙잡아주길 바라는 내 마음. 한낱 욕심덩어리에 불과한 것일까? 우울한 마음에 원망 가득 찬 목소리로 녀석에게 대뜸 소리를 질러 버렸다.

　"그래, 놔버려!! 실컷 놔버려! 너에게서 벗어나려 하는 것들 그냥 보내 버려!! 그럼 되지. 너도 속편하고 떠나려는 것들도 편히 떠나고. 그럼 됐네. 되는 거네!! 근데 너 그 말 하는 거 나한테 상당한 실례인 거 알아? 배려하는 척하지만 아직 떠날 맘 없는 사람한테 그런 말 하는 거 굉장히 마음 상하는 말이라고!! 너 따윈, 너 따윈 강한 척하지만 결국 네가 못나서 떠나가게 만드는 바보 천치란 말야!"

그 순간 내 입술을 덮치는 녀석의 차갑고도 부드러운 입술. 온몸이 순식간에 뜨겁게 달아오르고야 말았다. 길지 않은 녀석의 기습키스가 끝난 후 녀석은 나지막이 음성을 터뜨렸다.

"내 말 아직 안 끝났어."

무안한 나머지 새빨개진 얼굴로 입술을 가리며 멀뚱멀뚱 녀석의 눈을 바라볼 뿐이었다. 계속해서 이어지는 녀석의 음성.

"날 떠나겠다고 말하는 것은 내게서 상처받은 그 사람의 아픔이 묻어난 거니까. 내가 잘못한 거니까. 그러니까 보낼 수밖에 없겠지. 하지만 난 너한테 그런 잘못을 할 만큼 미련한 인간은 아니거든. 마지막 당직을 선다고 은근히 기뻐하는, 또 은근히 서글픈 네 마음 모르는 게 아니기 때문에 헛소리가 좀 길어진 거 같다. 안 어울리게 홍당무랑 놀지 말고 바락바락 대들어보시지?"

마지막에 아주 옅지만, 아주아주 옅지만 살짝 보여준 녀석의 미소에 홍당무랑 사돈을 맺을수밖에 없었다. 행복하다라는 표현 이렇게 함부로 써도 되는 걸까? 아니면 상대가 이 녀석이기에 행복하단 표현으로는 모자란 것일까? 어느 쪽이든 나 서휘리는 지금 기분이 너무 좋다는 거 그것뿐이다. 싹퉁 현이 녀석, 물고기를 한 다섯 마리 정도를 잡았다, 놓아줬다를 반복하고서야 자리를 털고 일어난다.

"밤이 깊었군. 이제 가자."

아무것도 남는 것 없이 돌아가는 것 같았지만 온 마음이 따뜻해지는 이 느낌은 뭘까? 난 조심스럽게 용기를 내어 녀석의 손을 잡았다.

순간 날 바라보는 현이 녀석의 시선을 느꼈지만, 이내 그 시선을 피해 딴청을 피우며 녀석의 손을 꼭 쥐고 있었다. 그리고 속으로 얼마나 외쳤는지 모른다.

'희연아, 미안해. 정말 미안하다. 하지만 나 이 녀석 못 놔줘. 이 녀석이 어떤 잘못을 해도 나 이 녀석한테 나 놔달라는 말 안 할 거야. 절대 안 할 거야. 미안해.'

잡고 있는 녀석의 손이 정말로 따뜻하고 포근하게 느껴졌다. 녀석도 은근히 쑥스러운지 나와 시선을 마주하려 하지 않았다. 원래 잘 마주하지 않은 걸 괜스레 내 관점에서 생각한 건지는 몰라도. 쩝.

내가 모르는 것

제16장

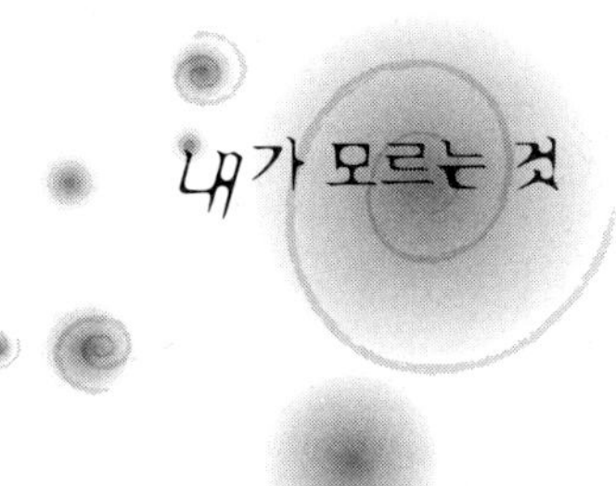

드디어 복학한 지안여상. 유란 씨와 내가 가는 곳마다 시선이 집중되었다. 게다가 왜 그렇게 내 사진을 찍어대는지 여기저기서 터지는 플래쉬와 셔터 소리가 나를 더욱 예민하게 만들었다. 다들 레즈비언도 아니면서.

예민하고 싸늘한 마음을 달랠 길이 없어 애꿎은 발걸음만 질척하게 끌고 교문을 지나 정류장으로 향하는 도중 어디서 본 듯하나 도무지 기억이 나지 않는 녀석 하나가 위풍당당한 걸음으로 유란 씨와 내 쪽으로 걸어온다. 내 옆을 살짝 스치듯 지나가며 그놈이 입을 열었다.

"이현은 잘 지내나? 피식."

아주 서늘하고 기분 나쁜 웃음에 소름이 끼쳤다. 그에 반응해서 난 스쳐 지나가는 녀석의 뒤통수를 째려본다. 이현과 내가 연관되어 있다는 걸 저놈이 어떻게 아는 거지? 이현과 내 사이에 있었던 일은 내가 남장을 했을 때의 일들인데. 완벽히 여자로 돌아온 지금 어떻게 날 알아보고 이현의 안부를 묻는 거지? 서둘러 생각을 마친 나는 그놈을 불러 세우기로 했다.

"이봐."

내 음성을 듣고 그를 포함한 그 무리가 걸음을 멈췄다. 유란 씨는 의아하게 나와 그의 무리를 번갈아 보는 중이고, 난 다시 한 번 말을 건넸다.

"넌 누구지? 내가 누군 줄 알고 나한테 이현에 대한 걸 묻는 거나?"

그러자 그놈은 알 수 없는 미소를 피식~ 지어 보이더니 내 물음에 답을 한다.

"아, 이거 생각보다 실망인데? 기억력이 좋지 않나 보군. 난 말이지, 한 번 본 미인은 절대로 잊지 않거든. ㅋㅋ"

점점 더 녀석의 정체가 궁금해진 나는 조급한 마음에 목소리 톤을 높였다.

"빙빙 돌리지 말고 똑바로 말해! 날 어떻게 아느냐고 물었어."

"내 정체가 궁금한가?"

난 대답 대신 녀석을 강하게 노려보았다. 그러자 녀석은 여유롭게 웃어 보이며 입을 열었다.

"내 정체가 궁금하다면 날 따라와. 우리 집으로 초대하지."

황당한 놈. 어디서 본 듯한 기억은 있으나 잘 알지도 못하는 놈의 집에 덥석 들어가는 어리석은 짓은 안 한다. 저놈의 외모가 아무리 출중해도 한두 살 먹은 어린애처럼 쫄랑쫄랑 쫓아갈 마음은 전혀 없다 이거야.

"내가 왜 너희 집에 초대를 받아야 하지?"

"내 정체가 궁금하다고 했으니까."

"여기서 밝혀도 될 것을 굳이 너희 집까지 끌어들이려 하는 이유가 뭐냐?"

"내 정체뿐만 아니라 이현의 정체도 궁금해할 것 같아서 말이지. 피식~"

대화 끝에 이어진 녀석의 싸늘한 미소가 간담을 서늘하게 했다. 이현과 연관되어 있다는 생각에 난 더욱더 신경을 곤두세웠다. 한참 고민과 갈등에 휩싸이는 동안 녀석은 다시 한 번 내 고민을 해결하려는 듯 나섰다.

"내가 못미더우면 친구와 같이 가도 무관하지."

눈짓으로 유란 씨를 가리키며 던진 놈의 한마디에 따라가 볼까? 하는 마음이 조금 더 커지긴 했으나 역시 뭔가 불안하고 미심쩍다.

"그렇게 고민할 필요가 있을까? 자신을 보호할 능력이 되는 사람이라면 두려움이 크지는 않을 텐데."

녀석의 한마디에 자존심이 상한 나는 서둘러 결정짓고 말았다.

"좋아! 네 녀석의 정체를 밝혀내겠어. 안내해."

엉뚱하게도 도무지 기억나지 않는 녀석의 뒷모습을 따라 유란 씨와 나는 나란히 걷고 있었다. 녀석들에게 들리지 않을 정도의 목소리로 유란 씨가 살짝 내게 말을 걸었다.

"대체 저 사람들은 누구야? 아는 사람이야?"

"아는 사람이면 정체를 밝히라고 하겠냐?"

"저쪽은 널 아는 사람처럼 대하던걸?"

"저놈은 날 아나 보지. 나와 이현에 관한 것까지 알고 있는 걸 보면 범상치 않은 놈 같아. 한 번쯤 본 기억이 있는 것 같긴 한데 도무지 어디서 봤는지 떠오르질 않아."

유란 씨는 심오한 표정으로 나와 녀석들을 번갈아 보며 나름대로 추측하려 애쓰고 있는 모습이다.

놈들을 따라 발걸음을 옮긴 지 한참 후 녀석이 멈춰 섰다. 그리고 내 시야에 들어온 집은 이현 녀석의 사라 저택에 버금가는 초호화 저택이었다. 설마 이 집 도련님?? 그런 생각을 하는 동안 유란 씨는… 내 저럴 줄 알았다. 벌써 침이 한 바가지로 고여 있다. 커다란 대문이 열리는 순간 그놈은 나를 돌아보고 손을 안쪽으로 펴 보이며 말했다.

"자, 들어오시죠."

찜찜한 표정으로 녀석을 한번 노려주며 들어서는 나와는 달리 주변을 두리번거리며 연신 반짝이는 눈망울을 감추지 못하는 유란 씨가 창피하기도 했다.

어쨌거나 저택 안으로 들어왔다. 놈을 따르던 무리는 어느새 정장으로 갈아입고 저택 곳곳을 지키듯 서 있다. 그 모습을 보는 순간 경호원인 것을 직감할 수 있었다. 고급스런 소파 위에서 놈의 정체가 밝혀지길 기다리며 녀석을 노려보았다. 그런 내 시선에도 불구하고 그놈은 천천히 대화를 즐길 생각인가 보다. 답답한 나머지 내가 먼저 녀석의 정체를 캐내려 나섰다.

"이봐, 난 별로 한가롭게 대화를 즐기는 스타일이 못 되거든. 정체를 밝혀라."

그러자 그 녀석은 김이 모락모락 나는 차를 한 모금 마신 후 천천히 입을 열었다.

"나? 별로 대단한 놈은 아니야."

그의 음성을 듣고 유란 씨가 대화에 참여했다.

"대단한 사람이 아니라고? 이런 초호화 저택에 살고, 휘리와 현이의 관계를 다 아는 듯 말하는 사람이 별 대단한 인물이 아니라면 우리가 이렇게 쫄랑쫄랑 쫓아올 이유가 없지."

내가 하고픈 말이었기에 침묵으로 녀석의 대답을 기다렸다. 그래도 녀석은 쉽게 정체를 밝히기 싫었는지 다른 말을 할 뿐이었다.

"휘리… 이름이 휘리인가?"

"그럼 내 이름도 모르면서 현이와 내 사이를 아는 척 떠들었단 말이야? 점점 더 네놈의 속이 궁금해지는데?"

"나보다 이현 놈의 정체를 더 궁금해하는 게 정상일 텐데."

"아까부터 무슨 말을 하고 싶은 거냐?"

"이현의 눈이 왜 푸른색인지 알고 있나?"

몇 명 알지 못하는 사실을 아는 양 말하는 녀석의 태도에 궁금증은 더욱 증폭되어 가만히 녀석에게 시선을 고정시켰다. 그러고 보니 난 이현에 대해 아는 게 하나도 없는 것 같다. 녀석의 눈이 왜 푸른색일까? 처음엔 그저 외국인에게 이식 수술을 받은 게 아닐까? 하고 지레짐작했었다. 그러나 그건 확인조차 할 수 없었다. 내가 모르는 현이의 정체를 알고 있는 녀석의 정체와 또 현이의 정체가 더욱 궁금해진 나는 더욱 녀석의 대답을 재촉했다.

"왜 푸른색인지 네놈은 안다는 듯 말하는군? 말해 봐, 어째서 이현의 눈이 파란색이지?"

잠시 후 난 자존심이 상했다.

"이현의 눈이 왜 파란색인지도 모르는 여자가 이현에게 그렇게도 특별한 존재였나?"

"빙빙 돌리는 건 별로 안 좋아한다고 말했을 텐데. 어서 본론이나 말하시지."

"이현은 혼혈아다."

나뿐만 아니라 차를 마시던 유란 씨도 놀라 동작을 멈추었다. 깜짝 놀란 시선으로 유란 씨와 내가 놈을 쳐다보자 녀석은 피식 웃으며 말을 이어갔다.

"아아, 물론 현재 이현의 아버지가 외국인은 아니야. 어머니도 물론 한국 사람이고."

나 대신 유란 씨가 질문을 던졌다.

"그렇다면 어째서 혼혈아라는 거지?"

"현재 사라 저택에 살고 있는 이현의 아버지와 어머니 중 어머니는 이현의 친모가 아니야."

나는 놈의 이야기에 점점 깊게 빠져들고 있었다. 계속해서 말을 이어가는 정체를 알 수 없는 놈.

"이현의 친모는 다른 남자와 평범한 가정을 꾸리고 살아가고 있지."

유란 씨가 다시 한 번 나서서 의문을 제기했다.

"그럼 그냥 이혼 후 재혼을 하신 게 아닌가? 그게 뭐가 그렇게 대단한 일이지? 요즘 우리 나라에 이혼과 재혼은 지나치게 일상적인데 말이야."

그러자 그 정체를 알 수 없는 놈이 다시 한 번 미소를 짓는다.

"피식~ 바로 그 부분에서 이현 놈의 비밀이 탄로나는 거지."

점점 답답해지는 심장을 쥐어짜며 난 냉정하게 녀석을 쏘아붙였다.

"이봐, 이현이 혼혈아라는 건 친구놈을 통해 알고 있어. 내가 궁금한 건 어째서 나조차 모르는 부분을… 보아하니 넌 이현 친구 같아 보이지도 않는데 그렇게 잘 알고 있느냔 말이다. 녀석이 혼혈아라는 사실을 아는 사람이 몇 안 되는 걸로 아는데 어째서 너 같은 놈이 자세히 안다는 듯 떠드는 거지?"

"그렇다면 너야말로 이현이 혼혈아라는 걸 알고 있으면서 어째서 나에게 모른 척한 거지?"

"현이 녀석의 눈이 푸른색이니까 누구나 그렇게 짐작할 수 있지. 네놈이 이현에 관해 진짜로 아는지 모르는지를 보려고 그런 것뿐이야. 점점 네놈의 정체가 궁금해지는데 이제 밝히시지.”

그러자 녀석은 가만히 찻잔을 입에 가져다 댄다. 그리고 답답할 정도로 느리게 말을 꺼낸다.

“이쯤 되면 날 알아볼 만도 한데 넌 한 번 본 미남을 기억 못하는군.”

“네가 미남이라고 으스대냐?”

시큰둥한 나와는 달리 유란 씨의 입에는 이미 침이 흐를 듯했다. 갈수록 녀석이 누구인지, 대체 현이와는 어떤 관계인지 궁금해 미칠 것 같다. 그런 나의 궁금증은 쉽게 풀릴 것 같지 않다. 녀석은 이현의 정체를 내게 폭로할 생각인가 보다.

“혹시 이현의 동생을 알고 있나?”

이현의 동생이라면 그 전형적인 귀족풍 여자애 별아를 말하는 건가? 내 짐작이 맞는지를 알기 위해 대답했다.

“별아 아가씨?”

“알고 있군. 현이의 아버지와 현이의 새어머니 사이에서 태어난 딸이지.”

“그게 뭘 어쨌다는 거지?”

“즉 그 큰 기업의 후계자는 이현이 아닌 별아라는 거지.”

“무슨 말이야?”

“아아, 이거 생각보다 머리가 둔한걸? 쯧쯧.”

나의 약을 살살 올려가며 애꿎은 차만 수저로 빙빙 돌리는 저놈. 유란 씨도 도무지 이해가 가지 않는지 고개만 갸우뚱거린다.

"그래, 나 돌대가리니까 이해하기 쉽게 풀어 요점만 간단히 말해!"

자존심까지 버려가며 궁금증을 해소하려고 녀석에게 던진 말이었다. 역시 사악한 미소를 띠며 녀석이 천천히 대답하고 있었다.

"그 녀석 집안이 워낙 복잡해서 간단하게 말해도 얘기는 길어질걸?"

"그럼 길게 말을 하든지! 답답하게 굴지 말고 빨리 말하란 말이야. 난 인내심이 별로 없는 사람이라서 말이지."

녀석은 재밌다는 듯 내 표정을 살피며 설명할 자세를 잡는다. 유란 씨도 더 더욱 진지한 눈빛으로 이야기를 듣는 데 관심을 모았다.

"이현의 친모는 원래 가난뱅이와 결혼을 했어. 물론 지금도 그 가난뱅이와 살고 있고. 한 끼 식사도 해결하지 못할 만큼 가난했던 집이 지금은 번창해서 평범하게 잘살아가고 있다지? 갑자기 그렇게 된 이유는 무엇일까?"

계속해서 말을 이으라는 눈빛으로 가만히 녀석의 눈을 주시했다.

"찢어지게 가난했던 집에 남편의 도박으로 커다란 빚까지 지게 된 이현의 친모는 부득이한 선택을 하게 되지. 이현의 친모가 외국인이란 사실은 알고 있나?"

얼레? 친모가 외국인이라니?? 녀석 앞에서 놀란 기색을 보이기 싫었으므로 침묵으로 일관했다. 녀석은 역시나 요상한 미소를 띠며 말을 했다.

"노래방 도우미를 해서 만난 사람이 바로 이현의 친부, 즉 지금의 사라 저택 주인인 이현의 아버지지. 외국인의 매력에 빠진 이현의 아버지는 이현의 친모와 하룻밤을 같이하는 조건으로 거액의 돈을 준 거야. 하지만 워낙에 소문난 구두쇠라 빚을 갚을 정도의 돈만 준 거지. 그걸로 가난은 조금 해결됐지만, 그 한 번의 관계로 그녀는 임신을 했고 태어난 아이가 바로 이현이야.”

쇠사슬처럼 얽인 일들이 하나하나 풀어지는 듯한 느낌이다. 하지만 여전히 요한 녀석이 했던 말과 이 녀석이 하는 말의 차이 때문에 매우 혼란스러운 상태였다. 그런 상태를 모르는 유란 씨는 먼저 의문을 제기했다.

“그렇다면 어째서 이현이 사라 저택에서 길러지게 된 거지? 지금의 새어머니가 자기 자식도 아닌 이현을 어떻게 쉽게 받아들였을까? 물론 친어머니는 가난해서 이현을 키울 능력이 없었겠지만 사라 저택 쪽에서도 쉽게 받아들이지 않았을 텐데.”

“물론 그 부분도 설명하려던 참이야. 이현의 아버지는 너희들도 알다시피 재벌그룹의 회장님이시지. 너흰 연예인이나 사업가가 가장 두려워하는 게 뭔 줄 아나? 바로 스캔들이야. 치명적이기 때문이지. 스캔들을 피하기 위해 어쩔 수 없이 이현을 받아들이긴 했지만 이현이 지금의 새어머니에게 사랑을 받을 리가 없잖아? 그래서 지금도 열심히 반항 중 아니었던가? 이현 놈이 더 불쌍한 건 말이지, 친모와 함께 생활 중인 남자가 이현을 미끼로 이현의 아버지에게 계속해서 돈을 뜯어내고 있다는 거야. 이러지도 저러지도 못하는 상황에서 이현의 아버지는 그 남자에게 돈을 넘겨주면서 모든 게 이현 탓이라는 생각을 하고 있어. 그래서 친아버지마저 이현을 달갑게 여기지 않아.

그런 환경 속에서 자란 이현의 성격이 밝을 수 있을까?"

늘 그늘지고, 차갑고, 냉정한 녀석의 눈빛이 슬픔을 의미하는 것을 알고 있었지만 이 정도일 줄은 몰랐다. 행복에 겨워 폼 재는 녀석인 줄로만 알았는데. 순간 가슴이 뭉클해서 눈물이 나려 했다. 그러나 정체 불명의 이 녀석 앞에서 눈물을 보일 순 없었으므로 애써 참았다. 그런 아픈 마음을 애써 부인하고 싶었다. 그러기에 난 녀석에게 조심스럽게 말을 던져 본다.

"네놈 말을 어떻게 고스란히 믿지? 네놈이 누군 줄 알고 말이야."

"결국은 내가 내 입으로 너의 기억을 살려줘야 하는 건가?"

"대체 넌 누구야? 어째서 이현에 대해 그렇게도 상세하게 알고 있는 거야."

"나? 원우, 송원우라고 하면 알겠나?"

"송… 원우??"

기억이 날 듯 말 듯 희미해 애꿎은 미간만 좁히고 있는데 녀석은 혀를 끌끌 차며 결국 자신의 정체를 폭로한다.

"어두운 창고 안에서 봤기로서니 이렇게까지 기억을 못할 줄이야. 송사리파라고 하면 기억하겠나?"

순간 내 동공이 커졌고 심장은 빨리 뛰기 시작했다. 마지막에 이현 놈과 알 수 없는 귓속말을 해서 사람 궁금하게 만들어놓은 장본인. 내가 이놈을 잊어버리다니! 천하의 서휘리, 늙었나 보구나!! 곧바로 경계 태세를 갖추자 녀석은 살짝 미소를 지어 보인다.

"아아, 뭐 그렇게 긴장할 거 없어. 널 어떻게 하려고 끌고 온 건 아니니까. 아무리 내가 이현 놈하고 사이가 안 좋아도 치사한 방법으로 뒤통수치는 양아치는 아니라고."

"원수치고는 이현에 대해 너무 많은 걸 알고 있는데?"

"지피지기면 백전백승이라. 적을 알고 나를 알면 승리한다. 기본 아닌가? 훗~"

이 녀석, 거짓말을 하는 것 같진 않은데. 그럼 요한 녀석이 잘못 알고 있었던 게 아닐까? 상식적으로 생각해 봐도 외할머니가 외국인이었다고 손자까지 푸른 눈이 될 확률은 낮지 않은가? 역시 이건 서재한테 물어보는 게 정확할지 몰라. 본인한테 물어볼 수는 없으니까.

가뜩이나 희연이 때문에 복잡했던 머리 속이 이현 녀석 탓에 배로 불어났다. 이현, 그런 아픔을 겪고 있어서 그렇게 차가워질 수밖에 없던 거였어. 혼자서 모든 아픔을 짊어지고 입을 꾹 다물고 있는 거였어. 세상으로부터 견디기 힘든 아픔을 꾹꾹 감춰두고, 잘난 듯 뻐기는 녀석들을 혼내주면서 스트레스를 해소한 거야. 내가 사랑하는 남자를 한낱 동정의 대상으로 보긴 싫어. 하지만 현이가… 현이가 너무 불쌍해. 더구나 이따위 놈에게 현이의 숨겨진 면을 듣고 있다는 것 자체도 마음이 아려온다. 가슴앓이하는 동안 송원우란 놈이 다시한 번 음성을 퍼뜨렸다.

"이번 주 토요일, 녀석과 마지막 결투가 있다는 거 알고 있나?"

그러고 보니 언뜻 요한 녀석에게 들은 기억이 난다. 현이 녀석은 행여 내가 나설까 봐 요한 녀석의 입을 막으려고 애썼다. 문득 남자로 태어나 남자 위치를 제대로 지키지 못하는 비참함을 아느냐고 물었던 이현 녀석의 말도 어설프게 떠오른다. 이 모든 게 자신의 아픔을 내보이지 못하면서, 자신도 모르는 사이 내게 기대고픈 마음을 살짝 비춘 거였어. 부모에게서 받지 못한 사랑 내가 다 줄게. 이현, 내가 다 채워줄게. 부모에게서 받지 못한 그 모든 사랑을 내가 다 채워주고 넘쳐 날 정도로 사랑을 다 줄게. 그러니까 더 이상 차가운 눈으로 세상을 바라보지 마. 누구보다 따뜻한 사람이라는 거 난 이미 온 마음으로 느끼고 있으니까. 갑자기 이현 녀석이 미치도록 보고 싶어졌다. 서둘러 이곳에서 빠져나가 현이 녀석에게 달려가고 싶은 충동이 이미 머리끝까지 차 올랐다. 하지만 이 녀석에게 물어볼 게 한두 가지가 아니다. 서둘러 녀석의 대답을 재촉했다.

"이봐, 그런데 저번에 창고에서 나갈 때 너 이현에게 귓속말했었지? 대체 뭐라고 지껄인 거야?"

"내가 대답해 줄 것 같은 내용이면 그때 귓속말하지도 않았지."

"좋아. 뭐, 대답해 줄 거라고 기대하지도 않았던 질문이니까 넘어가지. 그리고 이번 주에 결투가 있다는 걸 나한테 굳이 통보하는 이유가 뭐지?"

"이현의 최후를 지켜보라고."

"이봐, 넌 이현에 대해 그렇게 잘 알면서 이현이 불쌍하지도 않아? 꼭 이현을 짓밟아야 직성이 풀리는 이유가 뭐야?"

"그동안 이현이 지은 죄를 생각하면 그 따위 불쌍한 사정이야 저리 가라니까."

"현이가 지은 죄라니?"

"그것까지 나불대면 내 입이 너무 아플 것 같아서 말이지. 이만 손님 접대는 여기서 끝낼까 하는데. 내가 피곤해서 말이지."

"내 질문을 그런 식으로 회피하려 하는 이유는 차후에 묻도록 하지. 아직 네놈 말을 다 믿는 건 아니지만 참고는 할게. 피곤한 사람에게 초대까지 받아 다소 즐겁지 않은 시간 할애하게 한 것 영광으로 여겨주지. 그럼."

난 서둘러 소파에서 일어났다. 그리고 날 바라보는 송원우라는 놈에게 마지막으로 한마디 더 내던졌다.

"아, 그리고 나더러 이현의 최후를 지켜보라고 했지? 내가 충고 하나 할까? 내 앞에서 이현의 최후는 누구도 볼 수 없어. 왜냐고? 난 녀석의 최후를 볼 수가 없거든. 내가 먼저 최후를 맞지 않는 이상 내 앞에서 현이가 최후를 맞는 날은 있을 수가 없어. 난 말이야, 녀석의 평생 경호원이니까. 내 모든 걸 걸고서라도 녀석을 지킨다. 그런 내게 현이의 최후를 맞보게 하려면 내 시체부터 넘어야 할 거야. 알겠냐, 송.사.리? 씨익~"

그리곤 녀석에게 등을 보이며 발걸음을 재촉했다. 유란 씨도 엉겁결에 얼른 날 따라 나왔다. 커다란 저택을 빠져나와서도 마음 한구석에 구멍이 커다랗게 뚫려 버린 듯한 공허한 마음을 감출 길이 없었다.

유란 씨와 나는 서둘러 버스를 타고 흔들리는 차에 몸을 맡겼다. 버스를 타고 가는 내내 창가에 새겨진 현이 녀석의 얼굴이 지워지질 않아 미친 듯이 심장이 뛰었다. 보고 싶다는 생각에 눈을 깜빡이는 것조차 안타까웠다. 몸을 확 틀어 뒤에 앉아 있는 유란 씨를 바라봤더니 꽤나 놀란 모양이다.

"으악! 서휘리, 갑자기 왜 휙 돌고 그래! 깜짝 놀랐잖아."

"야, 백유란."

"왜, 서휘리?"

"사랑이란 아픔을 함께 나눌 때야말로 비로소 성장할 수 있는 거 아닐까?"

"무슨 말이 하고 싶은데?"

"나 얼떨결에 이현 녀석에 대해 알아버렸는데… 왠지 내 아픈 면도 보여주면 비긴 느낌에 서로 위로가 되지 않을까? 뭐, 그런 생각이 들어."

"서휘리, 너 그거 알고 있냐?"

"뭐?"

"말 빙빙 돌려서 하는 거 나 역시도 무지하게 싫어한다는 거."

"머리 나쁜 지지배. 그러니까 내 얘기 말야. 어렸을 적부터 강해지기 위해 뭐든 하려던 날 항상 비웃던 아빠 때문에 독립을 결심했단 것부터 나에 관해 현이에게 털어놓으면 서로서로 위로가 되지 않을까?"

"좋은 방법이라고 적극 추천해 줄 순 없지만 나쁘진 않다고 봐."

"그렇지?"

"사랑하는 사이에 아무것도 모르고 지낸다는 건 서로의 껍데기만 보고 있는 것에 불과하니까."

“후…… 보고 싶다.”

“뭐? 서휘리, 너 점점 뻔뻔해진다~ 그런 닭살스러운 말을.”

“사랑은 뻔뻔한 거야.”

“너 아까부터 사랑 사랑 하는데 남자만 보면 침 흘린다고 닭달하던 인간은 너였어!”

“그야 진정한 사랑과 일시적인 충동에 의한 이성 본능하고는 차원이 다르잖아!”

어느새 톤이 높아진 유란 씨와 나의 대화에 버스 안 사람들의 시선이 주목되고 있었다. 어느 순간 쏴~한 그 시선을 느끼고 둘 다 입을 꾹 다물었다.

유란 씨와 헤어지자마자 바로 내 발은 달리고 있다. 미치도록, 미치도록 보고 싶어서. 이현 녀석의 푸른 눈이 너무너무 바라보고 싶어서. 그 녀석과 예쁘게, 거칠더라도 함께 마주하고 싶어서.

마음속으로 수천 수백 번 녀석의 이름과 얼굴을 떠올리며 도착한 사라 저택. 오늘따라 이 저택이 더욱더 황량하게 느껴진다. 저택 안으로 들어서자마자 서둘러 녀석의 방으로 한걸음에 내달렸다. 녀석의 방문 앞에 서서 호흡을 가다듬으며 막 노크를 하려던 찰나, 서재의 방문이 열리고 소프트한 서재의 모습이 내 시야에 잡혔다. 물론 서재의 시야에도 내가 잡혔으리라.

“어? 휘야, 이제 왔어? 오랜만에 보는 휘야의 지안여상 교복 차림. 역시 예쁜데? ㅎㅎ”

서재의 칭찬에도 불구하고 난 현이 녀석을 찾기에 급급했다.

"아, 저기 서재야, 현이 방에 있지?"

"어? 현이 나갔어. 왜?"

"나가다니? 어딜?"

"글쎄? 그 녀석이 나한테 일일이 보고하고 다니는 스타일은 아니란 거 너도 알잖아."

"서재 너는 현이의 직속경호원이잖아. 어디든 따라가야 하는 거 아냐?"

"나도 몰래 쏙 빠져나가 버려서 말이지."

한가롭게 웃고 있는 서재의 미소가 이렇게 원망스럽기는 처음이다. 녀석이 보고 싶은 내 마음은 불안함으로 변해서 자꾸만 마음을 졸이게 했다. 지금 서재한테 현이 녀석의 친모가 외국인이냐고, 아니면 외할머니가 외국인이냐고 물어볼까? 어떡하지? 물어볼까? 뭔가 불안한 듯 보이는 내 행동에 서재가 이상한 예감을 느꼈는지 내게 물었다.

"휘야, 왜 그래? 현이한테 뭐 중요한 볼일있어?"

"아, 아니, 그런 건 아닌데……."

"급하면 현이한테 전화해 보든지. 난 현이가 나한테 말도 없이 나갔길래 무슨 개인적인 일이 있나 하고 그냥 내버려 뒀거든."

"아, 아니야. 급한 일은 무슨. 집 안에서 으르렁댈 녀석이 없으니까 허전해서 그렇지. 그보다 서재야."

서재는 그렇게 대꾸하는 내게 기쁨을 주려는 듯 서둘러 입을 열었다.

"무슨 일이야? 휘야, 나한테 뭐 볼일있어?"

"볼일이라기보단… 저기 궁금한 게 있는데 솔직히 대답해 줄 수 있어?"

"뭔데? 현이에 관한 일이야?"

"아, 그, 그야……."

"그래, 내 가장 소중한 친구의 애인이 궁금해하는 일이라면 뭐든 대답해 줘야지."

"아, 저… 아까 현이 녀석의 눈에 대해 잠깐 얘기했잖아."

"아, 그래. 그건 휘야가 앞으로도 쭉 조심해야 할 문제야."

"그래서 말인데, 나 현이 녀석이 혼혈아라는 것 정도는 알고 있거든?"

서재는 다소 깜짝 놀란 표정이었지만 이내 냉정함을 되찾고 내게 질문을 했다.

"그랬어? 그럼 더 더욱 네가 조심했어야지."

"근데 이해가 안 돼서 말이지."

"뭐가?"

"현이네 친모가 외국인이라는 게 사실이야?"

대체 현이 녀석, 얼마나 아픈 환경에서 자라난 걸까? 바보같이 싸늘하기만 한 녀석이 그 많은 아픔 속에서 얼마나 힘들어했을까. 서재는 무서울 정도로 심각한 표정이었다. 마치 '누가 그런 사실을 불었는지 이실직고해!' 하는 듯한 눈빛이었다. 익숙지 않은 서재의 표정에 난 더듬더듬 대답할 수밖에 없었다.

“그… 우연치 않게 송사리파에 송원우란 놈을 만났는데… 어쩌다가 얘기가 나왔어… 녀석은 이현에 대해 잘 아는 것 같았어.”

내 말이 떨어지자마자 서재는 내게 들리지 않을 정도의 음성으로 중얼거렸다.

“송원우, 이 자식.”

하지만 그 음성은 내게 전달되고 말았다. 서재야, 너 그러고 있으니 무섭구나. 서재는 잠시 혼자만의 생각에 잠긴 듯하다가 다시 애써 미소를 띠며 내게 말했다.

“송원우가 어디까지 말했는지는 모르겠지만 사실은 사실일 거야.”

“그래? 그렇구나.”

한참 후에야 집으로 돌아온 현이 녀석. 그 녀석, 집에 돌아오자마자 심각한 표정으로 거실과 방을 왔다 갔다 한다. 결국 고뇌에 빠진 듯한 표정으로 소파에 자리를 잡고 앉는다. 무언가 열심히 생각하고 있는 현이 녀석을 방해하고 싶은 마음은 없었지만 멀뚱멀뚱 자신을 쳐다보는 내가 녀석은 거슬렸나 보다. 저렇게 싸가지없게 부르는 걸 보면.

“야, 병신.”

이쯤 되면 일그러진 내 표정은 굳이 묘사를 하지 않아도 알리라 믿는다.

“왜?”

“뭔가 이상해.”

“넌 항상 이상해.”

내 대답이 맘에 들지 않았는지 더욱 싸늘한 눈으로 날 노려보는 싹퉁 현. 서둘러 수습을 하기 위해 다시 한 번 입을 열었다.

"흠흠. 그래, 뭐가 이상한데?"

"그냥 다."

"너 지금 나랑 장난치자는 거지? 이상하다 해놓고 그냥 다~ 라고 하면 네가 무슨 생각 하는지 내가 어떻게 알아?"

"친구란 어떤 건지 아냐?"

"친구? 갑자기 웬 친구?"

무언가 거창한 설교를 늘어놓을 것만 같은 녀석의 근엄한 표정에 살짝 미간을 좁혀본다. 역시나 쉽게 입을 열 것 같지 않은 녀석의 답답함에 가만히 기다렸다. 친구라는 단어에 또다시 떠오르는 인물이 있었으니, 그것은 다름 아닌 유란 씨와 희연이었다. 같은 친구임에도 불구하고 너무나 다른 유란 씨와 희연이. 잠시 둘 생각에 빠져 녀석의 눈을 외면하고 있는 사이, 싹퉁 녀석의 입이 조심스럽게 열리고 있었다.

"진짜 친구라는 건 말이야."

가만히 녀석의 눈을 바라보는 것으로 대답을 대신했다.

"친구가 거짓말을 할 때 다 알고 있어도 그냥 믿어주는 거야."

"그게 무슨 말이야? 거짓말하는 게 눈에 보이는데 그냥 넘어가라고?"

"그래."

"뭐? 야, 거짓말은 나쁜 거야! 근데 그냥 넘어가라니!"

"진짜 친구라면 믿어야 해. 나한테까지 거짓말하는 이유가 분명히 있을 테니까."

"그, 그래도……."

"그러니까 그땐 그냥 믿어주는 거야. 그리고 거짓말한 이유를 친구가 알지 못하게 알아내고 그것에 대한 걸 배려해 줘야 하는 거야."

"갑자기 그런 말을 하는 이유가 뭐야? 누가 너한테 거짓말했어?"

"야, 병신."

"왜!"

"그런 거라고. 그러니까 혹시 너도 친구가 너에게 거짓말하는 게 눈에 보이는데도 거짓말을 할 땐 그냥 믿어줘라. 그럴 수 있지?"

"글쎄? 어떤 상황이냐에 따라 다르겠지만 네 말이 아예 일리가 없지는 않으니까 노력은 해보지. 쩝. 근데 너 갑자기 왜 그래? 혹시 나한테 뭐 거짓말하는 거 있냐? 괜히 찔리는 게 있어서 그러는 거 아냐?"

그러자 녀석은 소파에서 일어나 한심한 듯 날 쳐다보고 방으로 쏙 들어가 버린다.

"저 자식이."

그래! 저놈 분명 뭔가 나한테 찔리는 게 있는 게 틀림없어! 그렇지 않고서야 갑자기 저딴 말을 왜 해? 하긴 쟤는 갑자기 이상한 소리 해서 사람 심란하게 만들기 천재지. 우씨, 괜히 신경 쓰이게 하고 있어! 화풀이라도 할 겸 주머니에서 잠자고 있던 휴대폰을 꺼냈다. 요란한 컬러링이 한참이나 흐른 후에야 유란 씨의 반가운 목소리가 들려왔다.

[뭐냐, 서휘리? 왜 또 전화질인데?]

너무 반가운 나머지 당장 달려가서 때려주고 싶을 정도다.

"전화질해서 상당히 미안한데, 너 나한테 거짓말하면 죽는다!!"

[아니, 이게 새벽부터 미쳤나? 야!! 내가 뭘 너한테 거짓말했다고 잠까지 깨우고 지랄이야!]

"그런 게 있어! 하여튼 친구든 동생이든 나발이든 거짓말하는 것들은 다 죽어야 해!! 알았어?"

그 뒤에 무언가 유란 씨의 거친 음성이 퍼질 것 같아 먼저 폴더를 닫아버렸다. 뚝 끊어진 전화를 보고 황당해하며 씩씩댈 유란 씨의 얼굴이 자연스레 그려진다. 참으로 어이없는 행동이었다. 나도 내가 한 짓에 대해 황당함이 묻어나 괜스레 머리를 긁적이며 방 안으로 들어왔다.

편하게 침대에 누워 내 하루하루를 생각해 보니 정말 난 지극히 평범하게 살아가긴 틀린 것 같다. 불길한 어떤 예감에 잠드는 것조차 쉽지 않다. 그리고 또 한 가지 이해가 가지 않는 건 별아가 실종된 지 꽤 오랜 시간이 흘렀는데 이놈의 집안은 전혀 요란스럽지 않다는 거다. 아무리 경호원들을 풀어 수색 중이라고는 하지만 어떻게 이 집안의 딸이 사라졌는데 이렇게 조용할 수가 있지? 대기업이라 집안 문제가 안 좋게 발설되면 타격을 입기 때문에 쉬쉬하는 건가? 그래, 뭐 그건 그렇다 치자! 그런데 현이 놈은 아무리 친동생이 아니라도 그렇지, 걱정하는 내색 한 번 안 비치네. 하긴 저놈 머리에 걱정이란 단어가 있을 리 만무하구나.

이런저런 생각에 머리 속이 복잡한데 갑자기 복도가 소란스러워 살짝 방문을 열고 나왔다. 현관 쪽을 보니 꽤 많은 수의 경호원들이 서재와 바삐 저택을 빠져나가는 것이 보인다. 대체 무슨 일이지? 밖으로 나갔지만 이내 까만 차를 나눠 타고 사라지는 서재와 경호원들을 지켜보면서 어느새 난 멈춰 서야 했다. 달리는 차를 따라잡을 수는 없지 않은가? 고개를 갸웃거리며 먼지와 함께 타이어 문신을 땅에 새긴 차들이 사라질 때까지 한참을 바라보다 이내 다시 저택으로 들어오려 몸을 돌리는 순간,

쿵!

"으악! 뭐야?"

탄탄하면서도 푹신한 무언가에 부딪친 나는 잔뜩 찌푸린 얼굴로 내 앞의 물체를 확인했다.

"병신."

그렇다. 굳이 고개를 빳빳하게 쳐들고 바라보지 않아도 이 말 한마디에 그 물체가 누군지 알 수 있는 순간이었다.

"야, 내 뒤에 바짝 붙어 있으면 어떡해!"

나의 톡 쏘는 말투에도 전혀 동요됨 없이 푸른 눈을 내리깔고 무뚝뚝하게 말을 내뱉는 현이 녀석.

"너 한때 내 경호원이었던 인간 맞냐?"

"갑자기 왜 경호원으로 또 태클이야!"

"어떻게 네 바로 뒤에 사람이 올 때까지 아무것도 느끼지 못하지? 정말 한심하군."

"야, 나 경호원 관둔 게 언젠데 이제 와서 또 시비야? 그리고 딴생각하느라 못 느낄 수도 있지. 원숭이도 나무에서 떨어질 때가 있는 거라구!"

"그렇군, 넌 원숭이군."

"아니, 뭐야? 이 자식이 정말! 야!!"

더 이상 내 말을 들을 가치도 없다는 듯 푸른 눈으로 싸늘하게 내려다보며 한숨까지 옵션으로 달고 사라지는 저 싹퉁 자식! 매번 당하는 건데도 이렇게 기분이 더러울 수가. 아무리 생각해도 매번 당하는 게 분했다.

"야! 너 거기 잠깐 서봐! 너만 시비 걸 줄 알는가 본데 나도 네놈한테 얼마든지 시비 걸 수 있다고!!"

"용건이 뭐야?"

"용건??"

그러고 보니 할 말이 없네. 시비 걸려고 세웠다고 할 수도 없고. 이 녀석을 왜 세웠다고 하지?? 에라, 모르겠다~ 아까 서재랑 왜 그런 분위기였는지나 물어봐야지. 대답해 줄 리도 없지만.

"저기 그러니까… 요새 뭐 서재랑 안 좋은 일 있어?"

녀석의 푸른 눈에 조금은 힘이 들어간 듯 보인다. 그러다 이내 천천히 열린 녀석의 입술에 난 긴장된 마음으로 침을 꼴깍 삼켰다. 과연 무슨 대답을 해줄까?

"없어."

"캑! 그러냐?"

"용건 끝났냐?"

"아마도."

녀석은 날 제대로 바라봐 주지도 않은 채 자신의 방을 향해 발걸음을 재촉하고 있었다. 아악!! 괜히 녀석을 불러 세웠다가 내 성질만 더 돋웠다! 그사이 현이 녀석은 자신의 방으로 사라지고 없었다. 흥분한 마음을 가라앉히지도 못한 채 방으로 들어가려 걸음을 옮기다가 급하게 나가느라 문이 닫지 않은 서재의 방문이 내 호기심을 자극했다. 주인이 없는 방에 함부로 들어가는 것은 나쁜 일이지만 난 알 수 없는 힘에 끌리듯 그 방 안으로 들어섰다.

서재의 분위기에 맞게 모든 것이 반듯하고 깔끔하게 정돈된 방. 천천히 서재 방의 분위기를 만끽하다 이내 내 시야는 한곳에 고정되었다. 책꽂이에 놓여진 갈색의 앨범이 신비로운 힘을 뿜어내듯 내 시야에 들어왔다. 알 수 없는 힘에 끌리듯 나는 그 앨범을 살짝 꺼내 들었다. 첫 페이지를 펼치자 귀엽게 웃고 있는 별아의 어릴 적 모습이 보였다. 자연스레 미소가 지어질 만큼 아름다운 사진이었다. 앨범이 한 장 한 장 넘어갈수록 별아는 성장했다. 귀여운 여자 아이에서 예쁜 숙녀로 변해가는 모습이 이 앨범 안에 조심스럽게 담겨 있는 듯했다.

앨범이 어느새 반을 넘어갔다. 한 장을 더 넘겼을 때 깜짝 놀라 동공이 커질 수밖에 없었다.

"이, 이건……?"

다음으로 넘긴 앨범에는 내가 교복을 입은 모습과 트레이닝복을 입고 조깅하던 예전 모습까지 담겨 있었다. 까마득히 잊고 있던 예전

모습이 생생하게 머리 속에 새겨지도록 모두 예쁘게 담겨 있었다. 뿐만 아니라 내가 현이 녀석의 경호원으로 들어오고 난 이후의 정장을 입은 모습이라든지 녀석들과 장난치며 웃고 있는 모습까지 있었다. 경악을 금치 못한 채 난 끝까지 넘겨보고 있었다. 그렇다면 서재는… 내가 녀석들을 알기 훨씬 전부터 나를 알고 있었다는 소리? 뭐야? 대체 뭐지? 설마… 설마 서재가 날?? 그럴 리가……. 서재는 별아를…….

미치도록 혼란스러워 심장이 제멋대로 뛰고 있었다. 특히 마지막 장에 담겨져 있는 사진은 나에게 더 더욱 혼란을 가져왔다. 서재의 어릴 적 모습으로 보이는 낡은 사진의 배경엔 사라 저택이 있었고 저택의 문패에는 지금의 '사라 저택'이라고 쓰여진 글귀가 아닌 '민의 저택'이라고 적혀져 있었다. 뭐지? 대체 이것들이 다 뭐야? 가늘게 떨리는 손을 주먹으로 꼭 쥐어본다.

한참을 멍하게 굳은 채로 돌처럼 서 있다가 서둘러 앨범을 덮었다. 그리고 제자리에 꽂은 후 서둘러 내 방으로 돌아가기 위해 서재의 방을 나왔다. 그 순간 심하게 흔들리는 내 눈은 이현의 푸른 눈과 마주하고 말았다.

"어째서 그 방에서 나오는 거지?"

"어? 아, 아니, 서재 방문이 열려 있길래 누가 있나 하고 들여다보고 닫아준 것뿐이야."

가늘게 떨리는 내 손을 얼른 뒤로 감춘 채 난 녀석의 푸른 눈을 똑바로 응시하지 못했다. 녀석은 말없이 나를 바라보다 이내 천천히 입을 열었다.

"차 한 잔 할래?"

"뭐?"

"따라와."

녀석은 자신의 방으로 나를 이끌고 있었다. 미치도록 혼란스러운 마음에 혼자 있고 싶었지만 오랜만의 녀석의 배려가 싫지 않았기에 녀석의 방으로 들어섰다. 아주 하찮은 것조차도 나를 시켜서 귀찮게 만들던 놈이 웬일로 손수 홍차를 끓여 내 앞에 떡~ 대령한다. 세상 오래 살고 볼 일일세. 의심스런 눈초리로 홍차를 뚫어지게 바라보며 마치 '여기 뭐 든 거 아냐? 하는 표정으로 마시는 걸 망설이자 싹퉁 녀석이 기어코 건방진 입술을 삐죽였다.

"독 안 들었다. 너 같은 생각하지 말고 마셔라."

캑! 눈치도 빠르셔라~ 하여간 저놈의 푸른 눈깔은 장식용이 아니라니까. 예리하기는.

"네가 아까 경호원의 행동이 어쩌고 했잖아. 경호원은 매사가 조심스러워야 하는 거라구."

"그렇게 경호원에 대해 잘 아는 분이 수칙을 지키려고 그러고 있는 거라면 나와 마주 앉아서 차를 마시는 것도 해서는 안 될 텐데? 난 네 의뢰인이니까 말이야."

저놈 자식은 말도 없는 놈이 한 번 말하면 말발이 엄청 세다니까. 그렇다고 여기서 물러날쏘냐! 서휘리, 저놈한테 말발 한 번 이겨보자!

"네놈 경호원 그만둔 게 언젠데. 네놈한테 지킬 수칙을 말하는 게 아니라 경호원의 기본 수칙을 말한 거라고."

"내 평생 경호원이 되겠다고 하던 입이 그쪽 입이었던 것 같은데."

캑! 저 자식, 사람 무안하게 만드는데 뭐 있네. 그때 내가 저 자식한테 그런 말을 했던 건 그런 뜻이 아니잖아. 평생 마음을 지키는 경호원이 되겠다는 뜻으로 한 말이란 거 녀석도 잘 알 텐데.

"그, 그건 그런 뜻이 아니잖아."

"그럼 무슨 뜻인데?"

뜨아, 저 자식이 증말. 기어코 내 입으로 민망한 말을 듣겠다는 것이냐? 네 이놈, 방자하다! 헉! 이러고 있을 때가 아니지? 수습을 하자, 수습을……. 에라, 모르겠다. 홍차 원샷 작전 개시! 하얀 손잡이에 검지손가락을 걸고 서둘러 홍차를 한 모금 들이키는 순간,

"으앗, 뜨거!!"

메롱 할 때보다 훨씬 길게 혓바닥을 내밀고 오른손으로 연신 부채질을 해대는 사이, 녀석의 푸른 눈은 이미 내게 무슨 말을 할지 암시를 주고 있었다. 역시나 현이 녀석이 내게 던진 한마디는,

"병신."

저놈 혓바닥부터 뜨겁게 달궈 버릴 수는 없나? 혀가 어느 정도 진정됐다고 느낄 때 즈음, 녀석과 마주하고 있는 이런 자리가 어색하게 느껴졌다. 이유야 어찌 되었든 남녀가 밀폐된(?) 공간에 둘뿐이고, 게다가 우린 서로 사귀는 것 같진 않지만 사귀긴 사귀는 사이일걸? 뭐냐, 대체? 녀석이 내게 말을 걸 일이 있을 수 없으므로 결국 대화의

시작은 내가 해야 할 판인데. 어떤 말을 해야 하지? 서재와 분위기가 왜 그렇냐고 함부로 묻기도 좀 그렇고. 서재의 앨범에 관해 아냐고 묻는 건 더 더욱 곤란하고. 앨범 하니까 문득 서재의 어릴 적 사진 배경에 사라 저택의 문패가 다르게 걸려 있던 게 생각났다. '민의 저택'이라고 적혀 있었지, 아마? 그래, 그거라도 일단 물어보자.

"이봐, 싹퉁."

녀석은 대답 대신 푸른 눈을 내게 주시했다. 계속해서 말을 잇는 건 나였다.

"사라 저택 말이야. 원래부터 이름이 사라 저택이었어?"

"……."

녀석의 짧은 침묵에 뭔가 있으리라 짐작이 되지만 조금 더 인내심을 갖고 기다려 보기로 했다. 하지만 인내심을 가진 보람도 없이 녀석의 입술이 열릴 생각도 하지 않자 나는 다시 한 번 녀석의 목소리를 듣기 위해 질문을 내던졌다.

"사라 저택, 이름이 참 예쁜데 말이야. 무슨 뜻인지는 알아?"

"몰라. 내가 안 지었어."

"그, 그래, 성의껏 대답해 줘서 고맙다."

"그리고 원래 사라 저택은 아니었어. 내 아버지란 인간이 여길 인수하면서 바꾼 이름이지."

나도 모르게 침이 꼴깍하고 삼켜졌다.

"그, 그렇다면 원래 이름이 뭐였는지 혹시 알아?"

"그게 왜 궁금한 건데?"

"어? 아, 그게, 저택 이름이 참 이쁘다 싶었는데 원래는 그 이름이 아니었다니까 궁금하잖아. ㅎㅎ"

어색하게 웃는 것에 대한 보답인지 녀석은 내 궁금증을 풀어주려 하고 있었다.

"아마 '민의 저택'이었을 거다."

현이 녀석에게서 민의 저택이란 말을 듣는데 왜 내 심장이 덜컹하고 내려앉는 걸까.

"민의 저택이라구? 원래 주인은 너희 아버지가 아니셨나 봐?"

"찔리는 게 있으니까 저택 인수하고 이름까지 바꿔 버렸겠지. 알 게 뭐야, 그 딴 거."

아차, 현이는 아버지를 싫어하지? 아니, 사랑받지 못해 발버둥 치고 있는 중이지? 나도 모르는 사이 녀석의 상처를 건드리고 있다. 서둘러 다른 말을 하려고 열심히 머리를 굴려보지만 좀처럼 어떤 말을 건네야 할지 떠오르지 않는다. 그사이 현이 녀석은 다시 한 번 아픈 상처를 드러내고 있었다.

"이 망할 저택에 담긴 저주는 누군가의 배신으로 인해 막을 내릴 거야."

알 수 없는 녀석의 무서운 발언에 소름이 끼쳤지만 냉정함을 잃지 않고 조심스럽게 질문을 던졌다.

"그게 무슨 뜻이야? 귀, 귀신이라도 있단 말이야? 이 저택에?"

내가 생각해도 정말 말 같지도 않은 질문이다. 여기서 말한 저주란 그런 저주가 아니란 것쯤은 바보가 아닌 이상 다 아는데 말이다. 왜 난 저 녀석 앞에만 서면 어리버리 바보가 되는 걸까? 한심한 내 질문에 고맙게도 녀석은 대꾸를 하려나 보다.

"차라리 귀신이라도 있으면 이 망할 저택에 아무도 들어서지 못하게 지켰겠지."

재차 마음을 다잡고 질문을 던져 보기로 했다.

"그럼 무슨 저주?"

"돈에 대한 욕심과 그 욕심을 채우기 위해 저지른 죄, 그리고 그 후의 뻔뻔함까지. 오랜 기다림 끝에 숨겨둔 배신으로 모든 걸 되돌릴 수 있다면 그걸로 된 거지. 나완 상관없어."

대체 이 자식 뭐라는 거야? 아무리 머리 좋은 나지만 도무지 이해할 수 없는 말들뿐이다. 쉽게 풀어서 말하면 될 걸 왜 어렵게 돌려서 말을 하냔 말이지. 이런 어려운 말을 만드신 세종대왕님, 소녀 잠시나마 당신을 원망하나이다.

"야, 말 돌리지 말고 알아듣기 쉽게 똑바로 말해."

"기다려. 지금 네가 궁금해하는 모든 것들은 곧 네 피부로 느껴질 테니까."

"이게 점점. 야, 궁금하게 만들지 말고 말로 하라고!"

"다른 건 몰라도 하나는 분명히 말해 두지."

원래 표정이 심각한 녀석이 더 더욱 살벌한 느낌으로 입을 연다.

"주변이 어떻게 변하든, 천재지변이 일어나서 이 세상이 다 갈라지고 무너져도 난 한 가지만 바랄 뿐이야. 널 내 곁에 둘 욕심. 다른 건 다 없어져도 상관없다. 이기적이라고 해도 난 이 욕심만은 버리지 않을 테니까."

순간 얼굴이 화악 하고 달아올랐다. 안 그래도 멋있는 놈이 저런 말을 할 때는 정말 심장 질환이 생길 지경이다. 빨개지지 않으려 노력하면 할수록 이미 새빨갛게 달아오른 내 얼굴. 서둘러 홍차를 마시려 컵을 잡아보지만 손가락이 떨려 좀처럼 쉽지 않았다. 녀석의 푸른 눈은 그런 내 모습을 더욱 민망하도록 뚫어져라 응시하고 있었다. 한 번 더 심장을 놀래키는 녀석의 음성이 퍼지고 있었다.

"이봐, 내가 무심해서 네가 답답하고 힘들다는 거 나도 안다. 난 너처럼 병신이 아니니까."

아까도 말했지만 저놈의 혀부터 어떻게 달굴 수 없냐고!!

"원래 사랑 따위, 여자 따위엔 관심도 없었고 그런 것에 관심이 생길 거라곤 상상조차 못했으니까."

꼭 따위라고 해야겠냐? 쳇!

"하지만 너란 여자 때문에 조금씩 변해가는 나를 보는 게 재밌어. 요즘은 그런 재미에 세상을 살고 있으니까."

참나. 그럼 그전엔 애들 패는 재미로 살았단 소리니, 이 깡패 녀석아. 차마 밖으로 내뱉지는 못하는 말들이었다. 쩝!

"그런 재미를 잃고 싶지 않아."

어디서 내게 그런 대담한 용기가 났을까? 녀석의 말이 끝나는 순간 벌떡 자리에서 일어나 녀석에게로 다가갔다. 그리고 소파에 앉은 녀석의 키에 맞춰 무릎을 꿇었다. 녀석은 낮춰진 나를 바라보고 있었고 그사이 난 녀석에게 다가가 입을 맞춰 버렸다. 서휘리, 미쳤구나!!

그렇지만 너무 감동해서 나도 모르게 그런 것이다. 입술이 맞닿는 순간, 벌써부터 떼고 난 후 어떻게 해야 할지를 고민하는 내 모습. 병신이라고 불릴 수밖에 없는 조건인가.

내가 정말 이 녀석을 많이 사랑하고 있나 보다. 녀석의 한마디에 매번 발끈하면서도 티나지 않게 날 배려해 주고 있는 이 녀석의 마음을 너무나 감사하게 느끼고 있으니까. 날 너무 사랑한다고 티를 내면 그 사랑을 누군가에게 들켜 버릴까 봐 두려운 거니? 다른 누군가가 그 사랑을 빼앗아갈까 봐 겁나는 거니? 그게 아니라면 너무 소중해서 꺼내 보이는 게 힘겨운 거니? 어떤 방식이든 나 약속할게. 내가 친구의 마음에 상처를 주면서까지 네 곁에 머물기를 선택한 만큼 그 대가로 내 모든 걸 걸고 네 마음, 그리고 널 향한 내 마음, 꼭 지킬게. 그래서 난 너의 평생 경호원인 거야. 내 평생에 널 사랑한다는 말을 한 번이라도 해볼 수 있을까? 하지만 말하지 않아도 알지? 이젠 너 없으면 안 되는 날. 이런 내가 가끔 어색하고 두려울 때도 있지만, 그렇지만 이제는 이런 내 모습이 나 역시 즐거워. 그 즐거움 잃고 싶지 않다는 거, 널 아주 많이 사랑한다는 거, 그 푸른 눈에 나만 담겨져 있길 바라는 욕심 따위, 드러내지 않아도 넌 이미 알 거야. 그런 네가 곁에 있어서 난 세상에서 제일 행복한 계집애다.

다음날 학교를 파하고 막 교문을 통과하려는데 교문 앞에서 여학생들이 비명에 가까운 소리를 지르고 있었다.

"꺄~ 너무 멋있어!!"

“진짜 잘생겼다!! 어머, 어떡해!!”

“꺄~ 이쪽 한 번만 쳐다봐 주세요!”

하나같이 홍당무처럼 얼굴을 붉히고, 카메라 폰으로 이리저리 찍어가며 야단법석이다. 대단한 킹카라도 나타났나 보다. 별 관심 없이 지나치려는 나와는 달리 유란 씨는 가방도 내게 내팽개치고는 수많은 인파 속을 파고들었다. 네가 그렇지.

잠시 후 수많은 인파 속에 흔적조차 사라진 유란 씨의 음성이 커다랗게 울려 퍼졌다.

“야!! 서휘리, 빨리 이리 와!!”

운동장에 메아리치듯 울리는 유란 씨의 음성을 듣고 하는 수 없이 인파 속에 끼어들자 내 시야에 잡힌 건 유란 씨 옆으로 벽에 기대어 거만하게 눈을 치켜뜨고 있는 현이 녀석이었다. 교복을 입은 채로 가방을 대충 메고 삐딱하게 서 있는 모습이 역시나 완벽한 꽃미남. 저런 놈이 내 남자 친구라는 게 새삼 자랑스러워지는 순간이다. 내 모습을 발견하고는 현이 녀석 건방진 입술을 삐죽인다.

“느려 터져 가지고. 빨리 나와.”

현이 녀석의 음성에 여자애들 아주 자지러진다. 나를 바라보며 말을 한 탓에 순식간에 모든 따가운 시선이 나에게로 쏟아졌지만 내가 누군가? 천하의 지존 서휘리 아니겠느뇨? 순식간에 땅바닥으로 눈을 내리까는 불쌍한 여학생들. 난 당당하게 현이 녀석 옆으로 다가가서 입을 열었다.

“싸가지, 웬일이냐, 우리 학교 앞에서 날 다 기다리고?”

"시끄러워. 내 방에서 자빠져 자더니 일어나지도 않고. 별아 찾았
다니까 빨리 와."

내 얼굴이 붉어지기 전에 이미 유란 씨는 거품을 물고 있었다. 한
마디 한 마디 딱딱 끊어가며 나한테 따질 기세로 달려드는 유란 씨.

"뭐? 한.방.에.서. 같.이. 자?"

자기 멋대로 해석하며 말을 하는 건 좋은데 흔들고 있는 내 어깨는
좀 놔주었으면 하는 작은 소망이. 아프다오~

때마침 지나가는 택시를 잡더니 현이 녀석이 푸른 눈으로 나를 힘
껏 노려본다.

"알았다, 알았어. 간다고~ 꼭 그렇게 눈깔에 힘을 팍팍 줘야겠
나?"

유란 씨의 거친 손에서 겨우 해방되고 난 싹퉁 놈과 나란히 택시에
올랐다. 유란 씨는 알 수 없는 표정으로 능글맞게 우리 둘을 지켜보
고 있었다. 택시가 유유히 학교를 지나는 사이 나무 옆에서 멍하게
우릴 바라보는 희연이를 보지 못했더라면 더 좋았을걸, 젠장.

어쨌거나 별아를 찾았다는 반가운 소식에 택시가 조금 더 속력을
내주길 간절히 바라고 있는 바다. 내 부푼 기대와는 달리 평소보다
조금 더 냉담해 보이는 현이 녀석의 서늘한 눈. 자신의 동생을 찾았
다는데 기쁘지 않은 건가? 아니면 기쁘다는 표현이 저 정도인 건가?
그래, 네놈이라면 기쁘단 표현이 그 정도일지도 모르지.

잠시 후, 사라 저택 앞에 택시가 멈춰 섰다. 싹퉁 놈이야 어찌 되었
든 궁금한 마음에 나는 먼저 저택 안으로 발을 들여놓았다. 서재는

당연히 별아 때문에 저택에 와 있으리라 짐작했고, 역시나 그 예감은 적중했다. 거실에 앉아 많이 야윈 별아를 끌어안고 있는 서재. 별아는 그런 서재의 품에서 안정을 찾은 듯 평온해 보였다. 익숙지 않은 풍경에 잠시 멍했지만 이내 냉정함을 되찾고 서재를 불러본다.

"서재야, 어떻게 된 거야?"

이제는 완벽히 여자의 모습으로 나타난 나를 보며 별아는 깜짝 놀란 입을 다물지 못했다.

"어? 휘, 휘 오빠… 어, 어째서 그런 모습으로……."

별아의 당황한 시선에 나도 내 모습을 찬찬히 훑어본 후 교복 치마를 살짝 들추며 멋쩍은 듯 대답해 주었다.

"아~ 나 여자야."

별아는 적지 않게 놀란 표정으로 눈을 깜박이고 있었고, 서재는 그간의 일들을 간략하고 이해하기 쉽게 별아에게 설명해 주었다. 별아는 조금 창피하다는 듯 얼굴을 붉히며 조심스럽게 속삭였다.

"에, 난 그것도 모르고 휘 오빠, 아니, 휘 언니 좋아하고 있었잖아."

"그, 그럴 수도 있지 뭐. 우리 학교 여자 애들은 내가 여자인 거 뻔히 알면서도 나를 좋아해."

별아의 무안함을 덜어주려고 한 말이었음에도 불구하고 언제 따라 들어왔는지 현이 녀석의 나지막한 음성이 들려왔다.

"자랑이다, 병신."

"자랑해서 미안하다, 이놈아."

"사과할 것까진 없고."

"저 자식이 점점!!"

지 동생은 반갑지도 않은지 별로 반기지도 않은 채 나한테 태클을 거는 것 좀 보라. 저런 원수 같은 놈을 오빠로 둔 별아도 불쌍하지만 원수 같은 저놈이 애인인 나는 뭐냐고!!

어젯밤 그렇게 사랑을 속삭(?)였건만. 어쨌든 아무런 보람 없이 녀석과의 일을 떠올려 보지만 저 녀석과의 현실 앞에선 모두 부질없는 짓이다. 그나저나 별아는 지금껏 어디 있었던 건지, 그리고 서재는 어떻게 별아를 찾아왔는지, 모든 것이 궁금함으로 가득한데 아직은 별아의 휴식이 절실히 필요하다는 걸 알고 있기에 선뜻 물어보지 못했다. 서재의 부축으로 별아가 방으로 들어간 걸 확인한 후에야 살짝 서재를 불러 이야기를 들을 수 있었다. 소파에 기대앉아 거만하게 담배를 피우는 현이 녀석을 두고 난 서재 쪽으로 바짝 몸을 돌려 이야기에 몰입했다.

"서재야, 별아는 대체 어떻게 된 거래?"

"수소문 중인 경호원의 연락으로 어떤 미치광이 집에 잡혀 있던 별아를 발견했어."

"미치광이??"

"응. 별아가 워낙 귀티나고 예쁘장하게 생기다 보니 인형처럼 집에 데려다 놓고 싶었나 봐."

"헐. 아무 일 없었대?"

"다행히 무슨 일은 없고 그냥 방에 가둬놓고 인형처럼 밥도 주고 뭐 그런 생활을 했었나 봐.”

“어쨌든 찾아서 다행이다. 그 미치광이는 어떻게 됐어?”

“현이네 아버지께서 조용히 처리하라고 명령하셔서 그냥 적당히 처리했어.”

“별아가 충격이 컸을 텐데.”

“무섭게 대하진 않았나 봐. 그 미치광이도 아버지 연배 되는 사람이라서 자상하게 잘 대해줬대.”

“그렇구나. 정말 다행이다.”

서재와 내 대화가 오가는 사이 현이 녀석 알 수 없는 의미심장한 미소를 피식 지어 보인다. 왜 저래? 녀석의 미소가 궁금했던 나는 다시 현이에게 시선을 옮겨 말을 건넨다.

“야, 너 왜 웃냐?”

녀석의 대답은 참으로 간단했다.

“웃겨서.”

그래! 복수의 때가 왔다. 어제 내가 녀석의 방에서 TV 보다가 웃었을 때 네놈이 했던 무안한 발언이 불현듯 떠오르는구나.

“웃기다고? 별로 안 웃긴데.”

복수했다는 생각에 마음으로 북을 치며 신나하고 있는데 녀석은 더욱 서늘한 미소를 지어 보이며 대꾸했다.

“난 웃겨.”

캑! 저 자식은 몇 마디 하지도 않으면서 끝까지 안 지려고! 내가 막 한마디를 던지려는 찰나 서재가 엄청난 중대 발표를 했다.

“아차! 휘야, 현아, 나 축하해 주라.”

“응? 뭘??”

서재는 여전히 소프트한 미소를 내세워 입을 열었다.

“별아랑 나 사귀기로 했다.”

뭐, 뭐시?? 순식간에 내 귀는 쫑긋! 눈은 부릅! 재차 확인을 위해 난 때아닌 영어를 내세웠다.

“What??”

서재는 더욱더 멋진 미소로 대답을 대신했다. 그때 현이 녀석이 나보다 먼저 서재에게 축하의 메세지를 전한다.

“축하한다, 민서재.”

어째 좀 찜찜한 말투였지만 서재는 기쁘게 받아들이나 보다.

“고마워. 아마도 내가 구하러 달려와 준 것에 큰 감동을 받았나 봐.”

서재가 좋아한다던 별아랑 사귀는 것은 축하해 줄 일이긴 하지만 갑작스러운 것도 그렇고, 아니, 갑작스러운 거야… 사랑은 언제나 갑작스럽게 시작되고, 이뤄지고, 또 깨어져 버리기에 놀랄 일도 아니라치지만 그럼 대체 앨범 속에 내 사진은 어떻게 된 거냐고 묻고 싶다. 덧붙여 마지막 사진 뒤에 '민의 저택'이란 알 수 없는 그 배경까지. 하지만 아직 그런 걸 물어볼 단계는 아닌 것 같아 궁금증을 간신히 억눌렀다. 뒤늦게 나는 서재에게 축하 메시지를 날려본다.

“와~ 축하해, 서재야. 드디어 너의 사랑이 이루어졌구나? 여자들은 작은 일에도 감동을 하기 마련이거든. 근데 두려운 상황 속에서

짠 하고 나타나 자신을 구해준 백마 탄 왕자님에게 사랑의 화살이 꽂
히지 않는다면 그게 더 이상한 거지~ ㅎㅎ 오래오래 예쁜 사랑 해야
해~”

“고마워, 휘야.”

이대로 모든 일이 다 해결됐다고 보기엔 뭔가 찜찜하고 싱거운 느
낌이다. 앨범에 관해 물어보는 것은 차후로 미루기로 했지만 나중에
라도 앨범 얘기를 꺼내기는 쉽지 않을 것 같다. 내가 앨범에 대해 물
어본다는 것은 서재 방에 몰래 들어가 앨범을 훔쳐봤다고 고백하는
꼴밖에 되지 않으니. 이런 복잡한 내 심정을 아는지 모르는지 현이
녀석은 애꿎은 담배만 줄줄이 피워댈 뿐이었다.

“야! 그 썩을 담배 좀 그만 피우라고! 내가 전에도 누차 강조했지
만 내가 폐암에 걸리면 다~ 네놈이 하도 옆에서 담배를 펴서 간접
흡연으로 생긴 병이 될 거라고 했잖아! 네놈이 그러면 꿍꿍 앓는 나
를 책임질 거냐고!”

책임질 거냐는 말을 내뱉고 나니 왠지 뜨끔 하는 마음에 얼굴이 붉
어질 뻔했다. 예전에 한 번 ‘책임진다’ 라는 말을 언뜻 들었던 것 같
기도.

“폐암 걸려서 골골하면 갖다 버리는 건 해준다고 전에도 말했을
텐데.”

실수다. 책임진다는 게 아니라 갖다 버리는 걸 책임져 준다고 했던
것 같다. 저 싹퉁.

마지막 혈투

제17장

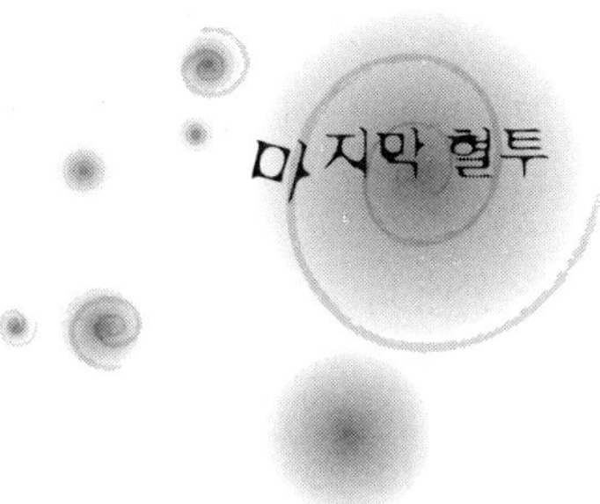

걱정스런 토요일. 걱정되는 토요일이라고밖에 할 수 없는 이유는 오늘 현's 녀석들과 송사리파가 마지막 혈투가 있는 날이기 때문이다. 학교에 가자 유란 씨가 거울을 보며 잔뜩 인상을 구기고 있다. 옆자리에 앉은 나를 보며 또 쓰잘데기없는 소리를 늘어놓는 유란 씨였다.

"아씨. 야, 서휘리! 이거 봐, 여기에 뭐났지? 그치? 요새 잠을 제대로 못 자서 그런가? 피부가 이상해지네."

얼굴 구석구석을 거울로 비추더니 작은 여드름 하나에 오만 인상을 찌푸리는 유란 씨다. 그런 유란 씨의 엄청난 걱정(?)보다 녀석들이 불안해서 왠지 마음이 심란하다. 조심스럽게 한숨만 내쉬는 나를 바라보며 유란 씨는 여드름을 뒤로하고 내 일에 또 끼어들 참인가 보다.

"야, 서휘리, 너 또 왜 그러냐? 이번엔 무슨 일이야?"

"뭐가?"

"얼굴에 나 고민있소~ 라고 쓰여 있는데?"

"고민이라. 글쎄, 고민이라기보단 걱정이지."

"무슨 걱정?"

"오늘 현's랑 송사리파랑 마지막 혈투가 있는 날이거든."

"뭐?? 송사리파면 대한공고 일진 말하는 거야? 대한공고 일진이면 만만한 상대는 아닐 텐데."

유란 씨의 말에 자꾸 불길한 예감이 스쳐서 유란 씨의 손을 꼭 붙잡았다. 나의 갑작스런 행동에 유란 씨는 거울을 떨어뜨리며 입을 열었다.

"악! 갑자기 왜 손을 잡고 그래, 느끼하게. 뭐야? 부탁할 거……?"

역시 나의 간절한 눈빛을 읽은 유란 씨는 발버둥 친다.

"싫어! 난 안 가. 절대 안 갈 거야! 뭐 땜에 내가 네 남편을 위해 다쳐야 하는 건데!"

"유란 씨, 가자. 응? 이 친구의 간절한 부탁이다."

"싫어! 죽어도 싫어! 안 가! 안 가!"

"우리가 가면 그나마 상대하기 편할 거야. 한 명이라도 거들어야 애들이 안 다치지."

"그러니까 왜 네 애들 안 다치게 하려고 내가 다쳐야 하난 말이냐구!"

“서재도 있잖아. 응? 가자.”

“딴 여자 품에 안긴 남자 흥미없어!”

“보통은 딴 남자 품에 안긴 여자라고 하는데 넌 참.”

“어쨌든 난 안 가. 절대 못 가!”

아무리 유란 씨를 뒤흔들어도 동요가 없자 최후의 방법을 쓰기로 한 나다.

“이번에 도와주면 서재보다 훨씬 멋진 귀공자 소개해 준다! 어때?”

“캑. 돼, 됐어!”

말을 더듬는 걸로 보아 가능성이 없지 않은 거 같군. 좋아, 밀어붙이기다!

“진짜로 소개해 준다니까. 서재보다 더 멋있으면 멋있지 떨어지진 않아.”

“그, 그런 남자가 어딨냐?”

“있어! 있으면 어떡할래!”

유란 씨의 눈빛이 조금씩 흔들리기 시작했다.

“흠. 지, 진짜?”

“그래! 소개해 준다니까! 약속!!”

“흠.”

자신의 팔짱을 두르고 한참을 고민하던 유란 씨는 결국 나를 힐끔 보더니,

“뭐, 좋아. 계약은 성립되었다.”

"앗싸!! 유란 씨, 고마워!! 아무래도 나 혼자 가는 것보단 너랑 같이 가는 게 훨씬 안전하고 녀석들에게도 큰 도움이 될 거야."

"우리 근데 여자 맞냐?"

"여자가 어째?"

"아, 아니야, 서휘리! 아무튼 약속은 지키는 거다!"

"알았어, 알았어. 걱정 마!"

큰.일.이.군. 서재만한 귀공자를 어디 가서 찾을꼬. ㅠㅠ 젠장. 일단 녀석들을 살리고 봐야지. 뒷일은 나중에 생각하자. 에휴.

전교 1, 2등을 다투던 내가 어느새 수업에 집중을 하지 못한 지도 오래된 일인 것 같다. 1교시 수업이 한참 진행 중인데 내 앞으로 작은 쪽지 하나가 전달되어 왔다. 글씨체를 보니 희연이었다.

우리 언제까지 이렇게 지내야 하니? 난 현이를 좋아하면서 널 잃을 생각을 했던 건 아닌데. 우리 우정이 고작 이 정도니?

그때 유란 씨가 낚아채 가는 쪽지. 역시나 답장을 쓰는 건 유란 씨였다. 이번에도 답장은 간단명료 그 자체였다.

고작 이 정도야.

그렇게 답장이 쓰인 쪽지는 금세 희연 앞으로 배달되었고 난 연신 유란 씨를 째려보며 속삭였다.

“야, 굳이 그렇게까지 말할 거 뭐 있어. 나도 이대로 희연이랑 멀
어지기엔 너무 미안하단 말이야.”

“야, 서휘리, 너 멍청한 거냐, 착해진 거냐?”

“뭐라? 무슨 뜻이냐?”

“내가 장담하는데 희연이 저거 얄팍한 잔머리 굴리는 거야. 이런
식으로 다시 우리한테 접근해서 무슨 수작을 부릴지 몰라.”

“백유란, 너 왜 이렇게 악질이냐? 왜 그렇게 생각 하는 거야?”

“솔직히 말할까? 난 솔직히 첨에 네가 희연이 불쌍하다고 친해지
자고 할 때부터 맘에 안 들었어. 네 친구였지 내 친구는 아니었다구.”

“무슨 소리야? 너도 여태껏 희연이한테 잘해주면서 친했었잖아.”

“목소리 낮춰. 선생님한테 걸려서 또 복도로 내쫓기고 싶어?”

“그때 복도로 내쫓긴 게 나 때문이란 식으로 말하는군.”

“시끄러. 하여튼 난 첨부터 희연이가 껄끄러웠던 게 없지 않아 있
었어. 마냥 네가 착하고 순하니 잘해주자고 해서 친해졌는데 너무 착
한 척하는 것도 조금 답답했었거든. 근데 생각해 봐. 그렇게도 남자
가 무섭다던 희연이가 좋아하는 사람이 이현이라구? 여자라면 질색
하는 데다가 싸움을 즐겨하는 일진 짱이고 싸늘한 눈빛은 쳐다보는
것만도 소름 끼치는 이현이 좋아하는 사람이라구? 이상하잖아, 정말
로 남자가 무섭다면 어떻게 이현을 좋아할 수가 있겠어? 막말로 희
연이가 뭐 위험에 처했을 때 현이가 짠 하고 나타나서 구해주기라도
했다면 모를까? 휘리 너도 알다시피 이현 성격상 절대 남을 도와줄
인물도 못 되고 희연이하고 그런 썸씽이 있을 리가 없다구.”

유란 씨의 말을 곰곰이 생각해 보니 이상하긴 이상하다. 남자가 조금만 가까이 와도 무섭다고 버릇처럼 말하던 애가 하필이면 좋아하는 상대가 보통 여자애들조차 겁내는 이현이라니. 그렇지만 희연이가 계획적으로 그럴 일을 벌일 이유가 있나? 유란 씨의 말에 일리가 있다고 생각하면서도 한편으론 그럴 리가 없다고 애써 희연이 편을 들어본다.

괜스레 답답해진 나는 쉬는 시간이 되자마자 얼른 싹퉁 현에게 전화를 걸었다. 그쪽도 쉬는 시간이었기에 전화를 받아 든 싹퉁 현의 목소릴 들을 수가 있었다.

[뭐냐.]

"물어볼 게 있다."

[말해.]

"너 혹시 예전에 희연이 구해준 적 있냐?"

[그게 누군데?]

"내 친구 희연이 몰라?"

[몰라.]

"저번에 바닷가에서 한 번 봤잖아. 주접 녀석이 좋다고 난리치던 그 청순가련형 여자애 말이야. 저번에 너한테 편지까지 써줬던 앤데 모르겠어?"

[알 게 뭐야, 그 딴 애.]

"그래, 네놈 기억 구조에 그런 게 있을 리가 없구나."

[근데 왜?]

"기억 못한다고 치더라도 너 혹시 위험에 처한 여자를 구해준다든 지 뭐 그런 적 있었냐?"

[없어.]

"그래, 그럴 테지. 끊으마."

이렇게 간단하게 우리의 통화는 끝났다. 옆에서 모든 걸 듣고 있던 유란 씨가 야릇한 눈으로 나를 흘기더니 입을 연다.

"너희 연인 맞냐?"

"글쎄, 가끔 나조차도 의심스러워."

"캑. 그나저나 거봐, 여자가 결정적으로 남자를 좋아하게 되는 계 기, 뭐 그런 게 있었던 것도 아니잖아. 희연이 저 계집애 의외로 거물 일지도 몰라. 난 항상 찜찜했다구!"

"그렇게 찜찜했던 애가 예전에 희연이가 현이 좋아한다고 할 때 둘이 이어준다고 난리쳤냐?"

"그건 그때까지만 해도 찜찜한 마음보다 친구니까 당연히 잘해줘 야겠단 생각만 할 때였잖아. 그리고 네가 현이 좋아하는 것 알고 나 선, 난 바로 너랑 현이를 응원했다구."

"네 말에 고마워해야 할지 말아야 할지 모르겠는데 솔직히 혼란스 럽다. 희연이가 어떤 애인지조차 의심해야 하는 건 현이를 뺏은 것만 으로도 미안한 내게 더욱 씁쓸한 마음이 들게 하니까."

"후, 어쨌든 오늘은 그런 생각보다 현's가 위험해지지 않게 일을 잘 마무리 짓는 게 더 신경 쓸 과제야."

"너한텐 꽃미남을 소개받는 일이 더욱 큰 과제일 테고 말이야."

"캑, 휘리 너."

"그래그래, 2교시 시작한다. 책이나 펴."

유란 씨는 알 수 없게 투덜대며 책을 곱게 펼친다. 나 역시 2교시 수업을 준비하고 멍하게 수업 시간을 보내는 중이다. 2교시가 한참 진행 중인데 두 번 다시 오지 않을 것 같던 희연이의 쪽지가 다시금 내 앞에 전달되어 왔다. 아니, 사실 유란 씨 앞으로 전달되어 왔다고 해야 맞는 거 같다. 살짝 펴본 쪽지 속에 유란 씨에게 전하는 말이 적혀 있었으니 말이다.

유란이 너는 제삼자에 불과할 텐데.

그 글귀를 본 유란 씨. 수업 시간인 걸 망각하고 난리 피우려는 걸 내가 겨우 입을 막고 팔을 잡아 진정시켰다. 성난 맹수를 진정시키듯 온몸에 힘이 쫙 빠질 정도로 꽉 붙들고 있느라 정말 식은땀이 다 났다. 겨우겨우 진정된 유란 씨는 샤프심이 마구마구 부러지는데도 불구하고 꾹꾹 한 글자 한 글자 눌러쓰고 있는 중이다.

넌 사자다.

도무지 난 무슨 뜻인지 이해하지 못하고 유란 씨를 바라보는데 유란 씨는 뭔가 통쾌하다는 듯 피식 웃고 있었다. 한참을 혼자 생각하다 이내 유란 씨에게 뜻을 묻기로 했다.

“사자라니?”

조용히 속삭이자 유란 씨는 키득대며 한심하다는 듯 내게 설명을 늘어놓는다.

“나보고 제삼자라잖아. 그러니까 희연이는 사자라고. ㅋㅋ”

“아, 개그야?”

“그럴걸? ㅋㅋ”

유란 씨의 답장을 받아 든 희연이 얼굴에서 어설픈 미소가 보였다면 내가 잘못 본 걸까? 설마 희연이도 저 개그가 웃겨서 웃은 걸까? 내 생각과는 달리 유란 씨 흥분해서 설쳐 대기 시작했다.

“야, 서휘리, 봤냐? 봤어? 김희연 저거 사악하게 비웃는 거 봤냐고.”

“비웃은 거였어?”

“그럼 저게 비웃은 거지 뭐야! 피식 비웃는 거 진짜 재수없지 않냐? 저거 그동안 완전 왕내숭이었던 거야.”

“네 개그가 웃겨서 웃은 게 아닐까?”

“야, 서휘리. 너 같으면 지금 상황에 내가 아무리 쇼를 하고 웃겨도 자기 입장에서 웃음이 나오겠냐? 저건 완전 나를 향한 선전 포고라구.”

“살살 말하자. 또 복도에서 염불하기 싫으니까 말이다.”

흥분한 유란 씨가 한참을 씩씩대는 동안에 또 한 번의 쪽지가 우리 앞으로 배달되었다. 황급히 유란 씨가 종이를 찢을 듯 펴보니,

재밌니? 여전히 유치하구나. 백유란 넌 빠져. 이건 휘리랑 나, 그리고 현이의 문제니까.

쪽지를 본 유란 씨는 마구마구 흥분했지만 수업 중이라 반박할 수 없었다. 그리고 수업이 모두 끝났지만 그땐 이미 시간이 많이 지난 터라 희연이와의 일은 다음으로 미루고 집으로 가 옷을 갈아입고 서둘러 대한공고로 향했다.

싸움이 벌어지고 있는 창고 앞에 도착하자 벌써 둔탁한 소리가 찌그러진 철문 밖으로 새어 나오고 있었다. 남자들의 비명 소리 또한 간간이 박자 맞추듯 들려왔고 유란 씨는 그 앞에서 입맛을 다지고 있었다.

"이야, 이거 아주 재밌는 싸움이 벌어지고 있는 모양인가 본데?"

웃고는 있지만 유란 씨 눈빛이 이젠 장난기 어린 눈빛이 아니다. 역시나 싸울 땐 눈빛부터 변하니까 말이다. 유란 씨의 그런 눈빛에 대응하듯 내 눈빛도 이제는 평범한 빛을 내뿜고 있지만은 않았다. 유란 씨와 내가 서로 눈빛을 교환한 뒤 살짝 고개를 끄덕이고는 조심스럽게 철문을 잡아당겼다. 어찌 된 영문인지 현이네 일진으로 보이는 에이공고 교복을 입은 학생들이 대부분 바닥에 피를 뿌리며 쓰러져 있었다. 그나마 몇몇 남지 않은 에이공고 애들도 심각한 부상을 입고 겨우겨우 싸워가고 있는 듯 보였다. 그 사이에서 현이와 서재, 주섭이도 힘겹게 싸움을 벌이고 있었다. 유란 씨가 내게 조심스럽게 속삭인다.

“이거 숫자적으로 너무 차이가 많이 나는데?”

“처음부터 불리한 게임이었어.”

“그래 보여.”

유란 씨와 내가 잠시 대화를 주고받는 사이 어느새 현이 녀석과 송사리 녀석이 피 터지는 혈투를 벌이고 있는 게 보인다. 앞, 뒤, 옆에서 한꺼번에 덤벼드는 녀석들과 싸움 실력이 상당하다는 송원우, 즉 송사리 녀석까지 상대하려니 아무리 현이 녀석이라 해도 벅차 보인다. 이 와중에도 정말 멋있다는 생각이 들 정도로 현이 녀석 잘 싸우지만 상대가 상대이니만큼 맞는 횟수도 점점 늘어가고 있다.

유란 씨의 시선은 어느새 서재한테로 고정되어 있었고, 서재 역시 너무 많은 놈들 사이에 둘러싸여 점점 체력을 잃어간다. 주접 녀석 또한 미친 듯이 주먹을 휘두르며 날아다니지만 몽둥이까지 들고 설치는 녀석들 앞에서 점점 무너질 기세다. 금방이라도 패배의 쓴맛을 볼 것만 같은 에이공고의 현’s 일진들. 그 상황을 역전시키기 위해 유란 씨와 내가 나서기로 했다.

“유란아.”

“알았어, 휘리야. 가자!”

유란 씨와 나는 날렵하게 녀석들 사이를 파고들었다. 갑자기 등장한 우리 덕에 당황한 녀석들은 순식간에 형태가 일그러졌고, 그사이에 현이 녀석의 푸른 눈이 나를 주시하고 있다는 걸 느꼈다. 그런 현이 녀석의 푸른 눈을 신경 쓸 겨를도 없이 숫자가 많은 녀석들을 상대하기에 바빴다.

유란 씨도 금방 가쁜 숨을 몰아쉬며 싸움에 몰입했다. 여기저기서 싸움의 흔적들이 묻어나고 피를 뿌리며 바닥에 쓰러지는 이들도 많아졌다. 그나마 체력이 남았던 에이공고 일진들도 우리 덕에 기세가 올라 힘껏 싸우는 모습이다.

꽤 장시간에 걸친 혈투 끝에 드디어 송사리파 녀석들은 요주의 인물만 남은 것 같아 보인다. 송사리를 중심으로 덩치 좋은 녀석들이 약간의 상처만 입은 채 대형을 갖추고 있었다. 그런 송사리파 정면에는 현이 녀석을 중심으로 한 서재와 주섭, 그리고 유란 씨와 나만이 남아 침묵의 싸움을 행하는 중이었다. 한참을 무섭도록 상대를 노려보기만 하다가 이내 송사리 녀석이 한 발짝 앞으로 나오며 입을 연다.

"갑자기 찾아온 불청객 두 명 탓에 순식간에 상황이 역전될 뻔했군."

유란 씨와 나를 바라보는 송사리 녀석 눈엔 비웃음이 약간 서려 있었다. 그런 녀석의 눈이 거슬린 건 나보다 유란 씨였나 보다.

"불청객 취급해도 좋은데 니들 좀 치사하단 생각 안 드냐? 숫자가 너무 많잖아."

유란 씨가 그렇게 말을 내뱉자 송사리 녀석은 가슴의 커다란 흉터를 내보이며 이를 갈듯 말했다.

"숫자가 많다고? 홋, 웃기는군. 내가 이 상처를 입었을 땐 이현 놈 쪽 숫자가 두 배였다. 이현, 너는 기억하겠지?"

턱밑에서부터 가슴까지 쭉 뻗은 상처가 과거의 어떤 고통을 똑똑히 증명하고 있었다. 아마도 저 상처는 자세히 알 수 없지만 현이 녀석과 연관되어 보인다. 현이 녀석 푸른 눈에 살짝 힘을 주더니 조심스럽게 입을 열었다.

"네놈 상처 따위 일일이 기억해 줄 만큼 한가하지가 않아서."

녀석다운 발언이었다. 그러나 그런 현이 녀석 태도에 송사리놈은 더욱 눈에 부릅 힘을 주며 말을 한다.

"기억해 줄 만큼 한가하지가 않다고?? 웃기는군. 애써 기억하고 싶지 않은 게 아니라 네놈의 얄팍하고 비겁한 수작을 네 여자 앞에서 들키고 싶지 않은 거겠지."

도저히 이해할 수 없는 송사리 녀석의 말에 나는 가만히 현이 녀석이 다음 말을 하기를 기다렸다. 역시나 현이 녀석 송사리놈을 향해 말을 내뱉는다.

"네놈이 허약한 게 죄지. 그때 죽이지 않고 살려준 것만도 감사히 여겨라."

"충분히 감사하고 있다, 이현."

송사리 녀석이 주먹을 불끈 쥐고 나지막이 말을 내뱉자 언제 나타났는지 창고 밖에서 또 다른 수십 명의 무리가 각목을 들고 한껏 폼을 재며 들어오고 있었다. 순간 움찔한 서재가 조심스럽게 우리에게 말을 했다.

"이거 아무래도 여기서 개죽음당할 거 같은데."

아무리 우리라지만 상대방 숫자가 지나치도록 많다. 그런 불리한 상황쯤은 바보 주섭 녀석도 파악했나 보다, 눈빛이 매섭게 변해서 진지한 말을 내뱉는 걸 보니.

"신주섭 인생이 이따위 허름한 창고 안에서 마감할 줄이야. 그래도 난 후회없다. 밑바닥까지 기어본 인생, 현이로 인해서 재밌게 살아봤으니까."

이미 현이를 위해서라면 죽을 각오도 되어 있다는 듯 주섭 녀석의 모습은 진지했다. 걱정스런 눈길로 상대를 살피던 서재도 더 이상 말을 잇지 못하고, 현이 녀석의 냉정한 푸른 눈은 연신 송사리 녀석을 향해 째려보고 있을 뿐이다. 유란 씨가 불안한 듯 내게 조심스럽게 속삭인다.

"야, 꽃미남이고 나발이고 소개도 받기 전에 뒈질 거 같다."

"죽긴 왜 죽냐. 호랑이 굴에 들어가도 정신만 차리면 산다잖아."

애써 장난치듯 유란 씨를 위로해 봤지만 이미 상황은 절대적으로 우리에게 불리한 상황이었고, 그 불리한 상황은 정확히 우리들을 파고들었다. 거대한 파도가 모래를 덮치듯 새로 들어온 무리들은 우리들을 향해 달려들었고, 우리는 서로를 지켜줄 틈도 없이 주먹질이며 발길질을 하며 허우적대기 바빴다. 이 상황에 우리 중 한 명이라도 쓰러지면 끝장이다. 이젠 후퇴할 곳도 없다. 우리의 체력이 바닥나기만을 기다리며 비웃는 송사리 녀석의 옅은 미소가 더욱 우리들을 비참하고 더러운 구렁텅이 속으로 밀어 넣는 듯했다. 쓰러진 에이공고 일진들은 더 이상 일어날 기미조차 보이질 않고 우리들도 한 대 한 대 맞아가는 횟수가 늘고 있는 실정이다. 한 대 한 대 맞아가며 몸의 고통을 느낄 틈도 없이 상대하기에 바빴던 우리들. 현이 녀석은 지칠 줄 모르는 체력으로 놈들을 차근차근 상대해 가지만 인정하기 싫어도 여자인 유란 씨와 나는 체력의 한계에 부딪치고 있었다.

그 순간,

퍽!!

유란 씨 얼굴을 향해 주먹을 날린 녀석. 턱을 정확히 맞은 유란 씨가 쓰러지는 모습이 마치 슬로모션을 보는 듯 내 눈앞에 펼쳐졌다. 나를 둘러싼 녀석들을 재빨리 쓰러뜨리고 다급히 유란 씨를 부르며 달려갔다.

"유란아!!"

피를 토하며 쓰러진 유란 씨의 눈에 초점이 조금씩 흐려진다.

"이런, 젠장! 유란 씨, 정신 차려봐! 괜찮아? 응?"

유란 씨의 정신을 일깨워 줄 틈도 없이 다시금 덤비는 녀석들 때문에 하는 수 없이 유란 씨를 내려놓고 다시 싸움에 몰입했다. 그러나 유란 씨가 신경 쓰여 자꾸만 유란 씨를 돌아보는 일이 싸움 중 잦아진다. 그 빈틈을 이용한 놈들의 공격도 자꾸만 거세졌다. 다시 살짝 유란 씨를 돌아보는 순간,

퍽!!

복부에 심한 고통이 느껴지고 뒤이어 얼굴에도 강한 타격을 입은 나는 주저앉고 말았다. 연신 피를 토해내던 유란 씨가 비틀비틀 일어나더니 새하얀 치아 사이에 빨간 선혈을 드러내며 말을 내뱉는다.

"이 자식들!! 감히 휘리를!!"

어디서 그런 힘이 났는지 유란 씨는 거짓말처럼 녀석들을 때려눕

히기 시작했다. 내 주변으로 다가오는 녀석들을 혼신의 힘을 다해 제압하고 있는 유란 씨의 모습을 보니 괜스레 울컥하는 마음이 든다.

이대로 쓰러져 있을 때가 아냐. 이대로 쓰러지면 녀석들에게 피해를 끼치는 꼴이잖아? 빌어먹을!! 이를 악물고 비틀거리며 일어나 유란 씨를 돕기 시작했다. 유란 씨와 나는 서로 피를 흘리며 힘을 합쳐 놈들을 제압했고, 현이 녀석과 서재, 그리고 주섭 녀석들이 어떻게 싸우고 있는지까지 볼 틈 없을 만큼 내 주변의 놈들을 상대하기에도 벅찼다. 체력의 한계는 이미 드러날 대로 드러났고 유란 씨와 내 주먹에도 이미 파워를 싣기 힘들 만큼 지쳤다. 놈들이 날리는 주먹이 눈에 훤히 보이는데도 불구하고 이제는 더 이상 피할 힘도, 받아칠 힘도, 막아낼 힘도 남아 있질 않다. 온몸이 뒤틀리듯 고통이 밀려왔고 이내 쓰러진 유란 씨와 내 위로 심한 발길질이 쏟아졌다. 한참을 구타당하며 귓가가 멍해질 때쯤 누군가 유란 씨와 나를 억누르던 놈들을 해치운다.

퍽! 퍼벅!!

경쾌한 소리가 들려오는가 싶더니 이내 푸른 눈 옆으로 한줄기 뜨거운 피가 흘러내리는 현이 녀석이 내 앞을 가로막듯 서 있다. 끊임없이 밀려오는 놈들을 상대하느라 현이 녀석도 이미 지칠 대로 지쳐 있었고, 더군다나 무기까지 들고 설치는 놈들 때문에 상황은 절대적으로 불리했다. 이내 열심히 싸우는 현이 뒤쪽에 각목을 들고 달려오는 놈 하나가 보인다.

"이얍!!"

죽일 듯 기합까지 넣고 뛰어오는 놈이 내 눈에 보이지만 손가락 하나 움직일 힘이 없었다.

퍽!!

안 돼! 안 돼! 이현. 마음속으로의 외침일 뿐 이미 현이는 각목으로 등을 맞아 주저앉고 만다. 주저앉은 현이를 무자비하게 발길질해 대는 수많은 놈들. 몸에서 느껴지는 고통보다 마음이 더 찢겨 나간다. 그때 주접 녀석이 싹퉁의 이름을 부르며 달려온다.

"현아!!"

또다시 이어지는 주접 녀석과 현이를 밟고 서 있던 놈들의 전쟁. 주접 녀석 역시 더 이상 버텨낼 재간이 없어 보인다. 언제 쓰러졌는지 이미 서재도 바닥에 엎드린 채 꿈틀거리고 모든 게 끝장이라고 생각하는 그 순간.

퍼억!! 퍽!! 퍼벅!!

금방 잡아 올린 생선이 날뛰듯 신선한 주먹의 혈기가 느껴지는 곳은 입구 쪽이었다. 누군가 혼자서 수많은 놈들을 상대로 대단한 실력을 뽐내며 기선을 제압했다. 흐릿한 시야를 가까스로 밝히며 정의의 사도를 바라보고 있는데 현이 녀석 꿈틀거리며 일어나는 게 보인다. 그 순간 차라리 일어나지 말아달라고 말하고 싶었다. 그냥 쓰러져 있으면 더 이상 맞지 않는다는 생각에 자존심이고 뭐고 이제는 제발 현이 녀석이 내 앞에서 쓰러지는 모습을 두 눈 뜨고 차마 볼 수가 없다. 하지만 기어코 일어난 현이 녀석 다시 녀석들과의 전쟁에 끼어든다. 갑자기 등장한 이름 모를 정의의 기사와 현이 녀석만이 놈들과 혈투를 벌이고, 이내 송사리 녀석이 한 걸음 앞으로 나오더니 입을 열어 싸움을 중지시킨다.

"그만!! 전부 그만 해!!"

녀석의 한마디에 수많은 녀석들이 싸움을 멈추고 송사리놈 뒤쪽으로 자리를 다진다. 모자를 푹 눌러쓰고 나타난 정의의 사도를 보며 송사리는 다시금 입을 연다.

"이건 또 웬 불청객인가 싶었는데 네놈이 또 여긴 왜 온 거냐?"

거친 숨을 겨우 고르며 한숨을 푹 쉬는가 싶더니 모자를 눌러쓴 녀석이 송사리놈을 향해 입을 연다.

"진 빛이 있어서."

어째 녀석의 음성은 내게 낯이 익은 듯 들려왔고, 난 확인차 고개를 들어 녀석의 얼굴을 보려 애를 쓰는 중이다. 온몸이 쑤셔서 눈을 뜨는 것조차 힘든 상황 속에서 송사리 녀석과 정의의 사도와의 대화는 이어졌다.

"진빛이라, 누구한테 빛을 졌다는 거지? 천하의 최류원님께서 말이야."

맞아. 저 자식은 싹통 녀석과 버금가는 최류원?? 예전에도 날 한 번 구해준 적이 있었는데. 깜짝 놀라 잠깐 고통을 잊은 사이 류원 놈이 송사리 녀석에게 대꾸한다.

"이현 놈에게 진 빛이 있어서 말이지."

류원 녀석 덕에 위기를 잠깐 모면해서 좋기는 한데 이대로는 최류원 저 자식까지 위험에 빠질지도 몰라. 비틀거리며 서 있는 것조차 힘들어 보이는 현이 녀석이 조심스럽게 입을 연다.

"송원우, 이쯤에서 끝내자. 나와 1:1승부를 보자!"

아마도 류원 녀석의 도움을 받아 싸우는 것이 녀석의 자존심에 금이 갔나 보다. 그러나 지금 상황에 1:1이라니. 정말 터무니없는 제안이었다. 하는 수 없이 난 떨어지지 않는 입술을 겨우 떼어내며 목에서 피끓는 고통을 가까스로 억누르고 말을 했다.

"안 돼, 이현! 너 지금 서 있는 것조차도 힘들잖아. 그만둬. 이건 진 게임이라구!! 항상 이길 수만은 없잖아. 이 상태에서 1:1을 할 리도 없고, 더 이상은 괜스레 달려온 최류원 저 사람도 다치게 만드는 꼴이 된다구!"

이미 얼굴에 피범벅이 된 내가 소리치자 현이 녀석 싸늘한 그 푸른 눈을 내게로 향하며 답한다.

"그런 엉망인 얼굴로 쳐다보지 말고 자고 있어라."

"저, 저 자식이."

그러나 송사리놈은 씨익 비웃으며 현이 녀석을 향해 말을 내뱉었다.

"1:1이라, 그거 좋지. 근데 이현 지금 네놈 상태론 절대 나를 이길 수 없을 텐데."

이미 승리를 확신하듯 송사리놈이 어깨를 으쓱이자 현이 녀석 매섭게 녀석을 째려본다.

"절대라는 단어는 함부로 쓰는 게 아니지."

류원 녀석은 거만한 포즈로 송사리놈을 내려다보며 귀찮다는 듯 말을 내뱉기 시작했다.

　"아아, 잔말이 많군. 이러니저러니 해도 어차피 송원우 네놈이 현이한테 당한 게 억울해서 복수하고 싶은 거잖아. 그게 다라면 복수만 행해지면 이번 싸움은 굳이 여러 사람 피 볼 일 없지. 안 그래?"

　대체 무슨 생각을 하는 걸까? 최류원 저놈도 이현만큼이나 표정을 읽기 힘든 녀석이다. 송사리놈은 그런 류원 녀석을 향해 대꾸한다.

　"최류원, 마치 네가 복수를 대신해 줄 것처럼 말하는군?"

　"천만에. 아까도 말했지만 난 진 빚을 갚아주러 온 것뿐이다."

　"좋아 대신 갚을 수 있다면 얼마든지 갚아봐라!"

　그러고 보니 송사리놈과 최류원은 처음부터 아는 사이 같아 보인다. 단순히 얼굴만 아는 관계 같아 보이진 않는데. 둘 사이가 무척이나 궁금해지려는 찰나 류원 녀석이 재킷 안쪽에서 날카로운 나이프 잭을 꺼내 든다. 어두컴컴한 창고 안에서 날카로운 잭만이 눈부시게 빛나고 그런 잭을 들고 천천히 현이에게로 다가가는 류원 녀석. 저거 저거, 저놈이 지금 뭐 하려는 거야? 이내 현이 녀석과는 불과 한 보 정도의 차이를 두고 류원 녀석이 송사리를 향해 입을 연다.

　"턱밑에서부터 가슴까지의 흉터가 한이 된 거라면 똑같이 만들어 주면 복수가 끝나는 건가?"

　순간 온몸이 경직되면서 기어서라도 류원 녀석에게 다가가 말려야 한다는 생각이 든다. 심장이 미치도록 빨리 고동치면서 현이 녀석이 다치지 않게 말려야 한다. 이미 현이 녀석은 서 있는 것조차 겨우인데 류원 녀석이 잡고 흉터를 만들기라도 하면 그땐 정말 끝장이야!

난 있는 힘껏 소리쳤다.

"야!! 안 돼!! 이현 건들지 마!! 건드리면 죽여 버릴 거야!! 내가 죽여 버릴 거야! 세상 끝까지 가서 가슴의 흉터가 아니라 온몸에 난도질을 해댈 테니 두고 보라구!! 야, 최류원!! 야, 인마! 내 말 안 들려? 얼른 그 잭을 내려놔!! 현이한테 털끝 하나 건드리지 말란 말이야!!"

있는 힘껏 소리치고 나니 입 안에서 붉은 선혈들이 마구 흘러나왔다. 그러나 목에서 터진 내 피들의 보람도 없이 내 눈앞에서는 끔찍한 장면이 연출되고 말았다. 하얗고 매끈하고 고운 피부를 타고 구두 등으로 붉은 피가 뚝뚝 떨어지고 예쁜 턱 선에서 역시 잔인한 핏줄기가 흘러내리고 있었다. 방금 묻은 선혈이 잭에도 흥건하게 묻어 있다. 현이 녀석의 푸른 눈이 심하게 흔들린다. 어이없게 바라보던 송사리놈의 눈동자도 이내 흔들리고 있었다.

"사랑은 한몸이 되는 것. 내가 당한 고통보다 사랑하는 이가 당하는 고통이 훨씬 더 괴롭기에 사랑하는 사람을 대신해서 고통받을 수 있다면 그 길을 택하는 것. 우정은 사랑과 이별 사이의 버팀목이 되어주는 것. 친구의 고통은 곧 내 고통이기에 함께 나눌 수 있다면 그 길을 택하는 것. 이것으로 난 이현에게 받은 우정을 대신한다."

말이 끝남과 동시에 길게 뻗은 상처에서 쉴 새 없이 피가 쏟아져 나오고 이내 류원 녀석은 잭을 땅에 떨어뜨리고 만다. 그렇다. 류원 녀석은 자신의 몸을 송사리놈의 흉터와 똑같이 자해한 거다.

"미친 놈!! 야, 이 미친놈아!! 누가 너 따위한테 그런 빚 갚으래!! 누가!!"

미안한 마음에 오열하는 이현 녀석이었다. 송사리놈의 눈가에 뜨거운 눈물 한줄기가 흘러내리더니 이내,

"얘들아, 빨리 류원이 병원으로 옮겨. 빨리!!"

송사리 수하들은 서둘러 류원 녀석을 병원으로 옮기고 급하게 따라 나가던 송사리놈도 잠시 걸음을 멈추더니 이현 녀석을 향해 말을 내뱉었다.

"이걸로 내가 너에게 진 빚은 없어졌다. 그렇게 우리 학교 간판 따위를 유치하게 따고 싶다면 너희가 이긴 걸로 하고 가져가라. 하지만 한마디만 남겨두마, 이현. 제발 철 좀 들어라, 자식아."

그렇게 사라지는 송사리놈의 뒷모습을 보고 안심을 했다면 내가 나쁜 걸까? 저마다 심한 부상에 좀처럼 몸을 일으키지 못하고 있다. 현이 녀석도 녀석답지 않은 멍한 시선으로 아직까지 따뜻하게 남아 있는 바닥에 뿌려진 류원 녀석의 피를 응시할 뿐이다. 최류원 그 자식, 대체 무슨 생각으로 여기까지 기어와서 자기 몸을 해한 거야? 어쩌면 류원 녀석과 송사리, 아니, 송원우. 그리고 현이 녀석 사이에는 뭔가 다른 우정이 숨겨져 있는 건지도 몰라.

점점 정신이 혼미해져 왔다. 녀석의 푸른 눈이 천천히 감기는 것까지 본 것 같았는데 깨어보니 어느새 온몸에 붕대와 반창고를 잔뜩 입고, 멍하게 침대에 누워 있는 나. 이곳은 사라 저택이었다. 내 옆에는 유란 씨도 나와 비슷한 몰골로 누워 있었다. 나보다 먼저 정신을 차린 듯 보이는 유란 씨가 목의 고통으로 차마 나를 돌아보진 못하고 뻣뻣한 그 상태로 입을 열었다.

“야, 서휘리.”

“왜?”

“정말 멋져.”

“지금 우리 꼴이?”

“진짜 슈퍼 울트라 판타스틱 하지 않냐?”

“그래, 울트라 팬티스틱 하다. 아주 삭신이 쑤셔 죽겠구만.”

“너 말고 내 왕자님 말이야.”

“서재? 그러고 보니 서재나 다른 애들 상태는 괜찮으려나? 어, 너 서재 싸우는 거 보고 또 뿅갔냐?”

그러자 유란 씨 얼굴을 확 굳히고는 날 휙 돌아보며 이내 인상을 구긴다.

“아, 아이고, 목이야. 야, 서휘리! 내가 저번에도 말했지, 다른 여자 품에 안긴 남잔 흥미없다고!”

“그, 그랬지. 그럼 서재 아냐? 설마 주, 주섭이?”

“에이, 그놈은 희연이 같은 낯간지러운 스타일 좋아하잖냐.”

“뭐야, 그럼 설마 최류원? 송사리?”

유란 씨는 갑자기 또다시 눈망울을 반짝이더니 조심스럽게 자신의 낭군이라는 남자의 이름을 한 글자 한 글자 힘주어 말했다.

“오, 판타스틱 최.류.원.”

“캑.”

“야, 서휘리, 봤냐? 그 날카로운 잭을 들고 우정의 빚을 대신해 한 치의 망설임도 없이 자신의 몸을 해하는 거 말야. 그거 아무나 할 수 있는 행동 아니야."

"그래, 아무나 할 수 없지. 그놈은 제대로 미친 거야. 아주 미치지 않고서는 불가능. 그, 그래, 굳이 그렇게까지 노려볼 필요는 없잖아. 너 눈 돌아가겠다, 이것아!"

유란 씨는 밤새 류원만 불러대다 이내 쓰러져 잠이 들었다. 어휴, 내가 유란 땜에 못살아.

똑똑.

그때 누군가 노크하는 소리가 들려왔다.

"누구세요?"

"휘야, 나 서재야. 들어가도 되지?"

"어? 서재? 그래, 어서 들어와."

서재는 팔과 목 등에 깁스를 한 채로 조심스럽게 내 방으로 들어왔다. 서재는 나와 유란 씨를 구석구석 살펴보더니 이내 걱정스런 눈빛으로 입을 열었다.

"휘야, 괜찮아?"

"응. 뭐 움직이면 욱신거리긴 한데 며칠 푹 쉬면 괜찮을 것 같아. 그나저나 넌 어때?"

"목하고 팔만 빼면 괜찮아. 큰 부상은 아니었어."

대뜸 서재 얼굴에 현이 녀석 얼굴이 겹쳐지는 건 왜일까? 난 얼른 서재에게 녀석의 안부를 물었다.

"싹퉁은? 이현 그 자식은 어떻게 됐어?"

"현이? 현이도 지금 자기 방에서 쉬고 있어."

"많이 다쳤어? 어? 각목도 맞았었는데. 괜찮대? 걸어는 다녀? 깁
스한 거야? 못 움직여? 얼마나 다쳤다니?"

서재 바짓가랑이라도 붙잡고 다 묻고 싶지만 움직일 수가 없어 물
에 입만 둥둥 뜬 것마냥 주절거리고 있다. 그런 내 모습이 안타까워
보였던 걸까? 서재의 표정이 굳는다. 아니면 현이 녀석 상태가 많이
안 좋아서 표정이 굳는 걸까? 날 더욱 걱정 속으로 밀어 넣는 서재의
표정에 나는 다시 한 번 입을 열었다.

"서재야, 어때? 우리 현이 어떤지 말 좀 해주라? 응? 많이 다친 거
야?"

그러자 서재는 쓴웃음을 지으며 대꾸한다.

"너희 현이 많이 안 다쳤으니까 걱정 마. 워낙 강철 같은 놈이라
금방 일어날 거야."

그 말에 겨우 안도의 한숨을 내쉴 수 있었다.

서재의 따뜻한 배려로 인해 학교에 연락을 취하고 삼 일간 푹 안정
을 취한 결과 유란 씨와 나는 점점 상태가 호전되어 일어서서 돌아다
닐 수 있을 정도가 되었다. 그리고 삼 일 내내 류원이란 이름을 귀에
못 박힐 정도로 들려준 고마운 유란 씨와 드디어 이현 방에 들어가
녀석의 상태를 살필 수가 있었다. 생각보다 붕대도 많이 감지 않고
녀석의 고운 자태를 그대로 유지한 채 침대에 누워 있는 싹퉁 현. 삭
신이 쑤셔왔지만 재빨리 달려가 현이 녀석 곁으로 다가갔다.

"야, 괜찮냐? 많이 아파?"

내 말에도 아무 대꾸 없이 녀석의 푸른 눈은 눈꺼풀로 덮혀 있었다. 마지막에 '철 좀 들어라, 자식아' 라는 송사리놈의 말에 충격을 받았는지 좀처럼 일어날 기미를 보이지 않는 녀석. 몸보다 자존심이 많은 상했을 텐데.

"아, 그나저나 우리 류원 씨한테도 병문안 가야 하는 거 아냐? 흉터가 크게 남았을 텐데. 어흑. 소녀가 보필해 드렸어야 했는데 용서하시와요~"

유란 씨의 오버스러운 행동에 어이가 없어 한마디 슬쩍 태클을 걸어본다.

"야, 그놈은 너란 존재도 기억 못할 거다, 워낙 질긴 싹퉁이라."

"야, 서휘리, 너 말 다 했냐?"

"캑. 백유란, 너도 류원 놈 때문이라면 날 배신할 인간이야! 희연이 욕할 거 없다고."

"난 이현 좋아한 적 없다. 그리고 세상에서 젤 기분 더러운 욕이 희연이랑 똑같다는 욕일 거다. 알았냐? 마음 같아선 희연일 당장이라도 아작 내고 싶지만 그래도 옛정은 정인지라 참아주는 걸 감사히 여겨. 너 땜에 사고치는 꼴 보기 싫으면 태클 걸지 말란 말이야."

아, 언제부터 내가 유란 씨의 말발에 밀리기 시작한 걸까? 그저 한심하게 유란 씨를 바라보며 한숨을 쉬어주는 것 말고는 딱히 취할 수 있는 행동이 없다. 괜스레 싹퉁 녀석을 뒤흔들며 불러본다.

"야~ 이현! 눈 좀 떠봐. 그 푸른 눈깔 며칠 안 봤더니 입 안에 가시 돋으려고 해."

이번에 내게 태클을 거는 건 유란 씨였다.

"저거 지 남자 친구한테 말하는 싸가지 하고는. 푸른 눈깔이 뭐냐? 같은 말이라도 좀 상냥하게 할 수 없냐? '서방님, 소녀 서방님의 호수 같은 푸른 눈을 보지 않고서는 도저히 잠을 이룰 수가 없사옵니다~' 이렇게!"

"백유란, 너 머리를 심하게 맞았구나?"

"아무튼 빨리 현이 좀 깨워봐. 멀쩡한 거 확인하면 울 류원 씨한테도 가보게."

그때까지도 현이 걱정에 뒤에서 눈물을 훔치고 있던 요한 녀석이 슬쩍 유란 씨 팔짱을 낀다. 순간 유란 씨와 내 동공은 개구리 눈과 비례했다. 닭살스럽다는 듯 어깨를 움찔거리며 요한 녀석을 바라보던 유란 씨가 입을 삐쭉인다.

"악! 선인장 뭐 하는 거야, 징그럽게!"

그러자 유란 씨 팔을 더 꽉 조이며 요한 녀석 새침하게 입을 연다.

"유란 씨, 나 책임져."

"뭐? 미쳤냐? 선인장, 내가 왜 널 책임져!!"

"몰라, 이제 둘리가 현이만 보니까 요한이는 외톨이잖아. 그러니까 유란 씨가 나 책임져."

"으악! 야, 너 안 떨어져? 떨어져, 떨어져!"

진드기라도 떼어내려는 듯 유란 씨가 팔을 휘휘 저어보지만 요한 이 녀석 저래 봬도 예전부터 나한테 '둘리야~' 하면서 앵겨 붙은 솜씨가 있어 쉽게 떨어져 나가지 않는다. 정말 미칠 것 같다는 표정으로 도와달라는 유란 씨의 카멜레온 같은 눈빛을 외면한 채 난 괜스레 싹퉁 녀석을 더욱 세게 흔들고 있다.

"야, 일어나 봐. 저것들 하는 짓 좀 봐. 웃기다니까. 계속 이렇게 자고만 있을 거야? 나 보고 싶지도 않냐!!"

그러자 거짓말처럼 현이 녀석의 푸른 눈이 드러났다. 그리고 그 푸른 눈으로 날 가만히 쳐다본다. 벌레 쳐다보듯 말이다. 그리곤 이내 귀찮은 듯한 폼으로 자리를 털고 일어나더니 현이 녀석 유란 씨에게 앵겨 붙어 애교를 부리는 요한 녀석에게로 시선을 옮긴다. 현이 녀석이 일어났는지 어쨌는지조차 눈치 못 챌 만큼 요한 녀석은 유란 씨를 줄기차게 괴롭히고 있었다.

"유란 씨, 요한이 책임질 거지? 웅? 그치?"

"악!! 이거 놓으라니까. 이게 왜 이래, 징그럽게!! 난 임자가 있다구!!"

"우잉, 아냐아냐~ 유란 씨 임자는 요한이 할 거잖아. 웅? 그치?"

"아악!! 진짜 미쳐서 돌아버리겠네, 증말!! 야, 서휘리, 선인장 좀 어떻게 해봐!!"

솔직히 말해서 나한테 앵겨 붙지 않는 게 조금 서운하긴 했지만 왠지 모를 통쾌감. 유란 씨, 너도 한번 당해봐. 이해할 수 없다는 듯한 표정으로 한참을 유란 씨와 요한 녀석을 번갈아 보던 이현 녀석은 이내 나갈 차비를 한다. 겉옷을 주섬주섬 챙겨 입더니 아직은 절뚝거리는 다리로 방문 앞에 선다. 거기까지 지켜보던 나는 이내 녀석을 불러 세웠다.

"야, 그 몸으로 어딜 가? 방금 일어났잖아."

"병원."

"뭐? 웬 병원? 너 많이 아파?"

나의 아주 따스한 걱정에도 불구하고 녀석은 정 떨어지는 소리만 딱딱 해댄다.

"시끄러."

"병원에 왜 가는데? 나도 같이 가!"

재빨리 녀석 곁으로 다가가 팔을 붙잡았다. 그러자 녀석은 벌레 붙은 듯한 표정으로 자신의 팔을 붙잡고 있는 내 팔을 내려다보더니 이내 귀찮다는 듯 나를 달고 방문을 열어젖힌다. 그 순간 뒤에선 유란 씨의 비명에 가까운 소리가 들려온다.

"악!! 선인장, 이거 놔!! 진짜 맞아볼래!! 야, 서휘리! 이현! 너희 둘은 또 어디 가!! 같이 가!! 이 녀석 좀 떼어버리란 말이야!!"

최강의 싹퉁 이현님께선 조용히 방문을 닫고 나와 버리셨다는 전설. 미안해, 유란 씨. 요한이를 부탁한다.

현이 녀석과 나란히 찾은 병원. 그리고 깔끔한 독방 병실 안에는 목에서부터 가슴까지 친친 붕대를 감은 최류원 녀석이 보인다. 다행히 깊숙이 베이진 않아 몸속 장기 기관엔 문제가 없었던 모양이다. 버젓이 만화책을 보고 있는 걸 보니.

꽃다발은커녕 음료수 한 통도 사들고 오지 않은 우리 둘을 스윽 쳐다보더니 이내 별 관심 없다는 듯 다시 만화책을 보는 최류원. 저 자식은 내가 현이 녀석만큼이나 싸가지없기로 인정한 놈이기에 저런 행동에 일일이 발끈거리지도 않는다. 현이 녀석 역시 대수롭지 않게 여기는 듯 천천히 침대 쪽으로 다가간다. 그리곤 말없이 류원 녀석을 쳐다보기만 한다. 왔으면 뭔 말이라도 하든지.

그렇게 약 삼십 분간 정적이 흐르고… 말이 삼십 분이지 그 긴 시간 동안 아무 말도 안 하고 만화책만 보는 류원 놈이나 그걸 그냥 지켜만 보는 이현 놈이나. 그러고 보니 그동안 그 두 녀석을 감시하듯 물끄러미 바라보기만 하는 나나. 이게 웬 한심한 집단들일꼬. 그 한심한 침묵을 깨고 겨우겨우 현이 녀석이 녀석에게 한마디 꺼낸다.

"야."

오오, 겨우 삼십 분 만에 꺼낸 한마디가 '야' 랜다. 그에 대답하는 류원 녀석. 우릴 거들떠보지도 않고 여전히 만화책에 시선을 꽂은 채로.

"왜."

헐. 삼십 분 만에 꺼낸 한마디가 '야' 인 싹퉁 현이 놈도 최강이지만 거들떠보지도 않고 '왜' 라는 최류원 네놈도 가히 최강이구나. 그냥 가만히 이 웃기는 싹퉁 두 녀석을 바라보기로 했다. 현이 녀석 살짝 미간을 찌푸리더니,

"사람이 말할 땐 쳐다보는 거다."

오오, 이현 네놈 말 한번 잘했다. 아주 내가 말할 땐 콩벌레 굴러가듯 하찮게 여기면서 거들떠보지도 않더니 지가 말씀하시는 중이라고 쳐다보라 이거냐, 이 나쁜 넘아!! 속으로 외치는 나의 비명에 불과했

다. 쩝.

류원 녀석이 만화책을 덮었다. 이제 현이 녀석을 바라봐 줄 참인가
보다. 근데 어랍쇼? 이번엔 다른 만화책을 집어 든다. 아마도 방금
본 만화책의 다음 편인 듯싶소만. 싹퉁 녀석 미간에 더욱더 그늘이
지고 있었다. 이러다 병원에서 싸우는 거 아냐? 맙소사. 현이 녀석
음성에 조금 힘이 들어가고.

"이봐, 내 말이 껌이냐?"

그제야 반응하는 류원.

"보지 않아도 듣고는 있으니 할 말 있으면 해라."

"이따위 말은 딱 한 번만 한다."

무슨 말을 하려는 걸까? 싹퉁 현이 녀석 차마 떨어지지 않는 입을
겨우겨우 열려 하고 있다. 류원 녀석도 만화책에 다음 페이지를 넘기
지 않고 가만히 현이 놈 목소리를 기다리고 있다.

"고맙다, 최류원."

그러자 류원 녀석은 만화책은 덮더니 그제야 현이 녀석을 똑바로
응시한다. 그리고 나지막이 대답했다.

"천만에."

이 자식들 대화는 도무지 재미가 없다. 간단명료 싸가지의 결정체
이며 그 누구도 흉내 낼 수 없는 거만함이 묻어나 있다. 이런 것들 사
이에 끼어서 가만히 엿듣는 나도 어쩐지 같은 부류가 된 것 같아 은
근히 기분 나쁘다. 어쨌거나 최강 싹퉁 놈들의 대화는 끝이 난 거 같
은데 현이 녀석 벌써 병문안을 끝내려나 보다, 슬금슬금 병실을 나가

는 걸 보니. 하는 수 없이 나도 별말 않고 녀석을 따라 나서는데 병실 문을 막 여는 순간 류원 녀석의 목소리가 뒤에서 나지막이 들려왔다.

“다음에 올 땐 음료수라도 들고 와라. 목마르다.”

그 말에 현이 녀석이 살짝 웃는 게 보인다. 헉. 새삼스럽게 이놈 미소에 두근거리는 꼴 좀 보라지. 서휘리, 정신 차려! 애써 두근거리는 심장 소리를 들키지 않으려고 꽥 하고 소리를 질렀다.

“병문안 받는 사람 태도가 영 맘에 안 들어서 다음에 올지 고민 좀 해야겠어!”

그러면서 류원 녀석을 괜스레 힐끔 째려보자, 어라라? 저 자식까지 살짝 미소 짓고 있는 게 아닌가? 와, 싹퉁 대회 나가도 둘 다 나란히 공동 우승하겠지만, 미소 대회 나가도 둘 다 아무런 손색이 없을 정도다. 이런저런 생각을 하면서 저택에 돌아온 것까진 좋은데 말이지.

“악! 야, 선인장, 대체 몇 시간째야!! 절로 안 꺼져? 앙?!”

오자마자 유란 씨의 비명을 들으려니 내 귀가 고통을 호소한다. 현이 방에서 가까스로 빠져나온 듯 보이는 유란 씨. 그러나 여전히 그녀의 팔에는 초록 머리 요한 녀석이 착~ 하고 앵겨 붙어 미소 짓고 있다. 그리고 나를 보며 죽일 듯 노려보는 유란 씨의 시선이 부담스럽다고 느낄 때쯤 현이 녀석이 요한 녀석에게 한마디 툭 던진다.

“최요한, 병신 친구 그만 괴롭히고 들어와.”

유란 씨가 그렇게 난리칠 땐 꿈쩍도 않던 녀석이 싹퉁 녀석 한마디에 순순히 그 방으로 따라 들어간다. 그제야 해방된 유란 씨가 내게 달려들며 외친다.

"야!! 날 저 선인장 넝쿨 속에 밀어 넣고 어딜 다녀오는 거야!! 둘만 데이트하면 좋아? 앙?"

"서, 선인장 넝쿨. 내가 밀어 넣은 적도 없을뿐더러 안타깝게도 데이트가 아니었단다."

"그럼 어딜 다녀오는 거야!!"

"귀청 떨어지겠다! 살살 좀 말해. 최류원 그 자식 병문안… 캑."

순간 실수다 싶었지만 이미 엎질러진 물이었다.

"뭐? 날 버려두고 나의 낭군님을 만나러 갔었단 말야? 서휘리 네가 내 친구야? 앙?!"

"미안, 쩝. 내일 다시 가면 되잖아. ㅠㅇㅠ 젠장."

그제야 굳은 인상을 확 풀고는 반짝이는 눈빛을 내보이는 유란 씨였다. 아, 결국 그놈이 바라던 대로 음료수 한 박스 사들고 병문안 가게 생겼다. 벌써부터 들뜬 유란 씨는 온몸의 고통도 모두 잊었는지 콧노래까지 흥얼거리며 내 방으로 쏙 들어간다. 돌겠군.

쉬워리!
제18장

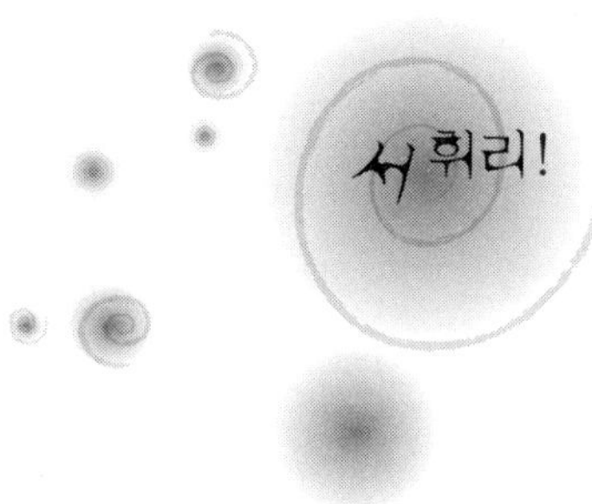

늦도록 현이 녀석 방에 불이 꺼지지 않고 있다. 요한 녀석과 현이 녀석 대체 무슨 대화를 나누고 있는 걸까? 살짝 열린 문틈 사이로 녀석들의 대화를 엿들어보기로 했다.

"어차피 휘야는 현이 네가 사랑해 줄 거니까 요한이가 안 사랑해 줘도 될 거구~ 유란 씨를 선택한 게 뭐가 나빠?"

초롱초롱하고 순진한 눈망울로 현이를 감히 똑바로 올려다보지도 못한 채 힐끔힐끔 보는 요한 녀석이 어쩐지 애처로워 보인다. 그런 애처로운 눈망울에도 현이 녀석은 아주 냉정하게 반응했다.

"병신 친구 자체를 좋아하는 건 안 말리겠지만 대타로 써먹진 말라는 소리야. 사랑에 대타란 없으니까. 대타란 생각으로 억지로 마음

을 주다 보면 상대방이 힘들어지거나 시간이 지나서 스스로 죄책감
에 빠져 깨져 버리는 게 당연하게 이어지니까."

거칠지만 따뜻한 현이 녀석의 배려에 요한 녀석 잠시 고개를 숙이
며 말을 망설이다 이내 용기있게 대답한다.

"현아, 요한이 생각에는 누군가를 좋아하게 되는 것에는 계기가
필요한 것 같아. 첫눈에 반하지 않는 이상은 말이야. 그리고 휘야를
계기로 유란 씨한테 마음을 주려고 하는 거지만 그것 역시 요한이는
진심이니까. 지켜봐 줘, 현아."

현이 녀석 말없이 담배 연기를 내뿜는다. 그러다 이내 툭 던지는
한마디.

"밖에서 엿듣지 말고 기어들어 오든지. 병신."

캑, 들켰다! 당황하면 꼴사나워지므로 그냥 뻔뻔 스타일로 밀어붙
이기로 했다. 슬그머니 방문을 열어젖히고는 일단 배시시 웃어 보였
다. 깜찍한 나의 보조개에도 전혀 반응없는 현이 녀석 시큰둥한 푸른
눈이 날 더욱 민망하게 만들고 있다. 이내 난 뒷머리를 긁적이며 이
위기 상황을 벗어나기 위해 입을 열었다.

"무, 물 마시러 나왔다가 부엌까지 가기 귀찮아서 현이 네 방에 냉
장고 있으니까 그거 얻어 마시려고 왔어."

나름대로는 상당한 센스였다. 무시해 버릴 줄 알았던 현이 녀석 의
외로 시선을 자신의 방 냉장고로 옮기더니,

"마셔."

캑. 고맙다, 이놈아. 당당하게 녀석 방으로 들어와서 냉장고 문을

열고 꼴깍꼴깍 물을 넘겼다. 꿀꺽이는 소리가 크게 들리는 게 다소 민망했지만 언제부터 그런 거 신경 썼다고. 뻘쭘하게 서 있기도 좀 그래서 다시 내 방으로 가기 위해 발걸음을 돌리는데 요한 녀석이 나를 붙잡는다.

"둘리야, 둘리도 내가 유란 씨 좋아하는 게 싫어?"

"앙? 아니, 뭐, 사람이 사람 좋아한다는데 내가 싫고 말고 할 게 뭐 있어. 유란 씨를 이용하는 방식이 네 사랑 방식이라면 그렇게 해야겠지. 꼭 옳다 그르다를 판단하는 기준이 세워진 건 아니니까. 근데 문제가 있어."

"웅? 뭔데? 요한이 문제 잘 풀어."

"그런 문제가 아니야."

"말해 봐."

"유란 씨는 지금 최류원을 좋아해~ 저렇게 난리치다가 또 언제 변할지는 모르지만 지금 상태로는 내가 초기 진압에 실패한 정도니까 꽤 많이 빠진 상태라는 거지."

"최류원??"

요한 녀석은 고개를 갸웃거리다 이내 그늘진 얼굴로 말을 잇는다.

"현이랑 아주 어렸을 때 쌈박질하면서 친해졌다던 그 친구? 최류원 참 멋진데. 유란 씨가 좋아할 만해."

의외로 쉽게 꼬리를 내리는 것 같은 분위기에 막 헷갈려 하는 사이 요한 녀석은 다시 한 번 입을 열었다.

"그렇지만 최류원은 나랑은 달라서 어쩌면 자신이 죽는 그 순간까지도 여자를 좋아하지 않을걸? 왜냐하면 현이 땜에 여자에게 상처받은 일이 있어서. 난 미련하고 이기적이라서 내 방식대로 휘야를 잊어가려 발버둥 치겠지만 최류원은 나랑 달라. 그 사람 좋아하면 유란 씨가 힘들어질 게 뻔해. 그러니까 요한이가 유란 씨 사랑해 줄 거야."

자신을 비하시켜 가며 유란 씨를 붙잡으려는 요한 녀석의 눈망울엔 진심이 담겨져 있어서 더 이상 아무 말도 잇지 못하고 슬쩍 방을 나왔다.

내 방으로 들어서자 유란 씨는 여전히 잠꼬대를 하며 내 침대에 대자로 뻗어 있다. 오늘 밤도 잠자는 내내 최류원이라는 이름 석 자를 밤새도록 들어야 했다.

다음날 아침, 부스럭대는 소리에 눈을 뜨자 유란 씨가 벌써 어디론가 나갈 채비를 하고 있는 게 아닌가? 나는 부은 눈을 비비며 유란 씨의 행동을 유심히 관찰하다가 이내 잠이 덜 깬 목소리로 물었다.

"야, 아침부터 뭘 그렇게 부스럭대? 어디 가게?"

"어라? 너 깼냐? 그래, 얼른얼른 일어나야지! 빨리 챙겨."

"뭘?"

"뭐긴, 내 낭군님 병문안 가기로 약속했잖아."

"설마 너 그것 땜에 아침부터 설쳐 댄 거냐?"

"그것 때문이라는 것은 어째 하찮은 일이라는 듯 들리는데. 서휘리 너 나랑 아침부터 한번 해보자는 거야?"

"아, 정말 피곤한 인생."

짝사랑을 하고 있는 것만으로도 너무 행복해 보이는 유란 씨 표정 때문에 아직은 더 이불 속에 묻혀 있고 싶은 욕구를 가까스로 억누르고 화장실로 향했다. 세수하고 옷도 갈아입는 동안 유란 씨 입에서는 콧노래와 동시에 '빨리빨리' 하라는 추임새도 잊지 않았다. 반강제적으로 끌려 나오다시피 한 나는 시큰둥한 표정으로 유란 씨의 눈치를 살폈다.

"야, 그래도 명색이 병문안인데 뭐 음료수라도 사들고 가야 하는 거 아니냐?"

"ㅋㅋ 잘 생각했어, 휘리야, 넌 음료수를 사. 난 나를 닮은 예쁜 꽃다발을 사갈 터이니."

"그럼 서울시 꽃가게를 다 뒤지겠단 말이야?"

나의 개그에 유란 씨 미간을 한껏 찌푸리더니 이내 받아친다.

"내가 서울시 꽃가게를 다 뒤지는 동안 넌 서울시 슈퍼란 슈퍼를 다 뒤져서 음료수 하나씩 다 사다가 담아볼래? 앙? 이게 왜 낭군님 보러 가는 길에 흥을 깨?"

"자, 저기 보이는 꽃가게에 너를 꼭 닮은 꽃이 있을 것 같소만."

"어디어디? 오호, 좋았어~"

목표를 포착한 유란 씨는 치마가 찢어져라 그곳을 향해 달리고 있었다. 애써 일행이 아닌 척 천천히 꽃가게에 들어서자 유란 씨는 이미 빨간 장미를 한 아름 안고 있었다.

"서휘리, 이거 어때? ㅋㅋ 정열의 붉은 장미. 딱 나 아니냐?"

"그래그래, 붉은 립스틱 촌스럽게도 하지이~"

"서휘리, 죽을래?"

"아니, 왜? 난 노래를 부른 것뿐이야."

이미 유란 씨가 꽃다발을 들고 내게 돌진하고 있었으므로 열심히 도망가 주었다. 한참을 쫓아오다 유란 씨가 이내 지쳤는지 뒤에서 고래고래 소리를 지르며 멈춰 섰다.

"야!! 너 계속 그래라!! 한 번만 용서해 줄 테니까 빨리 음료수 사들고 낭군님한테 가자!"

"누가 누굴 용서한다는 건지. 쩝, 알았어."

투덜거리며 눈앞에 보이는 가게로 들어가 쌕쌕이를 한 통 사고 조심스럽게 유란 씨 옆으로 다가갔다. 어찌 되었든 아침부터 최류원 녀석 병실 문을 노크 없이 열어젖히려는 나를 저지하고 유란 씨가 손거울을 펴서 실컷 자신의 용모를 다듬더니 만족스러워졌을 때쯤에 노크를 했다. 역시나 안쪽에서는 묵묵무답이었다. 그냥 들어가면 될 걸 유란 씨는 다시 한 번 노크를 한다. 답답하다는 듯 내가 유란 씨를 설득하기로 했다.

"저 자식은 싸가지가 없어서 대답하는 걸 귀찮아하는 거야. 사람이 왔다는 걸 인식했을 테니 그냥 들어가자."

나를 살짝 째려보던 유란 씨 눈빛에 어이가 없어서 그냥 한숨을 쉴 뿐이다.

똑똑똑.

벌써 세 번째 두드린 노크. 드디어 안쪽에서는 응답이 왔다.

"문 하고 노는 게 재밌으면 계속 그러고 있고, 나한테 볼일있는 사람이면 들어오든지.”

녀석다운 마중이었다. 유란 씨는 문을 열기에 앞서 내게 조용히 속삭이고 있었다.

“꺄~ 역시 울트라 판타스틱 하지 않냐? 저 깊은 배려 좀 봐~”

“이봐이봐, 유란 씨, 저건 배려가 아니라 싸가… 그래, 뭐 고맙게 받아들이고 얼른 들어가지 않으련?”

“후우~”

심호흡을 깊게 하던 유란 씨가 이내 천천히 병실 문을 열었다. 하얗고 깨끗하게 정돈된 병실 침대 위에서 류원 녀석은 우리 둘을 번갈아 보고 있었다. 살짝 얼굴이 붉어진 유란 씨가 먼저 인사를 건넬 참인가 보다, 손을 어색하게 흔들어대는 걸 보니.

“아, 안녕? 나 기억하지? 몸은 좀 어때? 벼, 병문안 왔어.”

그리곤 팔꿈치로 내 허리를 쿡 찌르며 나도 인사하라는 듯 째려본다.

“음료수 사 오래서 사 왔어. 하루 만에 몸이 더 나아졌을 리도 없으니 안부는 안 묻는다.”

그러자 류원 녀석 쌕쌕이 통을 보더니,

“나 쌕쌕 싫어해.”

저 나쁜 넘.

“그럼 뭘로 사다 드릴까? 앙?”

미간을 좁히며 녀석에게 비아냥거리자 녀석은 이내 또 한 마디 툭 던진다.

"됐어."

유란 씨만 아니었어도 다시 올 일 없었을 이곳. 어쨌거나 음료수를 녀석 옆으로 가져다 주기 위해 가까이 다가갔는데 침대 옆 작은 테이블 위에 이현과 뭔가 뿌루퉁한 표정의 류원 녀석의 사진이 갈색 액자에 소중하게 담겨져 있었다. 어쩐지 아까부터 테이블 위를 보면서 말없이 멍해진 유란 씨가 이상하더라니. 그 사진을 뚫어지게 바라보는 나와 유란 씨의 시선을 느꼈는지 류원 녀석 또 건방진 입술을 삐죽인다.

"사진 뚫어진다. 그만 봐라."

그 한마디에 난 어이가 없었지만 괜히 어색해지는 게 싫어서 녀석에게 대꾸한 건 나였다.

"야, 아무리 뚫어지게 봐도 사진은 사진일 뿐 진짜로 뚫어지진 않아."

그러자 류원 녀석은 이내 다른 말로 돌린다. 마땅히 할 말이 없었던 게야. ㅋㅋㅋ

"사진 하니까 생각나는군. 서재는 아직도 취미가 그거냐?"

녀석의 말에 핵심, 아니, 말뜻 자체를 이해하지 못한 나는 다시 되물었다.

"서재의 취미??"

내가 모르겠다는 듯 갸웃거리자 류원 녀석은 더욱 알 수 없는 말을 늘어놓는다.

"그 자식도 참 어지간히 불쌍한 놈이구만. 다른 무언가를 위해 몇 년간을 감춰온 사랑을 사진으로밖에 간직하지 못하는, 뭐 그런 비련의 주인공이랄까?"

대체 이놈이 오늘 약을 잘못 먹은 건지 무슨 소릴 이렇게 늘어놓는 거야? 녀석을 이상하다는 듯 쳐다보기만 하는 내가 답답했는지 이내 등을 돌리며 반대쪽으로 눕더니,

"내 상태 다 봤으면 쌕쌕이 놔두고 가라."

이놈은 내가 무슨 음료수 배달군인 줄 아나? 게다가 난 궁금한 건 못 참는다구! 뭔가 서재에 관련된 일 같은데 친구로서 알아둬야 할 의무. 순간 내 뇌리를 스치는 앨범이 있었으니 그 속에 나도 모르는 사이 찍혀 있던 수많은 내 사진들과 알 수 없는 서재의 마지막 사진까지. 이래 봬도 나 머리가 좋다구. 만약 내 예감이 맞다면 난처해지는걸? 곤란한 표정으로 한참을 망설이자 류원 녀석 또다시 내 가슴에 비수를 꽂는다.

"돌대가리는 아닌 모양인가 보군,"

"뭐야?"

"그런 표정 하는 걸 보니 너도 뭔가 찜찜한 게 있나 보지."

"너야말로 서재에 대해 알고 있는 거야? 혹시 그 앨범."

"아, 뭐 남의 일에 사사건건 간섭하기도 싫고 네가 내 사진을 뚫어지게 쳐다보길래 생각이 나서 주절댄 것뿐이야. 그만 꺼져."

지금 생각해 보니 이현 놈이 조금 더 싸가지는 있는 것 같다. 이 자식이 더 싸가지없다구!! 곱게 가라고 해도 기분 나쁠 판에 꺼지라니! 아까부터 유란 씨는 장미꽃을 들고 안절부절못하더니 이내,

"꼬, 꽃병에 꽂아서 올게."

하더니 병실을 휙~ 하고 나가 버린다. 유란 씨가 돌아오길 어차피 기다려야 할 상황이고 난 조금 더 이 녀석에게 서재에 관한 일을 캐묻기로 했다. 아니, 지금 내가 생각하고 있는 일들이 맞는지 확인하고 싶어졌다.

"이봐, 최류원, 그냥 몇 가지만 물어볼게. 대답 좀 해줘."

역시나 녀석은 등을 보인 채 대꾸할 기미조차 보이지 않았다. 그런 녀석의 뒷모습에다가 질문을 시작하는 나였다.

"난 처음에 현이 경호원으로 들어갔을 때 서재같이 기품있고 뭔가 고급스러워 보이는 애가 자존심까지 다 버리고 친구의 경호원으로 일하고 있다는 게 정말 이상했거든? 그렇지만 내가 이상하나마나 서재는 서재니까 더 이상 아무 의심 같은 건 없었어. 근데 나 얼마 전에 서재의 앨범을 봤어. 거기엔 별아의 사진들과 내 사진이 많이 담겨 있었어. 아주 소중하게 잘 보관해 주고 있었다구. 별아를 좋아한다고 말했던 서재였기 때문에 별아 사진이 있는 건 이상하지 않았는데 거기에 내 사진이 있는 게 좀 마음에 걸렸어. 그것도 나도 모르는 사진들이 굉장히 많이 있었다구. 그건 아마도 서재가 찍었다는 소리밖에 안 되는 거잖아. 그리고 마지막에 서재의 어렸을 적 모습이 있었는데 그 뒤에 있는 건물은 분명 사라 저택이었어. 하지만 문패에는 '민의 저택'이라고 적혀 있었지. 대체 뭐야? 설마 예전엔 현이의 집이 서재의 집이었다든지 뭐 그런 거냐?"

기나긴 내 질문이 끝나고 한참이 지나도록 그 녀석은 아무런 미동

조차 하지 않았다. 혹시나 잠들었나 하는 생각에 슬쩍 가까이 다가가
자 녀석 갑자기 내 쪽으로 몸을 획 돌렸다.

"으악, 깜짝이야! 자는 줄 알았잖아!!"

"이봐."

"왜!"

"돌대가리가 아닌 걸 축하한다."

"아니, 뭐야? 자, 잠깐, 그럼 지금 내가 한 말이 맞다는 거야? 설마
그 집이 서재의 집이었다구??"

"귀찮게 두 번 대답하게 하지 마."

"어, 어떻게 그런 일이……."

예감을 했다고는 하지만 사실이 재차 확인되니 내 심장은 제멋대
로 뛰고 있었다. 벙찐 표정으로 몸을 가늘게 떨고 있는 나를 보며 류
원 녀석은 조용한 음성을 퍼뜨렸다.

"뻔한 거 아니냐? 복수란 인생을 바뀌게 하지."

복수라는 단어에 가늘게 떨리던 내 몸은 확실히 느낌이 전달될 만
큼 강하게 떨리고 있었다.

"복수… 라니?"

"모르는 척하지 마. 그 정도까지 예상했으면 서재가 뭘 위해 살아
왔는지 알 수 있지 않나?"

"그렇다면… 서재의 목적이 사라 저택을 다시 되돌려 받는 거란
말이야?"

"아니라고 생각하냐?"

"마, 말도 안 돼. 서재가 그런…….."

"왜 말이 안 되지?"

"서재는… 서재는 그런 애가 아니야."

"글쎄, 난 그런 애로 보이는데."

"현이를 아프게 할 애가 아니야. 현이한테라면 뭐든지 내걸 수 있는 나한텐 유란 씨 같은 현이 친구라고."

"친구와 복수는 별개 문제야."

"그렇지 않아! 서재가 그럴 리 없어. 게다가 이제 와서 무슨 재주로 서재가 사라 저택을 찾을 수가 있겠어."

소리치듯 녀석에게 말하자 녀석은 고개를 절레절레 흔들며 한심하다는 듯 짤막한 설명을 늘어놓았다.

"이봐, 아까도 내가 힌트를 준 것 같은데. 이루고자 하는 그 어떤 것을 위해 사랑은 가슴에 묻어둔다."

"그게 무슨 뜻이야? 설마 진짜로 서재가 날 좋아한다는 말을 하고 싶은 거야?"

"아마도."

또 한 번 심장이 빨라지고 있었다. 원래 내가 처음에 좋아했던 건 현이가 아니라 서재였는데. 그럼 서재는 내가 자신을 좋아하기 전부터 날 알고, 좋아하고 있었단 말이야, 사진까지 찍어서 몰래 보관할 만큼? 그런데 왜? 어째서 별아를 좋아한다고…… 자, 잠깐. 설마!!

"이봐, 최류원, 설마 서재가 별아를 이용해서 사라 저택을 뺏으려고 하는 거야?"

“뭐, 정확히 말하면 뺏는 게 아니라 돌려받는 거지.”

“어쨌든 사람을 이용해 먹는 거잖아! 진심으로 사랑하지 않으면서 별아를 대하는 거잖아!”

“이 세상에 진실된 사랑이 몇 개나 된다고 생각하냐?”

“적어도 이건 아니야! 사랑하지도 않으면서 사랑하는 척 사는 건, 그건 가식이잖아.”

“아니, 그건 그 사람 삶의 방식일 뿐 가식까진 아니지.”

“별아랑 이런 식으로 사귄다고 해서 사라 저택을 다시 돌려받을 수 있는 건 아니잖아!”

“그래, 사귀는 것 가지곤 안 되지. 결혼이면 모를까.”

“겨, 결혼?!”

점점 내 머리 속은 혼란으로 가득 차 있었다. 대체 이게 무슨 일이란 말인가!

“어차피 이현 놈의 핏줄상 그 큰 저택을 물려받는 거 자체가 무리일 테고. 아마도 전적으로 재산은 별아라는 여자가 차지하게 될 테니. 서재는 머리 한번 제대로 쓴 거지. 아주 똑똑하고 총명한 놈이라고 볼 수 있지. 똑똑하고 총명한 것도 모자라 진짜 사랑을 평생 묻어둘 만큼 냉정하고, 복수를 위해 친구의 비난까지 감수할 아주 잔인한 놈이기도 하지. 그게 엄청난 매력이라는 걸 여자들은 모르겠지만.”

도저히 믿을 수 없는 사실 앞에서 심장이 빨라지고 몸이 떨리는 것 외엔 아무것도 할 수 없는 현실이 원망스러웠다.

류원이를 더 보겠다고 떼쓰는 유란 씨를 겨우겨우 달래어 병원을 빠져나왔다. 유란 씨를 집으로 돌려보내고 미치도록 복잡한 심정으로 돌아온 사라 저택 앞에는 낯익은 그림자 두 개가 어색하게 서 있다. 다가가다 말고 재빨리 벽으로 기대 숨어 훔쳐보고 있는 이유는 그 낯익은 그림자 주인공이 현이와 희연이었기 때문이다! 둘의 대화, 아니, 일방적인 희연이의 말은 범상치 않게 내 귓속을 파고들었다.

"어째서 내 맘을 받아줄 수 없는 거야? 나 이렇게 처음으로 용기 내서 누군가를 사랑해 보는 건데 어째서 내가 아니야?"

현이 녀석은 그 푸른 눈을 귀찮다는 듯 다른 곳에 응시하고 있을 뿐이었다.

"내가, 내가 나쁜 거야? 사랑은 누가 먼저 하고의 문제가 아니라 누가 먼저 이루었느냐라던데, 그럼 오랫동안 나 혼자 간직해 온 아픈 사랑은 가치조차 없다는 거야? 수십 번, 아니, 수백 번의 내 편지에도 현이 넌 뜯어보지조차 않았겠지. 휘리의 어디가 그렇게 좋은 거야? 내가 휘리처럼 되면 날 좋아해 줄 수 있는 거야? 엉? 말해 봐. 말해 보라구!"

냉정한 이현 앞에서 말을 저렇게 잘할 수 있는 사실만으로도 깜짝 놀랄 일이었지만 사랑 고백을 저렇게 당당하게 할 줄이야. 하염없이 흐르는 희연이 눈가의 눈물을 보고 내 마음 역시 갈기갈기 찢기는 것만 같았다. 처음부터 내가 현이를 몰랐다면 이렇게 되지도 않았을 텐데. 어느새 나도 모르게 녀석을 사랑하고 있어서 희연이 입장은 나 몰라라 했던 걸지도 몰라. 현이 녀석 푸른 눈을 희연이에게로 고정시키더니 이내 한마디 툭 던진다.

"이봐, 네가 병신처럼 된다고 해도 넌 너지 병신이 아니야."

저 자식은 저 상황에서도 절대 내 이름 안 부른다. 어찌 저리 싸가지가 없을꼬.

"흑, 그럼 나만 나쁜 거네. 미치도록 너만 바라봤든 어쨌든 사랑하는 두 사람 사이에 끼어서 혼자 쇼하는 내가 나쁜 거네? 그런 거네?"

저절로 고개가 숙여진다. 난 아무 말도 할 수가 없다. 누구보다 희연이 마음을 빨리 눈치 챈 건 나였는데. 그래서 이현 녀석 마음 받아들이는 게 힘들어 방황했지만, 녀석을 사랑하는 게 아니라고 발버둥도 쳐봤지만, 어느새 빠져 버린 녀석에게 마음을 허락하고야 말았는데. 미안하구나. 너무 미안하다, 희연아. 배신자는 네가 아니라 나인 건데. 난 너무 이기적이구나.

한참을 고개 숙여 미안한 마음을 추스르지 못한 채 눈물마저 눈에 맺히려 든다. 그때 갑자기 슬픈 듯한 목소리에서 앙칼진 목소리로 변한 희연이의 목소리가 내 귓가에 스며들었다.

"그럼 같이 죽자! 내가 갖지 못하는 사랑. 친구이기 때문에 더 못 봐주겠어! 죽어서라도 네 사랑 받을래! 같이 죽자구!!"

언제 준비해 왔는지 희연이는 날카로운 잭을 들고 이현을 위협하고 있었다. 그러나 현이 녀석 그 냉정한 푸른 눈에 전혀 흔들림이 없다. 한심하다는 듯 잭을 들고 부들부들 떠는 희연이를 바라볼 뿐이었다. 그런 침착한 현이 모습에 더 당황했던 건지 희연이는 그만 이성을 잃었나 보다. 잭을 크게 한 번 휘두르는 순간 이현 녀석의 손에 의해 저지를 당하고 잭은 순식간에 바닥으로 떨어졌다. 손목이 잡힌 희연이는 그 자리에 주저앉아 통곡을 하고 있었다.

"흑흑. 너무해. 정말 너무해……."

내 발걸음은 나도 모르게 이현과 희연이 앞으로 직행했다. 하지만 내가 다가오고 있다는 사실을 눈치 채지 못한 건지 현이 녀석은 희연이를 향해 무심한 말들을 내뱉었다.

"죽으려면 너 혼자 죽어라. 난 아직 죽고 싶지 않거든. 책임져야 할 여자가 있는 몸이라 너 같은 애한테 죽임을 당할 수 없어."

날 위해 한 말임에도 불구하고 어쩐지 그런 현이의 모습이 잔인하게 느껴졌다. 아니, 어쩌면 희연이에 대한 미안함으로 편을 들어주려 했는지도 모른다. 어느새 가까이 다가간 내가 현이를 몰아붙이기 시작했다.

"야! 너 무슨 말을 그렇게 해? 내 친구한테 너 혼자 죽으라니!!"

"그럼 같이 죽어주리?"

"그래도 그렇지! 할 말이 있고 안 할 말이 있지. 어떻게 죽으란 말을 그렇게 쉽게 하냔 말이야."

현이 녀석 어이가 없었는지 그 푸른 눈으로 나를 노려볼 뿐 그 이상 말을 잇지 않는다. 흥분이 채 가시지 않은 나는 계속해서 녀석을 몰아붙였다.

"희연이 입장은 생각해 봤어? 적어도 이렇게까지 널 좋아하는 사람에 대한 예의는 지켜야 할 거 아냐!"

"알 게 뭐야, 저딴 계집애 입장 따위."

"야!! 저딴 계집애? 너 말 다 했어? 입장 바꿔놓고 생각해 봐. 네가 좋아하는 여자가 친구의 애인이고 널 돌 보듯 본다면 얼마나 힘들지 상상이나 해봤냐구!!"

"난 친구 애인 따윈 좋아하지 않아."

나 딴에는 희연이와 현이 둘 다를 위한답시고 한 말이었는데 주저 앉아 흐느껴 울던 희연이의 목소리가 가늘게 들려왔다.

"동정하지 마. 동정하지 마, 서휘리. 네가 뭘 알아? 아는 척하지 마."

"희연아, 그게 아니라……."

"죽여 버릴 거야. 다 죽여 버릴 거야!!"

"희연아."

하면서 희연이 쪽을 돌아보는 순간!! 내 복부를 향해 날카로운 무언가가 꽂혀 들어왔다. 순간 머리 속은 텅 비고 시간이 오랫동안 멈춰 버린 기분. 아무런 고통도 느끼지 못했지만 잠시 후 차디찬 바닥에 내 몸뚱어리가 쓰러지는 순간 복부에 심한 고통이 밀려오기 시작했다. 이현 녀석의 비명도 그 뒤에 들려왔던 것 같다.

"서휘리!!"

복부에서 무언가 뜨거운 액체가 쏟아지고 점점 정신이 혼미해져 온다. 희연이도 순간 자신이 무슨 짓을 했지? 하는 표정으로 쓰러져 꿈틀대는 날 보며 부들부들 떨고 있었다. 잠시 후 내 몸이 공중으로 붕 뜨는 기분과 함께 눈을 감았다. 나를 이토록 소중하게 안아 올린 건 아마도 현이 녀석이겠지. 설마 내가 이대로 쓰러져서 두 번 다시 눈을 뜨지 못하는 일은 없겠지? 아직은 녀석의 푸른 눈을 내 마음에 더 담아야 하는데. 아직은 요한 녀석과 유란 씨를 도와줘야 하는데. 아직은… 아직은 희연이와의 일을 정리하지도 못했는데. 그리고 서재의 일도……. 여기서… 여기서 죽을 수는 없어. 절대 죽으면 안 되는데. 녀석이 내 이름을 불러주었는데. 한 번 더 그 이름을 듣고 싶은데. 병신이 아닌 내 이름으로 날 바라봐 주는 저 싹퉁 녀석의 음성을 더 듣고 싶은데 왜 이렇게 졸린 건지. 이제는 아무런 고통조차 느껴지지 않는구나.

소중하게 날 들어 올린 녀석은 가쁜 숨을 몰아쉬며 한참을 달린다. 의식을 잃어가는 나를 바라볼 겨를도 없이 죽을힘을 다해 달린다.

잠시 후 도착한 병원 응급실에서 날 들여보내고 푸른 눈에 흐릿한 시선을 담아 날 지켜보던 녀석의 모습이 눈을 감고 있었음에도 왜 이렇게 선명하게 그려지는 건지. 그렇게 그려진 녀석의 모습이 마지막이 될까 봐 얼마나 눈을 뜨려 안간힘을 썼는지…… 녀석은 모를 것이다.

제19장

그게 너라면…

　가까스로 내가 눈꺼풀을 들어 올렸을 땐 몰라보게 핼쑥해진 현이 녀석의 푸른 눈이 나를 보며 놀란 듯 커져 있었다. 꽤 오랜 시간 눈을 감고 있었는지 옅은 형광등 불빛에도 눈이 부셔 미간을 좁혀야 했다. 나의 움직임을 조심스럽게 관찰하던 현이 녀석의 푸른 눈이 조금씩 흔들리고 있었다. 녀석답지 않은 약한 모습에 왜 내 심장이 얼어버릴 듯 조여오는 건지. 녀석은 재빨리 담당 의사와 간호사들을 부른다. 잠시 후 하얀 가운을 입은 의사가 내 상태를 이리저리 살펴보더니 살짝 미소를 머금으며 현이 녀석에게 말한다.

　"축하합니다. 기적적으로 회복하셨네요. 이게 다 그동안 고생하신 노력 덕인 것 같아요. 참 보기 드물게 성실한 청년이야."

　의사는 간호사에게 간단한 지시를 내리고는 이내 병실을 조용히 빠져나갔다. 그때 내 코를 답답하게 조이고 있던 호흡기가 간호사에 의해 떨어져 나가면서 시원함을 느꼈지만 이내 어지러움도 밀려왔다. 잠시 찌푸린 내 인상에도 현이 녀석 예민하게 반응한다. 가까이 다가와서 조심스럽게 입을 여는 현이 녀석.

　"정신이 드냐?"

　내가 조심스럽게 고개를 끄덕이자, 녀석 깊게 숨을 몰아쉬더니 이내 푸른 눈을 돌린 채 병실을 나가 버린다. 왜 저러지? 잠시 혼란스러워하고 있는데 이내 간호사 언니가 들어왔다.

　"언니, 제가 오래 누워 있었나요?"

　그러자 간호사 언니는 동정 어린 눈길로 조심스럽게 한숨을 내뱉더니 어렵게 말을 내뱉는다.

　"서휘리 씨, 서휘리 씨는 일 년간 정신을 차리지 못하셨어요."

　"아, 그래요? 일 년간…… 뭐, 뭐라구욧!!"

　"현이 씨는 지금 우리 병원에서 소문난 청년이에요. 그간 하루도 병실을 안 찾아온 날이 없었거든요. 새벽엔 아침 일찍 신문과 우유를 배달한 후 잠시 들러서 휘리 씨 상태 보고, 공사판 가서 벽돌을 나르다가 저녁때가 되면 잠시 들러 훑어본 후 밤에 나가서 또 아르바이트를 하고, 새벽 두 시쯤이 되어서 다시 병실에 들어와서 휘리 씨 상태 체크하고 겨우겨우 몇 시간 잠이 드는 그런 생활의 반복이었죠. 단 하루도 빠짐없이요."

　"저, 그렇게 아르바이트를 죽자 사자 하는 이유가 뭐죠?"

"그거야 당연히 서휘리 씨 병원비 때문이죠. 병원비가 한두 푼이 에요? 그러니까 몸 사릴 겨를 없이 아르바이트를 이곳저곳 뛰어다니 면서 한 거죠."

믿을 수 없다. 그 자식이 뭐 때문에 내 병원비를 자신의 손으로 번단 말인가? 그 자식 집안이면 병원비 정도는……. 혼란스러워하는 사이 현이 녀석은 앞머리가 약간 젖은 상태로 다시 들어왔다. 아마도 세수를 하고 온 모양이다. 푸른 눈도 약간 충열되어 있는 모습이 내 마음을 아프게 했다. 간호사 언니도 눈치를 보더니 링거를 재빨리 꽂고는 자리를 피해주는 것 같았다. 정말 몰라보게 핼쑥해진 녀석의 모습. 그러고 보니 꽤 길어진 머리칼. 어쩐지 카리스마로 가득했던 눈빛엔 힘들고 아픈 흔적만 묻어나 있는 것 같다. 일 년간이나 내가 병상에 누워 있었다면 그동안 대체 무슨 일이 있었던 걸까? 이것저것 궁금한 게 한두 가지가 아니기에 지쳐 보이는 현이 녀석에게 재빨리 질문을 시작했다.

"이봐, 정말 내가 일 년간이나 여기 있었다는 게 사실이야? 그리고 넌 왜 그렇게 보기 흉하게 말랐냐?"

따뜻하게 말하고 싶었지만 어쩐지 평소처럼 대하지 않으면 금방이라도 쓰러져 버릴 것만 같은 녀석의 모습을 보면서 도저히 부드러운 말을 내뱉을 수가 없었다. 녀석은 그저 멍하게 나를 쳐다볼 뿐 그 어떤 말을 할 기미도 보이지 않는다. 답답했지만 다른 것으로 화제를 돌려보기로 했다.

"내 가족들은? 요한 녀석, 주접이, 서재, 그리고 유란이는 어떻게 지내?"

"네 가족들한테는 너 유학 중이라 했어. 네 친구 유란인지 뭔지 그 애랑 요한 녀석은 같은 대학 들어간 후 사귄다더라. 물론 일방적인 요한 놈 생각이지만. 주접이는 아마추어 밴드부를 결성해서 거리 공연을 하고 다니는 중이고, 서재는 별아와 약혼했다."

서재에 관한 말을 하면서 약간 말꼬리를 흐린다는 기분이 드는 건 왜일까? 눈을 떴을 때 현이 녀석이 내 곁에 있어주었던 건 감동이었지만 어쩐지 녀석들이 코빼기도 보이지 않는 게 섭섭하기도 했다.

"다들 건강하게 잘 지내는 거 같은데 어째 코빼기도 안 보이냐? 이것들!!"

괜스레 으르릉거리자 현이 녀석 시큰둥하게 나를 내려다보더니,

"그리고 너 이렇게 만든 그 여자애 말이야."

날 이렇게 만든 장본인이라면 김희연을 말하는 건가? 확인차 녀석에게 물어보기로 했다.

"희연이?"

"그래. 그 앤 죄책감 때문인지 외국으로 나갔다고 하더라. 네가 신경 쓸까 봐 말해 주는 거다."

"그렇군."

"방금 깼는데 몸은 좀 어때? 진짜 병신 된 거 아냐?"

"진짜 병신 됐음 좋겠냐? 이 자식은 꼭 말을 해도."

"너 깼다고 녀석들한테 며칠은 알리지 않을 테니까 조금 더 푹 쉬도록 해. 진짜 병신 되지 말고. 알았냐, 병신?"

"네놈의 배려에 매번 감동을 하다 못해 화가 치미는구나."

지친 기색이 역력해 보이는 현이 녀석 급기야 조용히 병실을 나가더니 몇 시간이 지나도록 돌아오질 않는다. 오랫동안 누워 있었던 탓인지 몸도 찌뿌둥한 게 그다지 맑은 정신은 아니었다. 조용한 독방 병실에서 녀석의 말처럼 진짜 병신이라도 된 듯 오래도록 누워 있자니 좀이 쑤셔서 못 견딜 지경이다

새벽녘이 되어서야 돌아온 현이 녀석은 더 더욱 지친 모습으로 다가왔다.

"야, 심심해 죽겠는데 나 내버려 두고 어딜 그렇게 갔다 오는 거야? 앙?"

"좀 자지 그랬냐."

"하도 자서 잠도 안 와! 어디 갔다 온 거야!!"

"시끄러. 한 달만 더 있으면 퇴원한다니까 그때까지 좀 참아."

"한 달이고 나발이고 내일 당장 나갈래!"

"그건 안 돼."

"뭐? 나 이제 멀쩡하다구! 가족들한테도 가봐야 하고, 네 말대로 일 년 동안 병신처럼 누워 있었다면 정상적인 생활로 돌아가기도 빠듯하다구! 여기서 더 이상 누워 있을 시간 없단 말야!"

"오랫동안 아팠던 병신이 정신 차렸다고 바로 퇴원하면 정상 생활을 빨리 할 수 있을 거라 생각하냐?"

"난 진짜 괜찮단 말이야."

핼쑥해진 녀석의 얼굴, 지쳐 보이는 녀석의 눈. 그 모든 것이 이미

녀석이 내 병원비를 위해 힘들게 일하고 찬바람을 맞으며 돌아온 것을 알게 한다. 차마 아는 척 동정할 수는 없었기에 하루 빨리 병원을 나가겠다고 투정을 부려본다. 하지만 역부족이었다. 녀석은 아무 말 없이 나를 노려보기만 할 뿐 더 이상 내 말에 대꾸를 하려 하지 않았다.

그렇게 녀석은 한 달간 하루도 빠짐없이 간호사 말대로 내 병실을 들락달락거리며 자꾸만 야위어갔다. 내가 퇴원을 할 때까지도 녀석은 친구들에게 내가 의식을 찾았다는 연락조차 일부러 하지 않았다. 그 이유는,

"야, 심심해 죽겠는데 왜 녀석들은 코빼기도 안 보이는 거야!!"

"연락 안했어."

"왜!! 대체 왜!! 곧 연락해서 얼굴 보게 해준다더니!"

"그 녀석들 알게 되어서 병원 들락거리면 시끄러워."

앞에 조금 많은 말들이 덧붙여지긴 했어도 결론적으로 저놈 말의 핵심은 역시나 시끄러워였다. 쩝.

"제기랄. 어쨌거나 내일은 퇴원하는 날이니까 사라 저택부터 가봐야겠어."

나 딴에는 정말 초롱초롱한 눈망울로 말했는데 녀석은 어째 그 푸른 눈이 더욱 서늘해지기만 한다. 그리고 꽉 다물어져 있던 녀석의 입술이 힘겹게 열렸다.

"사라 저택은 없다."

"잉? 그건 또 무슨 소리? 일 년 동안 사라 저택이 증발이라도 했다는 거야? 저택이 없다니? 그게 대체 무슨 소리냐구!"

"이제…… 사라 저택이 아니야."

"알아듣기 쉽게 풀어서 설명해! 네놈이 말수가 적은 건 아는데 원래 이럴 땐 풀어서 설명해 줘야 되는 거라고!"

녀석은 말하기를 잠시 망설이더니 나를 똑바로 응시한다. 그리고는 정말 어렵고 힘들게 말을 꺼내든다.

"저택으로 돌아가고 싶냐?"

"무슨 소리야? 당연히 돌아가야지."

"내가 거기 없어도?"

대체 녀석이 왜 이런 소릴 하는지 도무지 이해가 되질 않아 더욱 답답한 마음이 짙어져만 간다.

"이현, 무슨 말이냐고! 수십 번 물어봐야 알아듣기 쉽게 설명해 줄 참이야? 그렇게 말을 아끼고 싶다면 요점만 간단하게 말해 봐!"

"내 아버지의 모든 재산이 별아 앞으로 되어 있다는 것쯤은 예전부터 너도 대충 알고 있었겠지?"

"그, 그건……."

"서재와 별아가 약혼했다는 것도 저번에 말해 줬을 테고."

"그야 원래부터 둘은 사귀는 사이……."

"아버지가 회사에서 물러나셨어. 그리고 그 모든 재산은 이제 별아의 것이 된 거지. 아버지가 늙고 힘이 없는 노인네가 되어버린 지금, 젊고 유능한 사람이 기업을 물려받아야 하고. 당연히 그것은 별아의 차지가 되었지만, 별아는 여자고 아직 고등학생이야. 반면 별아의 약혼자인 서재는 오랫동안 사라 저택에서 지내왔고 아주 유능한 청년이지. 게다가 원래부터 사라 저택은 서재네 아버지 것이었으니까 돌려받고 싶은 건 당연한 거야.”

“그래서……?”

현이 녀석의 설명을 들으면 들을수록 무언가 불길한 예감이 언뜻 스치지만 겨우 말문을 연 현이 녀석의 설명에 귀 기울이는 수밖에 없었다.

“따라서 약혼한 서재가 그 모든 재산을 현실적으로 관리하게 된 거야. 곧 결혼도 할 테니까.”

“별아가 고등학생인데 벌써 무슨 결혼을 한다는 거야?”

“그 집안이면 가능해.”

“마, 말도 안 돼! 더군다나 아들인 네가 있는데 어째서.”

“난. 그 집 재산을 물려받을 자격이 있는 아들이 아니니까. 게다가 어쩔 수 없이 데려다 키운 자식이니까, 애초에 재산 따윈 관심도 없었지만.”

“그렇지만 서재라면 분명 그 재산을 다 받게 되어도 너에게 주지 않을까? 둘은 친구…….”

“친구? 그렇군. 친구였지. 그 녀석이 친구라는 이름으로 내 경호원이 되던 순간부터 말이지.”

내 말을 잘라 쓸쓸하게 친구라는 단어를 내뱉는 현이 녀석의 푸른 눈이 더욱더 슬퍼지려 한다. 그런 슬픈 눈은 현이 녀석에게 어울리지 않기에 냉정한 눈빛으로 다시 돌려주고 싶다.

"야, 싹퉁! 설마 지금 내가 생각하고 있는 상황이 맞는 건지 대답해 줄 수 있어?"

현이 녀석은 말해 보라는 듯 가만히 나를 응시한다.

"나 여기서 이렇게 일 년이라는 긴 세월 동안 나자빠져 있기 전에 류원 녀석에게 들은 말이 있어. 서재가… 날 좋아한다는 말. 그리고 복수를 위해서는 어쩌고 한 말이었는데 서재가 경호원으로 들어왔지만 사실은 네 곁에 머물면서 사라 저택에 관한 모든 내부 비밀을 캐내고 재산을 가질 수 있는 날이 오기를 몇 년씩이나 친구라는 이름으로 맴돌면서 기다리고 있었단 걸. 눈치 빠른 네가 모를 리도 없었을 텐데!! 그렇게 서재는 네 곁에 머물면서 별아를 이용하면 재산을 모두 가질 수 있다는 걸 알았을 테고. 그리곤 자연스레 서재는 그 모든 재산을 차지하기 위해 일부러 별아와 결혼을 한다는 뻔하지만 충격적인 스토리가 진행되는 건데 그걸 다 알면서도 너는 이러고 있다는 얘기가 되는 건가?"

현이 녀석은 알 수 없는 입가의 서늘한 미소를 담더니 이내 조심스럽게 입을 연다.

"역시 돌대가리는 아니었군."

"대체 왜 모든 사실을 처음부터 알고 있었으면서 이대로 일이 진행되게 내버려 두는 거야?"

"그럼 내가 할 수 있는 일이 뭐가 있는데?"

"그, 그야……."

“그 재산이 내 것도 아니고, 애초에 관심도 없었어. 서재의 꿈이 이루어짐과 동시에 난 내 발로 스스로 그 저택을 나온 것뿐이야. 겉으로만 맴돌던 그 부와 명예 따위 한 치의 미련조차 없어. 오히려 스스로 나올 수 있게 만들어준 서재에게 감사할 뿐이야.”

“그렇게 감사하다면 죽을 듯이 괴롭다는 듯한 표정 좀 치워줘!! 너답지 않잖아, 이현!!”

“나 다운 것이 뭔데? 네가 나 진짜 나다운 게 뭔지 알고나 있는 거냐?”

“그렇지만 이건 아니잖아! 한순간에 이렇게 인생이 몰락해 버린 거잖아!”

“누가 몰락했다는 거냐?”

“누구긴 누구야! 바로…….”

“이봐, 나 같은 놈한테도 꿈이란 게 있어.”

나를 똑바로 응시하는 현이 녀석의 푸른 눈동자가 그 어느 때보다도 깊고 영롱하게 빛난다. 조심스럽게 녀석의 꿈에 관해 들어보고 싶다. 내가 가만히 녀석의 눈동자를 마주하자 녀석은 다시 조심스럽게 입술을 열었다.

“평범하게, 그저 평범하게 부모님 사랑받으면서 자라는 것 그뿐이다. 근데 그 꿈은 이룰 수 없다는 걸 처음부터 알고 있었어. 그렇다면 꿈을 바꾸는 수밖에. 내가 그런 사랑 받지 못했으니 내 자식한테는 그저 평범한 사랑을 주고 싶다. 그게 지금 내 꿈이야.”

“무슨 말이 하고 싶은 거야?”

"그 재산 따윈 한 푼도 바라지 않아. 게다가 서재가 날 배신했다고
도 생각하지 않아. 서재는 꿈을 이룬 거야. 내게도 꿈이 있듯이 서재
의 마음속에도 늘 존재하던 그 꿈 말이야. 꿈은 이루고 싶은 거니까."

"그래서?"

"고등학교를 졸업하고, 대학을 졸업해서 좋은 취직 자리 얻어 사
랑하는 사람과 가정을 꾸리고… 그것조차 나에게는 불가능한 일이라
면 대학 따위 나오지 않고도 좋은 취직 자리, 멋진 집에 살지 않아도
사랑하는 사람을 곁에 두고 서로 노력하면서 평생을 평범하게 예쁜
가정을 꾸리고 싶다는 게 내 꿈이라면, 그러는 게 내 꿈이라면 믿겠
냐?"

"이현."

어쩐지 항상 무뚝뚝하고 차가워 보이던 현이 녀석의 모습과는 달
리 소박하고 작은 꿈을 품고 있는 진지한 푸른 눈에 빨려들어 갈 것
만 같았다.

"전처럼 멋진 집, 멋진 옷, 호화스러운 음식에 대단한 명예. 그리
고 지겹게 붙어 다니던 겉치레 경호원. 이런 것들 없는 나라도 예전
같은 감정 유지해 줄 수 있냐?"

"무, 무슨 말을 하려는 거야?"

나답지 않게 미치도록 심장이 쿵쾅거린다. 얼굴이 금세 새빨갛게
달아올라 온몸이 후끈거릴 지경이다. 어쩐지 순식간에 초라해진 현
이 녀석의 모습이 한없이 작아져 보였지만 그래도 나. 이 녀석을 사
랑하는 마음만큼은 진실인데. 그러고 보니 단 한 번도 사랑한다는 말

을 해본 적이 없지 않나? 이 녀석도 나에게 사랑한다는 말 따윈 해준 적조차 없잖아. 근데 왜 이 순간 그 사랑이라는 단어가 미치도록 머리 속에서 떠나질 않는 거지? 애써 그 사랑이라는 단어를 머리 속에서 지우려 애를 쓰는 동안 현이 녀석의 음성은 다시 한 번 조용히 퍼졌다. 너무나 조용히 퍼졌음에도 불구하고 이미 내 온 마음에 퍼져 잡을 수 없을 만큼 널리 전해지고 있었다.

"사랑한다, 서휘리."

"이…… 이현."

"아무것도 가진 것 없이 시작하는 날. 본래의 모습을 되찾은 거지만, 이런 나라도 받아줄 수 있냐?"

이미 내 심장 소리는 조용한 독방 병실을 가득 메우고 있는 듯했다. 대답해야만 해, 서휘리. 대답하자. 침착하게, 아주 침착하게.

"야, 너 머리가 되게 나쁘구나? ㅎㅎㅎ"

녀석의 푸른 눈동자가 조금 커진다. 진지한 녀석의 말에 웃어버리는 내가 이해되지 않는 듯한 표정이다. 난 조심스럽게 마음을 가다듬고 다시 한 번 입을 열었다.

"약속했잖아, 평생 널 지키는 경호원이 되겠다고. 네 마음까지도 평생 내가 지킬 거야."

어느새 녀석의 입술이 급하게 내 입술에 닿았다. 오랜 시간 동안 제대로 감정 표현조차 할 수 없었던 연인 사이. 항상 가식의 테두리에 갇혀 힘들어하던 현이 녀석이 덩쿨에서 벗어나 진심으로 내게 다가올 때 나는 감히 벗어날 수 없었다.

갑자기 다가와도
그게 너라면 갑작스럽지 않고,

천천히 다가와도
그게 너라면 애태우지 않는다.

때로는 눈물나게
내 마음을 조여와도
그게 너라면 기꺼이 웃을 수 있고,

때로는 지친 마음으로
내 얼굴을 붉혀도
그게 너라면 언제든 감싸 안는다.

사랑하는 사람.
그게 너라면,
그게 너라면 영원히라는 아름다운 말속에
나를 구속시킬 수 있다.

by. 서휘리

어느덧 3년이라는 세월이 흘렀다. 조촐한 결혼식조차 없이 시작한 살림살이에 이제는 제법 가전제품이며 가구 등이 모여 사람 사는 듯한 행세를 갖추고 있다. 그렇게 이현 녀석과 나는 서로 아웅다웅하며 밑바닥부터 세상 살아가는 법을 진지하게 배워 나가고 있다.

진짜로 강해진다는 것은 무엇이든 부딪쳤을 때 도망가지 않는 것이다. 난 현이 녀석과의 사랑으로부터 또한 현실로부터 그 어디도 도망가지 않았다. 다만 현이 녀석과 내가 남들 사는 것만큼 평범한 수준에 올라갈 때까지 그 누구와의 연락조차 닿지 않는 곳에서 터전을 만들어 생활 중이다. 이제 조금만 더 고생하면 우리 이름으로 된 작은 아파트도 살 수 있고, 떳떳하게 친구들 앞에서 나설 수 있겠지. 나이가 먹은 만큼 녀석과 내 사랑도 날로 성숙해졌으므로 나는 감히 다짐할 수 있다. 이 세상에서 가장 행복한 여자가 되었다고. 이 세상에서 가장 강한 여자가 되었노라고. 이현 놈보다 강한 girl이 되는 방법은 녀석이 나를 사랑하는 것보다 녀석을 내가 더 사랑하는 것이라는 걸 나는 깨달았으니 이 세상에 모든 girl들이 자신의 진짜 사랑 앞에서 상대방의 사랑을 바라지 않고, 내가 더 많은 사랑을 주는 법을 깨우쳤으면 좋겠다. 누군가를 진심으로 사랑하고 그리워할 수 있다는 것은 그만큼 그 누군가로부터 나도 사랑받을 수 있다는 충분한 가능성을 뜻하고, 사랑하고 있다는 것을 표현하는 것만큼 나 스스로의 사랑을 깨우치는 방법도 없다는 사실.

"야, 전자레인지 위에 저렇게 무거운 걸 올려놓으면 어떡해!"

"아씨, 그럼 좁아 터진 이 집에 물건 놓을 데가 마땅치 않은 걸 어떡해!”

“네가 괜히 병신이냐? 그러다 전자레인지까지 너 닮아서 병신 되면 어떡해!”

“전자레인지가 사람도 아닌데 어떻게 날 닮아!”

“토달지 마라, 병신!”

“그놈의 병신 소리 좀 작작해!!”

문득 예전에 그 어디선가 깜박 잠들었을 때 온통 벽에 병신이란 글자가 적혀 있고 그중 다른 한 글자를 찾다가 등신이라는 글자를 발견하고는 좋아서 소리치다 깨어났던 때가 떠올랐다. 평생 이런 기억을 새록새록 떠올리며 살아가는 것도 나름대로 재미는 있다.

이젠 천천히 녀석들도 만나보고 가족들 앞에도 등장해야지. 그때까지 녀석과 싸울 일을 생각하면 막막하지만 이게 녀석과 나의 애정 표현이라면 충분히 다투고 싶다.

이현, 너 그거 아냐?

병신같이 약한 나한테 빠졌으니 네가 내게 진 거라고 했었지? 그렇다면 그런 널 또다시 더 사랑하는 나라서 내가 진 거야. 마지막까지 날 강한 여자로 만들어주고 싶어했던 널 내가 무지무지 사랑해 줄게!!

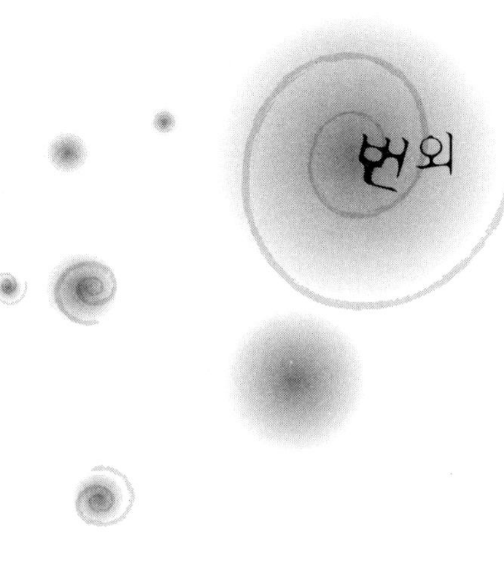

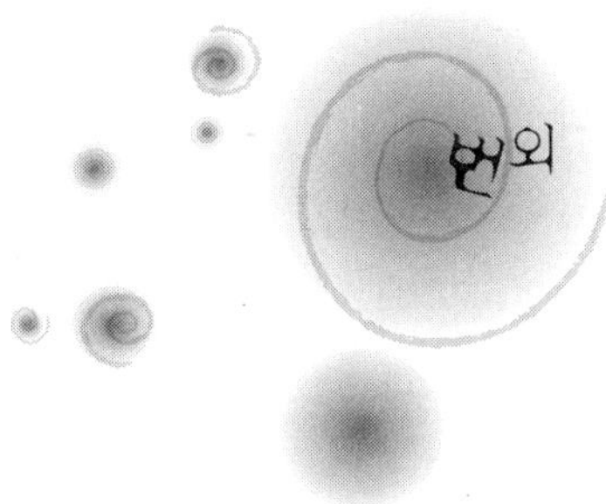

푸른 눈으로 태어났다고 해서 세상이 파랗게 보이는 것은 아닌데 사람들은 왜 색안경을 끼고 나를 바라보는지 모르겠다.

엄마는 팔아넘기듯 날 이 커다란 대문 앞에 놓고 가버렸다. 정표라도 남기듯 작은 목걸이를 건네는 외국인 엄마를 미워할 틈조차 없이 나는 외톨이가 되었다. 아주 바쁘게.

"도련님, 여기가 도련님이 쓰실 방입니다. 필요한 시설들은 모두 방 안에 갖춰져 있으니 생활하는 데 큰 불편함은 없으실 거예요."

저택에 처음 들어온 날에도 난 아버지라는 사람의 얼굴을 보지도 못했다. 시중 드는 경호원의 지나친 친절함에 묻혀 외로움 따윈 잊으라는 듯 보인다. 방 안에 모든 시설을 갖추어놓은 것은 저택을 함부로 돌아다니지 말라는 엄포 같았다. 내 미래는 캄캄하기만 했다. 나와 나이 차이가 별로 나지 않는 여동생만 신기한 듯 내 방과 나를 힐끔힐끔 바라볼 뿐이었다.

얼굴도 모르는 아버지가 바라는 대로 나는 내 방에서 나가는 일이 거의 없었다. 학교에 갈 때를 제외하면 난 늘 방 안에 처박혀 탈출하는 꿈만 꾸었다. 그러나 탈출해도 갈 곳이 없다는 걸 알기에 그럴 수 없었다. 오히려 이런 곳에 있는 처지라도 감사해야 했던 걸까? 미치도록 외롭다. 죽을 만큼 혼자인 게 싫다. 멀뚱멀뚱 날 지키는 경호원들의 시선만 하루 종일 느끼고 있을 뿐이다. 아니, 날 지키는 것이 아니라 내 방을 지키는 경호원들이라고 해야 더 맞는 표현일지도.

"도련님, 이번에 수석으로 경호원에 합격한 직속경호원입니다."

척 보기에도 귀족풍의 느낌이 물씬 풍기는 녀석 하나가 내 앞에서 살짝 고개를 숙인다. 욕심으로 가득 찬 눈을 가리려는 듯 미소만 짓고 있는 그 녀석.

"처음 뵙겠습니다, 도련님. 민서재라고 합니다."

이름이 민서재란다, 민서재. 내 또래로밖에 보이지 않는 녀석이라 그런지 은근히 관심이 간다. 경호원이 아닌 친구가 되어줄 수 있겠어? 라고 말하고 싶지만 내 입이 떨어지질 않는다. 내 또래로밖에 보이지 않는 그 녀석, 하루 종일 내 옆에서 시중을 들어준다. 워낙 말수가 없는 나이지만 그 녀석과는 이런저런 이야기를 나눈다. 어쩌면 친구가 될 수 있을지도 모른다는 생각에 슬쩍 몇 마디 던지다 보니 드디어 친구라는 관계가 성립됐다.

"민서재, 넌 왜 그 나이에 경호원이 됐냐?

"부모님이 일찍 돌아가셔서 혼자 살아야 하는데 의식주 해결이 만만치 않거든. 운동은 잘하는 편이고 해서. 그래도 여기 들어오기까지 만만치 않았다구."

이미 친구 하기로 한 후에 들은 시원스러운 대답. 어딘지 모르게 석연치 않은 구석은 있었지만 나도 복잡한 놈이기에 더 이상 서재의 사정을 들어줄 여유가 없었다. 아무도 나에게 관심을 갖지 않는다는 것이 얼마나 서글픈 일인지 겪어보지 않은 사람은 모른다. 차라리 못되게 굴고 사고라도 치면 나를 욕하는 사람이라도 생기겠지. 그러다 보면 나에게 시선이 모아지지 않을까?

그런 어린 생각으로 시작한 남자의 세계. 멈출 수 없던 방황을 잡아줄 수 있는 사람이 나타나기라도 한다면. 이렇게 사랑받고픈 내 마음을 누가 알아주기라도 한다면.

아버지는 서재를 부르는 일이 잦았다. 어린 남자 아이가 무척이나 총명하기에 총애를 하는 듯 보인다. 그럴 때마다 서재의 표정이 한층 더 밝아지고 어떤 목적에 도달한 듯한 미소를 지었다.

서재와 같이 지낼 때마다 우정을 느꼈는데 서재 방에서 알 수 없는 서류를 본 순간, 의도적으로 내게 접근한 걸 알았다. 이 저택을 돌려받고 싶어한다는 걸 말이다. 하지만 난 서재를 위해 모른 척해주고 싶다. 처음으로 내게 친구가 되어준 녀석이니까. 처음으로 내 외로움을 덜어준 그런 친구니까. 내 자리가 탐나서도 아니다. 그 녀석은 그저 원래 자신의 자리를 찾고 싶은 것뿐이니까.

그러던 어느 날, 그날은 이 좋은 세상에 빌어먹을 내가 태어난 날이었다.

"이현 도련님, 오늘은 생신이시옵니다~"

"죽을래, 민서재?"

"흐흐 애들 기다리겠다~ 즐겨찾던 술집 예약해 뒀으니까 서둘러."

"그래."

남들은 생일이 기다려지고 생일이 다가오면 행복하고 기쁘다던데 난 이런 세상에 태어나 외톨이 아닌 외톨이가 되어버린 게 너무나 저주스럽고 원망스러웠다. 마지못해 집을 나서긴 했지만 기분이 썩 좋은 편은 아니었다. 아니, 기분이 오히려 평소보다 두 배 이상은 나빴던 것 같다.

아웃사이드 호프집 앞에서 주섭이와 요한 녀석을 만나 술집 안으로 들어섰다. 그런데 웬 여자들의 목소리가 쩌렁쩌렁 울려댄다. 구석에서는 뭐가 그렇게 우스운지 웃음소리와 장난치는 목소리가 끊이질 않고 급기야 내 비위에 거슬리고 말았다. 사실 내가 술집을 전세 낸 것도 아니고 그렇게까지 화낼 이유는 없었는데……. 여자애가 바락바락 대드는 모습에 나도 모르게 그 여자를 밀치고 말았다. 힘없이 쓰러지는가 싶더니 이내 튕기듯 일어나 나를 쏘아보던 그 여자. 분함이 눈에 훤히 드러난다. 보통 여자와는 다르다는 생각이 들 수밖에 없었다. 살아 있는 듯한 강렬한 눈빛과 남자들 앞에서도 어깨를 펴는 당당함. 그 모든 것이 지금껏 내가 겪어오던 것과 어긋났기에 마냥 신기하기만 했다.

결국 그 여자애와의 트러블 끝에 뭔가 알 수 없는 신비감이 들어 우울했던 기분이 거짓말처럼 사라졌다. 왠지 낯설지 않은 그 여자애의 얼굴이 녀석들과 웃고 떠드는 사이에도 간간이 떠오르곤 했다. 그 여자와 난 천연이었던 것일까? 하늘이 맺어준 인연처럼 또다시 맞물리게 되었다.

점점 삐뚤게만 나가는 내게 아버진 점점 무관심해지면서 경호원들의 수도 급격히 줄어들었다. 하지만 아들인 내가 당연히 재산을 물려받을 줄 아는 라이벌 기업가들이 나를 납치하려는 멍청한 수작을 부리는 바람에 적어도 두 명의 경호원은 필요했다. 그래서 서재와 그 여자를 내 곁에 두기로 했단다. 집안에서 무슨 결정이 떨어지든 내가 항의하거나 반대할 수 있는 자격 같은 건 애초에 없다.

하루하루 그 여자의 웃음과 발끈하는 귀여운 매력을 보는 게 즐겁다. 그냥 그 여자 아이를 보는 것만으로도 웃음을 잃은 줄만 알았던 내가 미소 짓게 되었다. 그런 그 애가 곁에 있으면서 애틋한 감정이 생기기 시작했다. 나조차도 당혹스러울 만큼 그 아이가 귀엽게 느껴질 때도 있다. 술에 취한 그 아이에게 무작정 키스를 했을 때의 그 아이 표정이 평생 지워지지 않을 만큼 생생하다. 곧장 화장실로 들어가 미친 듯이 세수를 하고 거울을 들여다본다. 거울에 비친 내 눈 또한 여전히 푸른색이다. 이 눈으로 그 아이를 보고, 이 눈으로 그 아이를 느낀다. 푸른 눈깔이라고 놀리며 씩씩대는 그 아이의 얼굴이 떠올라 피식 웃어버렸다.

가끔 서재와 히히덕거리는 걸 보면 나도 모르게 울컥할 때도 있었다. 이런 내가 이상하게 느껴질 만큼 자꾸 그 아이를 보는 게 좋아진다. 은근히 내 마음을 표현해도 둔한 건지 모르는 척하는 건지 눈치채지 못하고 내 주변을 맴돌 뿐이었다. 나는 그 아이를 통해서 사랑은 표현하면서부터 시작된다는 것을 깨달았다. 직접적인 고백을 통해 그 아이의 마음을 얻는 데 성공했지만 제대로 된 데이트는 해본 적이 없는 나는 어떻게 하면 그 아이를 기쁘게 해줄 수 있는지 알지 못한다. 항상 녀석들과 붙어 다니는 터라 단둘이 있는 시간도 어림없고, 그 아이가 당직을 설 때는 그 아이를 세워두고 혼자 잠을 자기가 쉬지 않았다. 아무리 피곤하고 고단해도 그 아이가 당직 서는 날이면 단 한숨도 자지 못했다. 그 아이는 내가 그랬던 것을 모를 테지만. 내가 자는 줄 알고 살짝 다가와 내 머리칼을 흩어놓는 여자 아이를 꽉 안아버리고 싶다고 생각한 적도 있었지만 그러면 분명 이 바보는 놀라고 말 것이다. 그런 나에게 적응도 못할 테고. 또한 그 아이는 내 이름을 제대로 부르지 못한다. 혹시 내가 그 아이의 이름을 잘 부르지 못하는 것과 같은 이유일까? 세상에서 가장 아름다운 이름을 난 오직 쑥스럽다는 이유 하나로 부르지 못한다. 오히려 저속한 표현으로 그 아이를 부르고 만다. 그럴 때마다 발끈하며 찡그리는 모습이 너무 귀여워서 이름을 불러보려고 노력도 하지 않았는지 모른다.

세상에 달랑 혼자 남겨져 외로움에 지쳐 가던 나를 처음 사랑해 준 아이. 그 아이는 나보다 더 힘들고 더 아픈 환경에서 자랐으면서도 항상 꿋꿋하고 당차게 살아왔다. 난 그런 매력에 더욱더 헤어나올 수 없었는지도 모른다. 난 이 아이를 위해서라면 뭐든지 한다. 목숨을 내놓으라면 내놓을 수 있다. 이 아이만 내 곁에 있다면 난 세상 끝에 서 있다 해도 두렵지 않다. 하지만 그런 그녀를 지켜주기엔 아무것도 가진 게 없는 내가 씁쓸하다.

희연이라는 여자 아이에게 상처를 입은 녀석이 병원에 입원한 지도 꽤 많은 시간이 흘러갔다. 서재가 별아와 약혼한 후 난 스스로 저택에서 나왔고, 그 녀석을 지키기 위해 안간힘을 써본다.

"현아, 그냥 이 저택에서 나와 함께 살면 안 되겠어? 마치 내가 이 저택을 빼앗아 버린 것 같은 느낌이 든단 말이야."

동정 가득한 눈빛으로 서재가 나에게 애원하지만 내 자존심이 완강히 거부한다.

"됐어. 어차피 이 저택에 허수아비처럼 붙어 있는 것도 관둘 때가 된 것 같아. 오히려 홀가분하다. 가끔 놀러오마."

놀러온다는 말밖에 다른 말은 하지 못했다.

"현아, 휘리랑 너랑 별아와 내가 같이 이 저택에 살면 좋잖아. 항상 붙어 있던 우리가 떨어져 산다는 건 상상조차 해본 적이 없어. 난 아버지의 유언 때문에 널 속이고 경호원으로 들어왔지만 사실 널 향한 내 우정은 가짜가 아니었단 말이야."

"우정은 가짜가 아닐지 몰라도 별아를 향한 네 마음은 가짜잖냐."

"혀, 현아, 너……."

"미안하다. 네 방에서 앨범을 봤거든. 일찍 말하지 그랬냐, 네가 좋아하는 여자라고. 그랬으면 휘리에게 빠진 나였어도 내색하지 않았을 텐데.”

“현아, 그건…….”

“그래, 너한텐 사랑보다 꿈이 우선이었겠지. 휘리를 향한 마음도 너의 아버지 유언에 묻혀 어쩔 수 없이 목표대로 이행해 온 것뿐이니까. 그럼 그 목표대로 평생을 잘살아가야지. 이제 잘 나가는 네가 불안한 나머지 휘리랑 같이 이곳에서 살지 못하겠다. 불륜이라도 저지르면 큰일이잖아?”

비꼬듯 서재를 노려보자 서재는 이내 고개를 떨군다. 그리곤 천천히 입을 열었다.

“그래, 난 나쁜 놈이야. 진짜 사랑을 버려가면서까지 꿈을 이루기 위해 사람을 이용하고, 우정까지도 망각할 수 있는 아주 비열하고, 사악하고, 잔인한 놈이야. 사실 휘야를 향한 내 마음은 예전이나 지금이나 변함없어. 모든 꿈을 이루고 나서 휘야까지 차지해 버릴까 하는 못된 마음도 먹었었어. 그렇지만 널 향한 내 우정이 깨지는 게 싫었어. 휘야만큼은, 그토록 사랑하는 휘야만큼은 네 곁에 있어도 나 만족해. 진심이다.”

“그렇게 나와 그 녀석을 배려해 준다니 고맙다고 인사라도 해야겠군. 그렇지만 마음만 받고 간다. 외톨이였던 나에게 어설프게나마 주변 사람들이 생기고 지금까지 살아왔지만, 이제 다시 완벽한 외톨이가 되어서 그 녀석만 곁에 두고 행복이란 걸 찾아보고 싶다. 새로운 인생을 시작해 보고 싶단 뜻이야. 그 누구의 도움이나 동정 따윈 필요없이 말이야.”

“현아.”

“그 녀석 병실엔 안 왔으면 좋겠다. 우리가 먼저 찾아오기 전까지는. 애들한테도 그렇게 전해라.”

“병원비도 만만치 않을 텐데. 그럼 병원비라도…….”

“그 녀석에 관한 모든 건 내 손으로 해결해. 십 원짜리 하나라도 말이야.”

“현아…….”

“그럼 나 간다.”

그렇게 난 미련없이 이 커다란 저택에서 빠져나왔다. 결국 서재의 하얀 볼을 타고 흘러내리는 눈물을 외면해 버린 채 말이다.

지금 나는 그 녀석과 한자리에 있다. 지난 고생은 말로 할 수 없지만, 지금은 모든 걸 극복하고 우리 둘 다 행복하다. 그걸로 충분히 강하고 멋지게 살고 있다는 증거가 된다. 평생 한 사람만을 사랑하는 것이 힘들다고 그랬던가? 힘들기 때문에 더욱더 가치있다는 것을 그 녀석이 있음으로 해서 깨닫는다.

“야, 병신! 이거 너 주려고 사 왔으니까 먹어.”

일을 마치고 집에 돌아오는 길에 붕어빵을 사 왔다.

“야, 음식을 던지면 어떡해!”

시큰둥하게 입을 삐죽거려도 얼굴은 이미 맛있겠다 하는 행복한 미소가 가득하다. 역시 단순하다. 그런 저 녀석을 보고 있으면 하루가 스물네 시간인 것이 너무 짧아 원망스럽다.

“야, 서휘리.”

이름을 부르자 다소 놀랐는지 그 커다란 눈을 깜빡이며 나를 바라
본다.

"난 너한테 그렇다."

무심코 내뱉은 말에 그 녀석의 더욱 눈이 커다랗게 변하면서 물고
있던 붕어빵을 목구멍으로 겨우 삼키고는,

"야, 너 갑자기 뭔 헛소리야!"

난 대꾸하지 않고 TV를 바라볼 뿐이다.

"야, 내가 무슨 소리냐고 묻잖아!!"

"……."

"이현!! 야아!! 야야야야야!!"

끝까지 대꾸없는 내 팔을 붙잡고 늘어지며 귀엽게 앙탈을 부리는
이 녀석. 차마 귀엽다는 말은 해줄 수 없다. 녀석의 따뜻한 체온을 만
끽하는 것 말고는 아무것도 내색하기 싫다. 소중히 아껴두고 싶으니
까. 내가 그런 말을 한 건 문득 송사리 녀석이 저 녀석을 처음 보던
날 내 귓가에 속삭였던 말이 떠올랐기 때문이다.

"저 여자가 네 인생이 될 여자냐? 너답군."

알고 있냐, 서휘리? 넌 내 인생이라는 거. 언젠가 우리 둘 중 한 명
이 먼저 세상을 떠나가게 된다면, 떠나기 직전에 손을 꼭 잡고 말해
줄게. 넌 내 인생이고, 평생 너 하나만 사랑하는 남자가 되어 행복했
다고. 그때까지 이 말을 아껴두었다가 그때 소중하게 꺼내서 꼭 말해

줄게. 내 인생이 되어줘서 고맙다, 서휘리. 너의 영혼까지 사랑할 강한 남자가 되어줄게.

"야! 너 끝까지 입 다물고 있을 거야? 무슨 뜻이냐… 읍!"

자꾸만 앙탈을 부리는 그녀의 입술에 내 입을 가져다 댔다. 발버둥 치는가 싶더니 이내 지쳤는지 포기한다. 방금 먹은 붕어빵 때문에 입 안에서 팥의 단맛이 느껴진다. 녀석을 살짝 놓아주자 이내 쑥스러운 듯 새침하게 나를 노려본다. 그러더니,

"야! 네가 뭔데 내 입술을 덮쳐? 앙? 난 당하고 못살아!!"

그러더니 내 목을 휘어감고는 뽀뽀를 한다. 그리고 살짝 내 품에 안겨 속삭인다.

"말하지 않아도 알아. 나도 널 사랑해."

나도 사랑한다, 서휘리.